少年キム
上

ラドヤード・キプリング作
三辺律子訳

岩波少年文庫 615

Rudyard Kipling

KIM

1901

目次

カバー画・さし絵　黒田硫黄

下巻目次

物語のまえに

この『少年キム』は、十九世紀後半のインドを舞台にした物語です。

当時、インドはイギリスの植民地でした。十七世紀に設立された貿易会社、東インド会社による統治を経て、この時代は「イギリス女王」であるヴィクトリアが、インドの女帝として、直接インドを支配していました。その領土は広大なもので、現在のインド、パキスタン、バングラデシュ、ミャンマーなどにおよんだのです。

イギリス領インド帝国には、イギリスが直接支配した地域のほかに、同じようにイギリスの支配を受けながらも、ある程度独自の政策も認められていた藩王国《はんおうこく》と呼ばれる地域がありました。物語に出てくるコーターー国やラームプル国をはじめ、大小合わせて六百ほどもあったといわれています。インド大反乱(一八五七—五九年。イギリスの植民地支配に対し起こった大規模な抵抗運動)が失敗に終わり、その後初代副王(インド総督)となったチャールズ・キャニングは、藩王たちをただ抑えつけるのではなく、ある程度の権利を認め、権威と名誉を与えることで、インド統治をたしかなものにしようとしました。そのため、藩王国ではインド議会の法律は適用されず、藩王たちはそれぞれ自分たちの方法で自分の国を治めていたのです。

ほかの国を自分たちの領土にしていたのは、イギリスだけではありません。大航海時代の海外進出を経て、いち早く産業革命を成し遂げた多くのヨーロッパの国々が、アジアやアフリカで植民地を獲得していました。

そのなかでも、この物語に関係があるのは、ロシアです。北のロシア帝国は、冬でも凍らない港を手に入れるため、インドに目をつけます。一方のイギリスは、ロシアのこうした南下政策に対抗し、このもっとも重要な植民地を死守しようとします。インドを失えば、「われわれは直ちに三流の勢力に転落するであろう」(インド総督カーゾン卿《きょう》の言葉)というのが、当時のイギリスの考えでした。こうして、イギリスとロシアはインドを巡って、はげしいスパイ合戦をくりひろげることになります。

このイギリス・ロシアの情報戦のことを、「大いなるゲーム《グレート》」と呼びます。具体的には中央アジアの各地域にスパイを送り、測量して地図を作ったり、国の政治・経済・文化・動向を調べたりしました。白人が潜入しにくい地域には、現地の民族のスパイを送りこむこともあったのです。物語の主人公、キムが活躍するのは、まさにこの「大いなるゲーム《グレート》」の時代でした。

また、この物語にたびたび出てくる「カースト」という言葉があります。日本では、ヒンドゥー教の「身分制度」として知られ、ブラフミン(バラモン)=司祭、クシャトリヤ=王・戦士、ヴァイシャ=市民、スードラ=労働者、さらに「カースト」に属さない不可触《ふかしょく》賤民《せんみん》に分けられる、と理解されていることが多いようです。でも、実際は、そんな単純なものではありません。たとえば一八八一年の調査では、自己申告された「カースト」の数は二万近かったと言われています。

そもそも「カースト」という言葉自体、インドで使われていたわけではありません。インドには、「ヴァルナ」(宗教による身分制度)と、「ジャーティ」(出自・生まれという意味であり、共同体の単位、階層を示す)という制度・慣習があり、生まれや属している集団によって、職業や結婚、食べるものから食べ方、水のやりとり、浄《じょう》・不浄の考え方などまで、さまざまな決まりがありました。そうした「現象」を当時のヨーロッパ人が、「カースト」と呼ぶようになったのです。

つまり、外来語だった「カースト」ですが、インドの人々にも定着し、もともとの「ジャーティ」や「ヴァルナ」が意味していた範囲よりも、多くの分類をふくむようになりました。

現代では大きく変わってきてはいるものの、物語の舞台である十九世紀のインドでは、

「カースト」に基づく見方・習慣はインドの人々の日常に深く根づいていました。インドで生まれ育った作者キプリングは、そうしたようすを実にいきいきと描きだしています。

では、以上のようなことを頭の片隅において、どうぞキムの世界を楽しんで下さい！

【おもな登場人物】

キム　主人公。イギリス人だが、孤児としてインドで育つ

ラマ　チベットからきた僧侶《そうりょ》。聖なる川を探している

マハブーブ・アリ　アフガンの馬商人

クレイトン大佐　イギリス人の将校

ラーガン　シムラの宝石・古物商

ハリィ・バブー　ベンガル人のスパイ

クルの老婦人　ラマを崇拝する高貴な生まれの老女

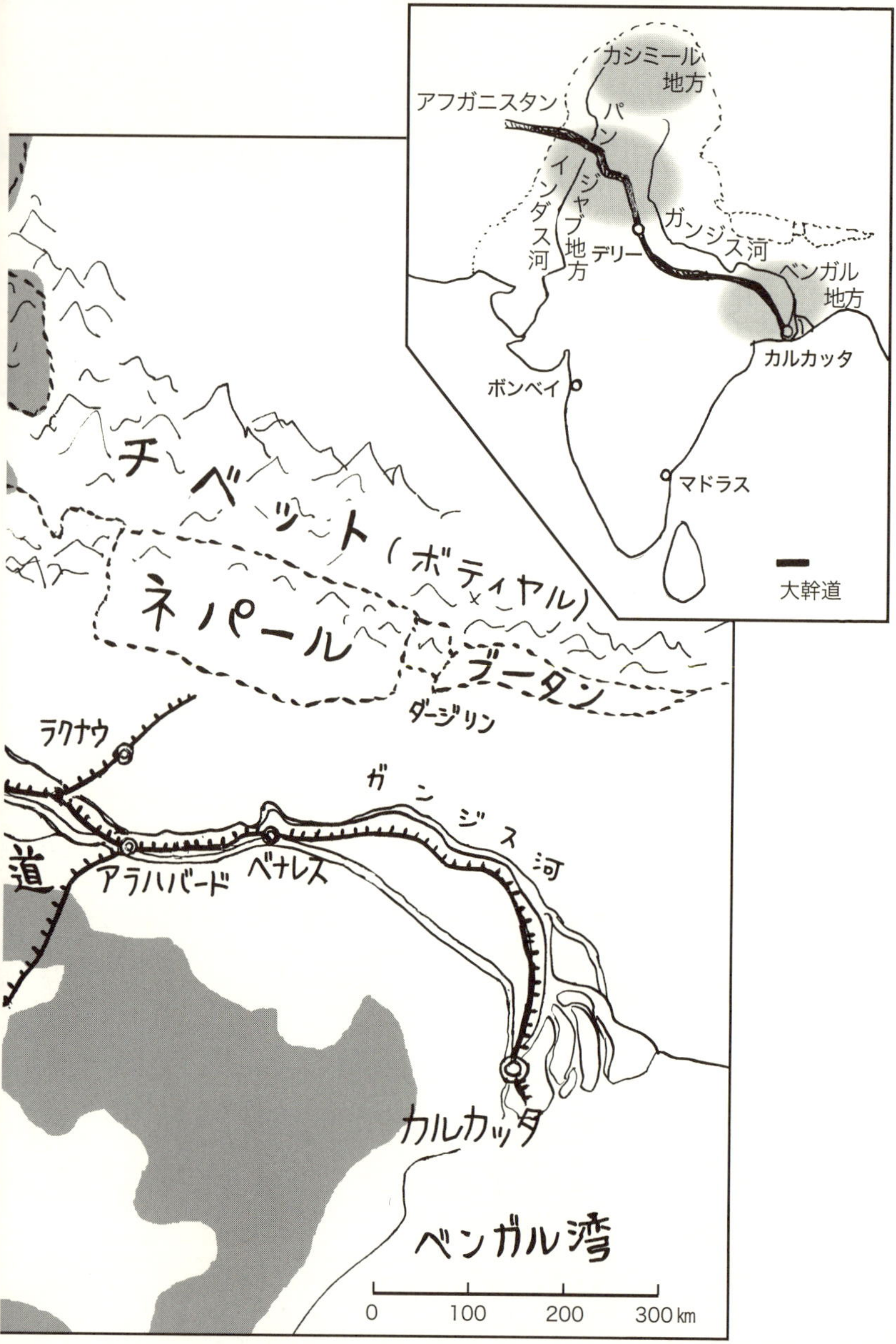
カシミール地方
アフガニスタン
パンジャブ地方
インダス河
デリー
ガンジス河
ベンガル地方
カルカッタ
ボンベイ
マドラス
大幹道
チベット（ボティヤル）
ネパール
ブータン
ダージリン
ラクナウ
ガンジス河
道
アラハバード
ベナレス
カルカッタ
ベンガル湾
0
100
200
300km

キムの時代のインド北部

大幹道　鉄道　藩王国，諸公国領

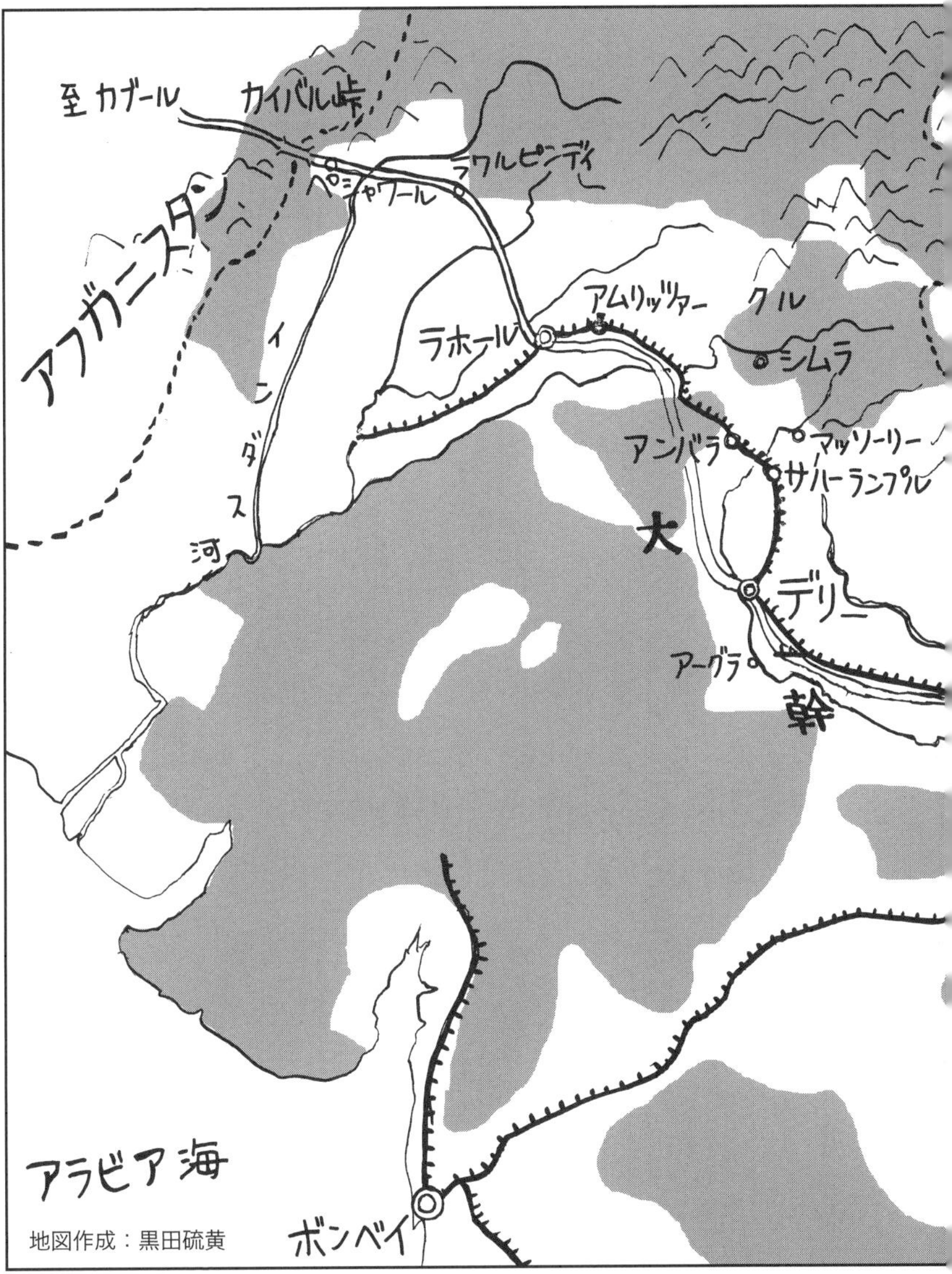

地図作成：黒田硫黄

少年キム　上

1　旅のはじまり

おお　狭《せま》き道を歩み
トペテ*の炎をたよりに審判《しんぱん》の日を待つ者**よ
広き心持て、「異教徒」が
カマクラの大仏に祈るすがた見ても

『カマクラの大仏』

* ユダヤ人が神の生贄《いけにえ》として子どもを焼いた地
** キリスト教徒のこと

少年は市の命令など気にもせず、ザムザマー大砲にまたがっていた。今は役目を終え、レンガの台に設置してある大砲の正面には、地元の民が〈アジャイブ・ゲル《ふしぎの館》〉と呼んでいる、ラホール博物館がある。別名「火を吐く竜」とも呼ばれるザムザマー大砲を手にしたものは、パンジャブ地方を手にする。征服者が真っ先にわがものとするのは、つねにこの巨大な青銅のかたまりだからだ（一七六一年のパーニーパットの戦いではアフガニスタン、その撤退後はシーク教徒、最終的には英国と、常に支配者が大砲を使用した）。

キムが砲身の回転軸《かいてんじく》からララ（ヒンドゥーの敬称）・ディナナットの息子を蹴落《けお》としたのには、それなりの理由があった。パンジャブを治めているのは英国であり、キムは英国人だからだ。肌は日に焼けてこの土地の人々と同じくらい黒く、土地のヒンドゥスターニー語を完璧《かんぺき》に話し、一方、母国語の英語は片言で、おぼつかない一本調子、しかも、市場《バザール》の少年たちと対等につきあっているが、キムは白人だ。とはいえ、貧しく、そうした白人のなかでもとりわけ貧しい。キムの面倒を見ているのは混血の女で、アヘンを吸い、安馬車が客待ちをしている広場で古物屋《ふるものや》をやっているということになっていた。自分はキムの母親の妹だと、宣教師には言っていたが、実際のキムの母親は、ある大佐の家で子守りをしていた女で、アイルランド連隊のマヴェリックの軍旗《ぐんき》護衛《ごえい》下士官《かしかん》だったキンボール・オハラと結婚した。

やがて、オハラはシンド・パンジャブ・デリー鉄道の職についたが、連隊は彼を残して、故国へもどってしまう。

その後、妻はパンジャブの都市フィロズプルでコレラにかかって亡くなり、オハラは酒びたりになって、するどい目をした三歳の息子をつれ、線路沿いをうろつくようになった。組合や牧師は子どものことを心配して、オハラを捕まえようとしたが、オハラはのらりくらりと逃げ、やがてある女と知り合った。女はアヘン常習者で、オハラもアヘンの味を覚え、とうとう貧しい白人としてインドで生涯を閉じたのだった。

死んだときのオハラの財産は、三通の書類だけだった。ひとつ目はフリーメイソンのメンバーの認定書。オハラは「変更禁止《ネ・ヴァリエトゥール》」と呼んでいた。なぜなら、書類の彼のサインの下に、このラテン語が書いてあるからだ。次が、フリーメイソンの支部《ロッジ》から渡された人物証明書。そして、最後がキムの洗礼証明書だった。この三つさえあれば、わが息子キンボールも立派になれる。アヘンに酔って上機嫌になると、オハラはそんなことを言うのだった。どんなことがあっても、この書類だけは手放すな、これは大いなる魔法の一部なのだ。博物館の裏の、大きな青と白の建物で行われているような魔法だぞ。おれたちが魔法館《ジャドゥ・ゲル》と呼んでるフリーメイソンの支部《ロッジ》のことだ。いつか、すべてがうまくいって、キムの「角（人格の象徴）」は美と力の柱、そう、フリーメイソンの象徴であるあの巨大な柱のあいだで讃《たた》えられることになるだろう。馬に乗って、世界一の精鋭部隊を率いていた大佐自身が、キムの面倒を見てくれる。ほんとうなら、父親よりもいい暮らしをすべき子なのだ。九百のとびきりの悪魔たちが面倒を見てくれる。緑の野の赤い雄牛を神とあおいでいる連中が。やつらがオハラのことを――フィロズプルの鉄道で作業長をしていた哀《あわ》れなオハラのことを、覚えていてくれればな。そう言って、オハラはテラスの壊れたイグサのいすにすわって、泣きくずれるのだった。だから、オハラが死んだあと、女は認定書と証明書と洗礼証明書を革製のお守り袋に縫《ぬ》いこみ、キムの首にかけてやった。

女はオハラの予言を思い出そうとしたが、いつしかごっちゃになってしまった。「いつか、緑の野の赤い雄牛がおまえを迎えにくるよ。それから、そうそう、背の高い馬に乗った大佐と、ええと」そして、ここだけヒンドゥー語から英語になってつづけた。「九百の悪魔がね」

「わかったよ、覚えておく」キムは言った。「赤い雄牛と馬に乗った大佐がくるんだね。でも、父さんが言うには、それより先に二人の男がきて、雄牛と大佐がくる用意をしてくれるんだって。そういうものなんだって、父さんは言ってた。魔法を行うときは、かならずそうなんだってさ」

女が、キムに書類を持たせて地元の魔法館《ジャドゥ・ゲル》にいかせていれば、キムは館《ゲル》、すなわち支部《ロッジ》に引き取られ、高地にあるフリーメイソンの孤児院に送られていただろう。けれども、女は魔法について聞かされたことを信じていなかったし、キム自身も、彼なりの考え方を持っていた。やがて軽はずみな年ごろになると、キムは宣教師や白人たちを避けるようになった。深刻なようすで、おまえはどこのだれで、なにをしているのだ、などと問いただすからだ。返事をしようにも、キムはかがやかしい立身出世などとは縁《えん》がなかった。だが、城壁に囲まれたすばらしいラホールの町のことなら、デリー門から外の砦《とりで》の堀まで知りつくしている。イスラム黄金時代のアッバース朝指導者《カリフ》ハールーン・アッ＝ラシードさえ夢にも見たことがないような奇妙な人生を送っている者たちと親しくつきあい、『アラビアン・ナイト』の物語のような信じがたい人生を送っていたのだ。しかし、宣教師や慈善《じぜん》団体の人々は、そのすばらしさを理解することができなかった。

このあたりでは、キムは「世界の小さい友」というあだ名で通っていた。目立たずしなやかな身のこなしを買われ、ぴかぴかにめかしこんだ上流階級の若者から仕事を請け負い、夜ごと連なった屋根づたいに町を移動する。もちろん、密通《みっつう》のたぐいだ。言葉を話せるようになって以来、あらゆる悪徳を目にしてきたキムは、そのくらいとうぜんわかっていた。

だが、キムが楽しんでいたのは、ゲームそのものだった。つまり、人目をしのんで暗い溝《みぞ》や路地をうろついたり、雨どいを伝いのぼったり、平らな屋根の上から女たちの世界をながめ、耳をすましたり、蒸し暑い闇にまぎれ、家の屋根から屋根へ危険もかえりみずに飛びうつっていったり。レンガの寺院までいくと、横を流れる川沿いの木の下に、顔なじみのファキールと呼ばれる灰にまみれた托鉢僧《たくはつそう》たちが立っている。彼らが托鉢(修行のひとつで、鉢を持って食料の施しを受けること)からもどってくるのを出迎え、そばにだれもいなければ、僧たちの鉢《はち》から分け前をもらう。

キムの面倒を見ている女は、ヨーロッパ式にズボンとシャツともうぼろぼろになってしまった帽子を身につけるよう、涙ながらに訴えたが、キムはある種の仕事をするときにはヒンドゥーやイスラムふうの服を着たほうが楽だということに気づいていた。上流階級の若者のひとりが、低いカースト(インド社会で歴史的に形成された身分制度)の浮浪児が着るようなヒンドゥーの服を一式くれたのだ(その若者は、地震のあった夜に井戸の底で死んでいるのを発見された)。キムはその服を秘密の場所に隠しておいた。パンジャブの最高裁判所のむこうにあるニラ・ラムの材木置き場では、ラヴィ川に流して運んできたいい香りのするヒマラヤスギの丸太を乾かしていたが、そこにある材木の下だ。そして、仕事が入ったり、今日は騒ぐぞ、というときになると、その服を持ち出してきて、結婚の行列についてまわったり、ヒンドゥーの祭りで大声でさけんだりしたあと、夜明けに疲れ切って家のテラスにもどるのだ。家に食べ物があるときもあったが、ないときのほうが多かったので、そういうときはまた出かけて、地元の友人たちにわけてもらった。

さて、キムはザムザマー砲をかかとで蹴《け》りながら、チビのチョタ・ラルと砂糖菓子売りの息子のアブドゥラと〈王さまとお城〉のゲームをしつつ、博物館の客が入り口でぬいだ靴を見張る、地元の警官に不作法な言葉を投げかけていた。大柄なパンジャブ人の警官は、怒るようすはなく、にやにやしている。むかしからの知り合いなのだ。ヤギ革《ムシャク》の袋から乾いた道路に水をまいている水運びの男も知り合いだし、新しい荷箱の上にかがんでいる博物館の大工ジャワヒール・シンもそうだ。見えるところにいる者たちはみな、キムの友人だった。そうでないのは、田舎から出てきて、ふしぎの館《やかた》で自分たちの故郷やべつのどこかで作られたものを拝《おが》もうと急いでいる小作農たちくらいだ。博物館にはインドの美術品や工芸品が展示され、知識を求める者ならだれでも、館長に説明してもらうことができた。

「どけ！　どけ！　おれにものぼらせろ！」アブドゥラがさけんで、ザムザマー砲の車輪をのぼってきた。

「おまえの父ちゃん、菓子作り、おまえの母ちゃん、ギー(バターの一種)どろぼう。イスラム教徒はとっくにザムザマー砲から落っこちた！」キムは歌った。

「のぼらせろよ！」金の刺繍《ししゅう》の帽子をかぶったチビのチョタ・ラルがかん高い声でさけんだ。チョタ・ラルの父親は、おそらく五十万ポンドほどの財産を持っているが、そんなことは関係ない。インドは世界で唯一、民主的な国なのだ。

「ヒンドゥー教徒もザムザマー砲から落っこちた。イスラム教徒が、落っこととした。おまえの父ちゃん、菓子作り――」

キムは口をつぐんだ。角の向こうの、にぎわっている真珠《モティー》バザールから、あらゆるカーストを知りつくしていると思っているキムですら、見たことがないような人物がやってきたのだ。身長は百八十センチ近く、馬用の毛布さながらに薄汚れた布を幾重《いくえ》にも折りたたんだようなものをまとっている。だが、商売や職業を表すようなものはひとつもない。帯から、透かし彫りの鉄の矢立《やたて》（筆と墨壺を組み合わせた携帯用筆記用具）と、僧が身につけているような木の数珠《じゅず》がぶらさがっている。頭には、大きなベレー帽に似た帽子をかぶり、黄ばんだ顔はしわだらけで、市場で靴職人をしている中国人のフーク・シンを思わせ、目尻《めじり》がつりあがった目は、細いすきまから縞瑪瑙《オニキス》がのぞいているかのようだった。

「あれはだれだ？」キムは仲間たちにきいた。

「男じゃないか？」アブドゥラは指を口に入れ、じろじろながめた。

「そりゃそうだろ。だけど、インドじゃ見たことがない男だ。このおれでもね」キムは言った。

「坊さんだろ」チョタ・ラルが数珠を見て、言った。「見ろよ！　ふしぎの館に入ってくぜ！」

「だめだ、だめだ」警官が首をふりながら、言うのが聞こえた。「あんたの言葉はわからんよ」警官はパンジャブ語をしゃべる。「おい、世界の友よ、やつはなんて言ってるんだ？」

「こっちに寄こして」キムははだしのかかとを見せびらかしながら、ザムザマー砲から飛び降りた。「そいつは外国人だ。あんたは水牛並みだからな」

男はどうしたらいいのかわからないようすで、少年たちのほうにふらふらやってきた。かなりの年で、毛織《けお》りの長くゆったりした上着《ギャバジン》はまだ、山道に生えているヨモギのにおいをぷんぷんさせている。

「子どもたちよ、あの大きな館はなんだ？」男はきれいなウルドゥ語でたずねた。「〈アジャイブ・ゲル〉、ふしぎの館《やかた》さ！」キムは答えたが、ヒンドゥーの敬称である「ララ」やイスラムの敬称「ミアン」はつけなかった。男の宗教がなにか、わからないからだ。

「なるほど！　ふしぎの館か！　だれでも入れるのかね？」

「ドアの上にかいてあるよ、だれでも入れるって」

「金はいらぬのか？」

「おれは好きに出入りしてるぜ。銀行家じゃなくたってね」キムは笑った。

「おお！　わたしは年寄りだからな、知らなかった」そして、男は数珠《じゅず》を指でなぞりながら、博物館のほうへむかおうとした。

「あんたのカーストは？　家はどこだい？　遠くからきたのか？」キムはたずねた。

「クルからきたのだ。カイラス山（ヒンドゥー教、チベット仏教の聖地）のむこうじゃ。だが、おまえは知っているかな？　高地からきたのだ、空気と水が冷たく新鮮な場所から」男はため息をついた。

「なるほど、中国人《キタイ》か！」アブドゥラがえらそうに言った。フーク・シンの店にまつられている神像につばを吐きかけて、店から追い出されたことがあったからだ。

「高地人《パハーリ》だ」チビのチョタ・ラルが言った。

「そうだ、少年よ。おまえたちが見たことのない高地からきた高地人《パハーリ》だ。ボティヤル（チベット）という名前は聞いたことがないか？　わたしはキタイではない。ボティヤル人だ。知りたいというのならだが、ラマなのだよ。おまえたちの言葉で言えば、導師《グル》、だな」

「チベットからきたグルか。初めて会ったよ。じゃあ、チベットではヒンドゥー教徒なんだね？」キムはたずねた。

「われわれは、中道《ちゅうどう》（仏教の基本的教義のひとつ。両極端に偏らないこと）をいく者だ。ラマ寺で平和に暮らしている。わたしは、四大聖地にいくところなのだ。死ぬ前にな。さあこれで、おまえたちのような子どもでも、わたしのような年寄りと同じようにわかったであろう」ラマは慈悲《じひ》深い笑みを浮かべて少年たちを見た。

「なにか食べたのかい?」

ラマはふところに手を入れ、使い古した木の鉢《はち》を取り出した。少年たちはうなずいた。彼らの知っている僧たちはみな、托鉢《たくはつ》をするからだ。

「まだ腹は空《す》いていない」ラマは年取った亀のように、陽射《ひざ》しの中で頭《こうべ》を巡らせた。「ラホールのふしぎの館《やかた》には、多くの彫像があるというのはほんとうかね?」ラマは「ラホールのふしぎの館」というところを、住所を確認するようにくりかえした。

「ほんとうさ」アブドゥラが答えた。「異教の仏像《ブット》がたくさんあるよ。あんたも偶像崇拝者《ブットパラスト》なんだな(イスラム教徒のアブドゥラにとって、偶像崇拝は邪教)」

「こいつの言うことは気にするな」キムは言った。「あれは、政府の建物で、偶像崇拝《ぐうぞうすうはい》なんて関係ないよ。白いひげのサーブ(植民地時代のインドで白人男性につけた敬称)がいるだけさ。いっしょにくれば、案内してやるよ」

「よそからきた坊さんは子どもを食うかもしれないよ」チョタ・ラルが小さな声で言った。

「よそ者なうえに、偶像崇拝者《ブットパラスト》だぞ」イスラム教徒のアブドゥラも言った。

キムは笑った。「新顔ってだけさ。てめえなんか、母ちゃんのひざにのっけてもらってな！」

キムは、入場者数を記録する回転式のバーをカチリとまわして、中に入った。老人もついてきたが、はっと立ち止まって目を見張った。入り口のホールには、ギリシアふうの巨大な仏像が立ち並んでいた。学者にしかわからないほどむかし、今では忘れられた職人たちによって作られたものだ。彼らの技術は、決して未熟ではなく、奇《く》しくもここまで伝わってきたギリシアの表現手法を探りあてようとしている。ゆうに数百体はある。浮き彫りの彫刻をほどこした装飾帯や、彫像や板のかけらは、かつて北部の仏舎利塔《ぶっしゃりとう》や僧房《そうぼう》のレンガ壁を飾っていたものだが、今では、発掘され、分類されて、博物館の呼び物となっていた。

ラマはあんぐりと口を開けて、あちらこちらと見入っていたが、やがて釈迦《しゃか》の即位式か、天上界へのぼるようすを描いた高浮き彫り《アルト・レリーフ》に魅入られたように立ち止まった。釈迦はハスの花の上にすわった姿で描かれており、花びらは深く刻まれ、一枚一枚離れているようにも見える。王や長老やかつての仏陀《ぶつだ》たちが、釈迦をあがめるようにまわりを囲み、下のハスにおおわれた池には、魚や水鳥たちの姿が見える。蝶《ちょう》の羽を持つ天人《デワース》がふたり、釈迦の頭上に花冠《はなかんむり》を捧《ささ》げもち、さらにその上で、別のふたりの天人が、宝石のちりばめられた冠のついた傘を菩薩《ぼさつ》にさしかけていた。

「おお師よ、釈迦牟尼《しゃかむに》さま（釈迦族の聖者の意味。釈迦のこと。）そのひとじゃ！」ラマは泣き出さんばかりにさけび、それから小さな声でみごとな経文《きょうもん》を唱《とな》えはじめた。

正しき道と法
摩耶《まや》夫人（釈迦の母）が胸の下に抱いた
阿難《あなん》（釈迦の十大弟子の一人）の師、菩薩《ぼさつ》よ

「釈迦がここにおられる！　そして、もっとすばらしき妙法《みょうほう》（仏教の第一の法）も。わが巡礼《じゅんれい》の旅の幸先《さいさき》のよいことよ。なんとすばらしい像だ。すばらしい！」

「あそこにサーブがいるよ」キムはそう言って、美術品と工芸品の展示室のケースのあいだを横向きに通り抜けていった。白いひげの英国人がラマを見ていた。ラマはおごそかなようすでそちらをふりむき、会釈《えしゃく》をすると、ごそごそとあちこちまさぐって手帳と紙切れを取り出した。

「ええ、それはわたしの名前です」サーブは、そこに書かれた子どもっぽい下手な字を見てほほえんだ。

「仲間の僧のひとりが、聖地へ巡礼をしましてな。今では、ランチョー僧院の院長です

が。彼が書いてくれたのです。ここのことも、話しておりました」ラマはたどたどしい口調で言うと、瘦《や》せた手を震わせながらまわりをさし示した。

「よくいらっしゃいました、チベットのラマどの。ここには像がたくさんあります。そしてわたしは」そこまで言って、館長はちらりとラマの顔を見た。「知識を集めるためにおります。どうぞわたしの部屋にお立ち寄りください」ラマは興奮で打ち震えていた。

館長室は、彫像のならんだ展示室から壁板でへだてられた、木造の小さな部屋だった。キムは床に横になって、熱で割れたシダー材のドアのすきまに耳を押しつけ、本能の命ずるままに中のようすを見聞きしようと、からだを伸ばした。

話のほとんどは、理解できなかった。最初、ラマがたどたどしい口調で自分のラマ僧院のことを話しはじめた。サチゼン僧院といって、むかいにはさまざまな絵の描かれた岩山があり、ここから歩いて四か月の距離にある。館長は大判の本を持ってきて、さまざまな色の地層が走る巨大な谷を見下ろすように、けわしい岩山の上に建てられた僧院の写真を見せた。

「おお、それです！」ラマは中国製のべっ甲縁《ぶち》のメガネをかけた。「ここにある小さな扉から、冬の前に薪《まき》を運びこむのです。あなたがた——英国人もこうしたことを知っているのですね？　今ではランチョー僧院の院長になっている者が話してくれたのですが、わたしは信じなかったのです。わが師、釈尊《しゃくそん》（釈迦の尊称）は、ここでも尊敬されているのでしょうか？　釈尊の生涯は知られているのですか？」

「すべて石に刻まれています。落ち着かれたようでしたら、ご案内しましょう」

ラマは足を引きずりながら大広間へ入っていった。館長はその横につき、研究者としての畏敬《いけい》の念と、職人としての本能的に美を見抜く力両方を持って、収集品を案内してまわった。

ラマは、今ではだいぶうすくなっている、石に刻まれた美しい物語の場面をひとつひとつ確認しながら歩いていった。ところどころで、見慣れないギリシア独自の表現にぶつかると、とまどっていたが、新しい作品へと進むたびに子どものように顔をかがやかせた。〈受胎告知《じゅたいこくち》〉（摩耶夫人は六本牙の白象が胎内に入る夢を見て釈迦を宿したとされる）の物語のように、あいだが抜け落ちているものは、館長がフランス語やドイツ語の本の山の中から写真や複製画を探してきて見せた。

信心深い阿私陀《あしだ》（インドの仙人。釈迦の誕生に際して、その将来を予言した）が聖なる御子《みこ》を膝《ひざ》にのせ、父と母が予言に耳をかたむけている場面もあった。阿私陀は、キリスト教ではシメオンにあたる。釈迦《しゃか》のいとこ、デーヴァダッタの伝説を描いたものや、けしからぬことに、釈迦を不純だと責めた邪悪な女の彫刻もある。釈迦が悟《さと》りを開いて初めておこなった鹿野園《ろくやおん》の説法や、火の神アグニの崇拝者たちを奇跡で驚かせた話や、菩薩《ぼさつ》（悟りをひらく前の修行時代の仏陀のこと）だったときの王子の姿もある（釈迦は、王子として生まれた）。聖地クシナガラでの釈迦の死の場面では、弱い門弟が気を失っている。一方で、ボダイジュの下で瞑想《めいそう》している姿はくりかえし描かれている。そしてすべての作品の下に、お布施《ふせ》用の托鉢《たくはつ》が置かれていた。

　館長はすぐに、このお客は念仏を唱《とな》えてまわる乞食僧《こじきそう》などではなく、すぐれた学者だと気づいた。それからふたりはもう一度最初からまわり、ラマはかぎタバコをかぎ、メガネをふきつつ、ウルドゥ語とチベット語をごちゃまぜにして、列車のようなスピードでしゃべりつづけた。中国の巡礼僧《じゅんれいそう》である法顕《ほっけん》と玄奘《げんじょう》の仏典を求める旅のことを耳にしたので、彼らの記録を訳したものがあるかどうか知りたいという。そして、とほうに暮れたようすで英国の東洋研究者サミュエル・ビールとフランスの中国研究者スタニスラス・ジュリアンの本をめくっていたが、はっとしたように息を吸った。「ここにすべてである。秘められた宝が」そして、心を落ち着けると、館長がすばやくウルドゥ語に訳していく断片にうやうやしく耳をかたむけた。ヨーロッパの学者たちの研究を耳にするのは、初めてなのだ。彼らは、ここにあるものやほかの山のような文献に目を通し、仏教の聖地を突き止めていた。

　さらに、ラマは黄色の点や線の引かれた大きな地図を見せてもらい、館長の鉛筆が順番にさす点を、茶色の指で追っていった。ここがカピヴァストゥ、ここが中王国、そしてここがマハーボーディー、仏教の聖地です。そしてここが、釈迦が亡くなった悲しみの場所、クシナガラです。ラマはしばらくのあいだ、だまって地図の上に頭《こうべ》を垂《た》れた。館長はパイプに火をつけた。そのころには、キムはぐっすり眠りこんでいた。目を覚ますと、あいかわらず熱のこもった会話がつづいていたが、前よりはわかりやすくなっていた。

「知恵の泉どの、そういうことで、わたしは釈尊《しゃくそん》が歩かれた聖地へいこうと決めたのです。釈尊がお生まれになった場所、そう、カピラ城へも。さらに、釈尊の悟《さと》りの地ブッダガヤのマハーボーディー寺院と鹿野園《ろくやおん》、それから釈尊の亡くなられた場所へも」

そして、ラマは声を落とした。「わたしはここにひとりできました。五年、いや七年、いや十八年、いや四十年のあいだ、〈旧訳派〉の法がきちんと守られていないことが気にかかっていました。おわかりのように、魔界やらまじないやらやみくもな偶像崇拝《ぐうぞうすうはい》にふみつけにされてきたのです、たった今も、外にいた子どもが言っておりました。そうです、子どもすら、偶像崇拝者《ブットパラスト》などという言葉を使っておったのです」

「どの信仰にもあることですから」

「そう思われますか?　わがラマ寺の本を読みましたが、どれもひからびた髄《ずい》だ。もはやなんの意味もない。われわれ、〈新訳派〉のもとにある者たちが、もてあましながらなんとか守っている最近の儀式もまた、年寄りの目にはなんの価値もありませぬ。釈尊を信じる者同士ですら、反目しあっておるのです。すべて、幻想です。ええ、マヤ、すなわち幻想なのです。しかし、わたしには別の望みがあります」

しわだらけの黄色い顔が、館長の顔から十センチも離れていないところまで近づき、人差し指の長い爪が机をたたいた。「学者たちは、こうした書物によって、釈尊のさすらわれた道をたどってきた。しかし、彼らがまだ見つけだしていないものはたくさんあるのです。わたしはなにも知りません。知っていることなど、なにもない。しかし、わたしは広くひらけた道をいくことによって、輪廻《りんね》の輪から抜け出そうとしておるのです」ラマは純粋な勝利の笑みを浮かべた。「聖地の巡礼者《じゅんれいしゃ》として、徳を積むのです。しかし、それだけでは、まだ足りぬ。真実に耳をかたむけなければならない。慈悲《じひ》深き釈尊がまだ若く、伴侶《はんりょ》を探しておられたころ、父君の宮廷の者たちは、釈尊はひ弱で結婚はむりだろうと言っていた。ご存じかな?」

館長はなにを話すつもりだろうと思いながら、うなずいた。

「そこで、やってきた者どもと力比べを三度、行った。弓の技比べで、釈尊はわたされた弓を折ってしまい、だれにも曲げられぬようなものを持ってくるよう命じた。ご存じか?」

「物語にあります。読みました」

「矢は的《まと》を越え、はるか遠く、見えぬところまで飛んでいった。そして、とうとう矢が落ち、地面に触れた場所から、水がわきいで、やがて川になったのだ。釈尊《しゃくそん》の善《よ》き行いと、解脱《げだつ》にいたるまで積まれた徳によって、その川でからだを洗った者は、あらゆる罪の汚《けが》れをすべて洗い流すことができるのです」

「たしかにそうかかれていますね」館長はどこか悲しそうに言った。

ラマは深く息を吸いこんだ。「その川はどこにあるのです？　知恵の泉どの、矢はどこに落ちたのですか？」

「残念ながら、わたしは知らないのです」館長は言った。

「忘れたことにしてらっしゃるのか——なぜなら、そのことだけ、まだ話していただいておりません。あなたはご存じのはずでしょう？　ごらんのとおり、わたしは年寄りじゃ！　あなたの足のあいだに頭をつけて、お願いしているのです。おお、知恵の泉どの。われわれは、あのかたが弓を引いたのは知っているではありませんか！　矢が落ちたことはわかっているのです！　川がわき出たことも！　どこです、川はどこなのです？　夢でお告げがあったのです、その川を見つけろと。ですから、わたしはきました。ここへきたのです。川はどこです？」

「知っていたら、大きな声で、あそこにあるとさけんでいますよ、そうでしょう？」

「その川によって、輪廻《りんね》の輪から逃れることができるのです」ラマは、館長の言葉を無視してつづけた。「〈矢の川〉です！　もう一度考えてください。小さな川かもしれません。もしかしたら、この暑さで干上がっているかもしれない。聖なる釈尊はけっして年寄りをあざむいたりなさらぬ」

「知りません、ほんとうに知らないのです」

ラマは千のしわの入った顔を、ふたたび英国人の目と鼻の先まで近づけた。「あなたがご存じないのはわかりました。法に従う者でいらっしゃらないがゆえに、あなたの目にはかくされているのか」

「そうです、かくされて――かくされているのです」

「われわれはしばられているのか、あなたもわたしも。しかし」そこで、ラマは厚手のやわらかい衣をさっとはらって、立ちあがった。「わたしは、輪廻の輪から自由になりにいく。あなたもぜひ共に！」

「わたしは、ここにしばられているのですよ。しかし、どこへいらっしゃるおつもりです？」館長はたずねた。

「はじめはカシ（ベナレス）へ。まずはそれが妥当《だとう》であろう。そこで、ジャイナ教を信ずる者に会う予定でしてな。彼もまた、密《ひそ》かに道を求める者。ひょっとしたら、彼なら教えてくれるかもしれません。もしかしたら、共にブッダガヤにいくことになるかもしれぬ。そこから北へいき、それから西へいって、カピラ城に入り、そこで川を探そうと考えております。いや、いく先々で探さねば。矢が落ちた場所は、わからぬのだから」

「どうやっていくおつもりです？　デリーまではおそろしく遠い。ベナレスはそれ以上です」

「街道を歩き、トレインにのって。ヒマラヤ山脈のふもとパターンコットから高地を出て、ここまでトレインでまいったのです。すばらしいスピードですね。最初、線路の横にならんでいる高い柱が、次々筋を引くように見え、驚きました」ラマは電柱が目にもとまらぬ速さですぎていくようすを説明した。「しかし、そのあと、足がつってしまいましてな、歩きたくなったのです。そちらのほうが慣れておりますからな」

「道はわかってらっしゃいますか？」館長はたずねた。

「ああ、そのことなら、質問をして、お金を払えば、指名した者が指名した場所まで連れていってくれるそうです。そこまでは、ラマ寺に信頼できる者からの報告がありましたので、わかっております」ラマはほこらしげに言った。

「では、いついかれるのです？」むかしながらの敬虔《けいけん》さと現代の進歩が入り交じった今のインドのようすに、館長は笑みをこぼした。

「できるかぎり早いほうがいいでしょう。矢の川につくまで、釈尊《しゃくそん》が歩まれた地をそのままたどるつもりです。南へいく汽車の時間を記した紙も持っておりますゆえ」

「食料は?」ラマというものはたいてい、それなりの金額をたずさえているものだが、確認しておきたかったのだ。

「今回の旅のために、釈尊と同じように鉢《はち》を手に入れました。ええ、釈尊ですら、旅に出られたのですから、わたしもいかねばなりませぬ。僧院の楽な暮らしを捨てなければ。高地を出たときは、ひとり弟子《チェラ》を連れていたのです。戒律《かいりつ》にあるとおり、どうしても連れていってくれと言われまして。しかし、しばらくクルにおったときに熱にやられ、亡くなりました。ですから、今では弟子《チェラ》はおりませんが、鉢を持っていけば、慈悲《じひ》深い方々がわたしに施《ほどこ》しをすることで徳を積むことができるでしょう」ラマは雄々しくうなずいた。ラマ寺の学僧はふつう物乞《ものご》いはしないのだが、彼はひとえに道を求めることだけに情熱をかたむけていたのだ。

「そういうことならば、承知しました」館長はほほえんだ。「どうか今、わたしにも徳を積ませてください。われわれは職人です。あなたもわたしも。ここに、英国の白い紙でできた新しい手帳があります。芯《しん》を削った鉛筆も二、三本——太いものと細いものがありますので、筆記には便利でしょう。あと、ちょっとそのメガネを貸していただけませんか」

館長は、ラマのメガネをかけてみた。かなり傷がついていたが、度数は彼のものとほとんど同じだったので、そちらのほうをラマの手に持たせて言った。「これをかけてみてください」

「羽根のようだ！　顔に羽根をのせているようだ！」ラマはうれしそうにぐるりと頭をまわし、鼻にしわをよせた。「まるでなにもかけていないようだ！　それに、なんてはっきり見えるのだ！」

「それは、バラウル、つまり水晶でできているのです。だから、傷もつきません。あなたの川を見つけるのに役立つでしょう。それは、さしあげます」

「メガネと鉛筆と白い手帳をいただきます。僧同士の友情の証《あかし》として」ラマはそう言って、腰の帯をごそごそとやり、鉄製の透かし彫りの矢立《やたて》をはずすと、館長の机の上に置いた。「あなたとわたしの友情の記念として。矢立です。古いものでしてね、そう、わたしと同じくらい」

古代の中国の技法で作られたもので、鉄は最近のものとはちがうにおいがした。一目見たときから、館長の収集心をくすぐっていたものだ。何度か辞退したが、ラマは贈り物をひっこめようとしなかった。

「川を見つけてもどってきたら、パドマサンバヴァ（チベット密教の開祖）の図を持ってまいりましょう。ラマ寺院では、よく絹の上に描いていたのです。あと、六道輪廻《ろくどうりんね》図《ず》（迷いある者が輪廻する六種の世界を図にしたもの）も」ラマはクスクス笑った。「なぜなら、われわれは職人なのですから。あなたとわたしは」

館長はラマをひきとめたかった。絵筆で描かれる伝統的な仏教画の真義を今日《こんにち》まで引きついでいる者は少ない。半分は文字で、半分は絵で描かれるものだ。しかし、ラマは頭を高くあげ、大またで部屋を出ていった。そして、瞑想《めいそう》する巨大な菩《ぼ》薩《さつ》像《ぞう》の前でしばし足を止めてから、出口の回転式のバーをかすめるようにして出ていった。

キムは影のごとく、そのあとをつけた。二人の話を立ち聞きして、すっかり興奮していたのだ。これまでの経験をふりかえっても、このような老人には会ったことがない。もっと調べてみるつもりだった。ラホールの町に新しくできた建物や奇妙な祭りを調べるときみたいにじっくりと。ラマを見つけたのはキムだ。だから、とうぜん自分の掌中《しょうちゅう》に収めたい。キムは父親だけでなく、母親からもアイルランド人の気質を引きついでいた。

ラマはザムザマー砲の前で立ち止まると、まわりを見まわし、キムを見つけた。巡礼《じゅんれい》の旅への熱がふと一瞬、失われ、ラマはみじめな老人であるような、空っぽな気持ちにおそわれた。

「大砲の下にすわるな」警官が横柄《おうへい》な口調で言った。

「ヘン！　もったいぶるんじゃないよ！」キムはラマの味方をしてさけんだ。「すわりたきゃ、すわるがいいよ。おい、ダンヌー、おまえが乳しぼりの女の靴を盗んだのはいつだったっけね！」

その場で思いついた、根も葉もない言いがかりだったが、ダンヌーは口をつぐんだ。キムのよく通る声が、必要とあらば市場の悪ガキどもを呼び集めることを知っているからだ。

「あの中で、だれを拝《おが》んでたんだい？」キムはラマとならんで日陰にしゃがむと、気さくにたずねた。

「わたしはだれも拝んでなどいない。妙法《みょうほう》の前で頭《こうべ》を垂《た》れたのだ」

キムはその新しい神を、すんなりと受け入れた。神ならすでに数十は知っている。

「で、なにしてるの？」

「托鉢《たくはつ》だ。さいごに飲み食いしてからずいぶんたっていることを思い出したのでな。この町での施《ほどこ》しはどういうやり方でおこなわれているのかね？　チベットと同じように、だまっているのか？　それとも、大きな声で乞《こ》うべきなのか？」

「だまって立ってりゃ、だまって死ぬだけ」キムは土地の格言を引いた。ラマはたちあがろうとしたが、またよろよろとすわりこみ、かなたの地、クルで亡くなった弟子のことを思ってため息をついた。キムはそのようすを、興味深そうに首をかしげてみていた。

「鉢《はち》を貸して。この町の連中のことならよく知ってる、みんな、慈悲《じひ》深いからさ。ほら、貸しなって。いっぱいにして持って帰ってくるから」

子どものような素直さで、老人はキムに鉢をわたした。

「あなたは休んでて。おれは、ここの連中のことならよく知ってるから」

キムは小走りで、真珠《モティー》バザールを通る路面電車の線路の反対側にある、下層《クンジュ》カースト《リ》の八百屋の屋台までいった。八百屋の女は、むかしからキムのことを知っていた。

「おや、鉢なんて持って、苦行者《ヨギ》にでもなったのかい?」女は大声で言った。

「ちがうよ」キムは胸をはった。「町に新しい坊さんがきたんだ。見たことがないようなひとだよ」

「年寄りの坊さんかい。若いトラと同じだよ」女は怒って言った。「新しくやってくる坊さんにはあきあきだよ。ハエみたいに売り物にたかるんだ。あたしの息子の父親は、来る坊さん来る坊さんに施しをやったりしないよ」

「だろうね。あんたのだんなは、苦行者《ヨギ》じゃなくて、気分屋《ヤギ》さ。でも、今度の坊さんはこれまでとはちがうんだ。ふしぎの館《やかた》のサーブが、兄弟みたいに話しかけてたんだから。ねえ、おっかあ、鉢に食い物を入れてくれよ。坊さんが待ってるんだ」

「なんだい、その鉢は！　雌牛の腹みたいなでかさだね。おまえの礼儀ときたら、シヴァ神の聖牛なみだ。牛のやつには、すでに今朝、タマネギのいちばんいいところを、持ってかれちまったよ。まったく、あんたの鉢《はち》にも入れてやらないとね。ほら、また来たよ」

ねずみ色の巨大なバラモン牛（インドでは牛は神聖な獣として敬われている）が、色とりどりの服を着た人々を押しのけるようにしてやってきた。口から、盗んだバナナがだらりとたれている。牛はまっすぐ店へやってきた。聖なる獣としての自分の特権を知りすぎるほど知っているのだ。そして、頭を下げ、なにを食おうかと、ずらりとならんでいるカゴのにおいをふんふんとかぎはじめた。そのぬれた鼻面めがけ、キムのかたい小さなかかとが飛んだ。牛は怒ったようにフウフウと鼻を鳴らすと、背中のこぶを怒りでふるわせながら、路面電車の線路のむこうへいってしまった。

「ほうらね！　これでこの鉢の三倍の量が助かっただろ。さあ、おっかあ、飯をちょっとばかし入れて、干し魚をのっけてくれよ。そうそう。それから、野菜カレーもな」

店の裏からうなり声があがった。亭主《ていしゅ》がねっころがっていたのだ。

「牛を追っ払ってくれたんだよ」女は小声で言った。「貧しい者に施《ほどこ》しをやるのはいいことだからね」そして、鉢を受け取ると、あつあつの飯をたっぷりついで返した。

「おれの苦行者《ヨギ》は牛じゃないんだ」キムは重々しく言うと、飯のてっぺんに指で穴をあけた。「カレーはちょっとでいいから。あと、揚げパンに香辛料入りのソース《チャツネ》をちょっぴりのっけてよ。そしたら、坊さんも喜ぶと思うよ」

「まるでおまえの頭みたいにでかい穴じゃないか」女はむっとしたように言ったが、それでもおいしそうに湯気をたてている野菜カレーをそそいでくれた。そして、揚げパンをぽんとのせると、さらにギーをつけ、わきにタマリンドの実から作った酸っぱいチャツネをなすりつけた。キムは満足そうに鉢をながめた。

「これでいいよ。おれが市場にいるときは、この家に牛は近づけないからね。あいつは、厚かましい物乞《ものご》いさ」

「じゃあ、おまえさんはなんだい？」女は笑った。「牛のことは悪く言うんじゃないよ。いつか野っ原から赤い牛がやってきて、おまえさんを救うって言ってたじゃないか。さあ、その鉢をまっすぐ持ってかえって、坊さんにあたしを祝福するよう、たのんどくれ。もしかしたら、娘の眼病の治し方を知ってるかもしれないね。そのことも、きいておいておくれよ、世界の友！」

しかし、その言葉が終わるまえに、キムはすでにパリア犬（インド原産の犬。半野良状態でインドでは多く見かける）と腹を空《す》かせた知り合いの面々をぴょんぴょんよけて、走り去っていた。

「やり方を知ってる者は、こうやって施しをもらうのさ」キムがほこらしげに言うと、ラマは目を開けて、鉢の中身を見た。「食いなよ。おれもいっしょに食うから。おーい、

「水屋（ビースティ）！」キムは博物館のそばで、クロトンの木に水をやっていた水屋を呼んだ。「水をくれ。おれたちゃ、のどがからからなんだ」

「いっぱしにおれたちときたか！」ビースティは笑った。「おまえさんたちみたいな方々に、革袋一杯で足りますかい？　ほら、飲みな。あわれみぶかい神《アラー》の名において！」

水屋がキムの両手に水をちょろちょろとそそぐと、キムは土地の者がやるように右手で飲んだ（インドでは「浄」である右手で飲み食いする）。しかし、ラマはたっぷりとひだのついた服の上半身からコップを取り出し、おごそかなようすで飲んだ。

「外国人《パーデシ》なんだ」ラマが知らない言葉で祈りらしきものを捧《ささ》げている横で、キムは説明した。

二人は腹いっぱい食べ、鉢《はち》はきれいに空になった。それから、ラマはものものしいタバコ入れから嗅《か》ぎタバコを取り出し、しばらく数珠《じゅず》を指でなぞっていたが、やがてザムザマー砲の影が長くなると、年寄りの心地よい眠りに落ちていった。

キムは近くにいた、イスラム教徒の陽気そうなタバコ屋の女のところへぶらぶらと歩いていって、ひどいにおいの葉巻を一本ねだった。英国の習慣をまねたがるパンジャブ大学の学生に売っている銘柄《めいがら》だ。そして、それをくゆらせながらザムザマー砲の下にもぐりこんで、ひざにあごをのせて考えをめぐらせた。やがて、いきなりなにか思いついたようにそっと大砲の下からはいでて、ニラ・ラムの材木置き場へむかった。

ラマが目覚めたころには、町の夜の活動がはじまっていた。灯がともされ、役所から白い服を着た職員やその部下たちが出てきた。ラマはめんくらったようにまわりを見まわしていたが、だれもラマには目をくれない。一人、汚らしいターバンを巻いて、ねずみ色がかった黄色の服をまとったヒンドゥー教徒の子どもがじっとラマを見ているだけだ。ラマはひざに頭をつけ、悲しげな声をあげた。

「どうしたんです？　追いはぎにあったんですか？」少年がラマの前にきてたずねた。

「わたしの新しい弟子《チェラ》がどこかへいってしまったのだ。どこにいったのか、わからぬ」

「弟子《チェラ》っていうのは、どんな人なんです？」

「少年なのだ。死んでしまった弟子《チェラ》の代わりに、わたしのもとへやってきたのだ。あの建物の中にある妙法《みょうほう》の前で頭《こうべ》を垂《た》れ、徳を積んだからであろう」ラマは博物館を指さした。「道を教えるためにわたしのもとへ遣《つか》わされたのだ。わたしをふしぎの館《やかた》へみちびき、その言葉でもって、像の番人と話す勇気を与えてくれた。おかげで、わたしは元気を取りもどし、力を得られたのだ。そして、空腹で倒れそうになると、わたしの代わりに托鉢《たくはつ》をしてくれた。まるで弟子が師のためにするように。いきなり、わがもとに遣わされ、そしていきなり消えてしまった。ベナレスへいくあいだに妙法について教えようと思っていたのに」

キムはそれを聞いてあぜんとした。博物館で盗み聞きしたから、老人がほんとうのことを言っているとわかったからだ。この土地の人間は決して見知らぬ者にほんとうのことを話したりしない。

「しかし、今ではわかる。あの子はある目的のために遣《つか》わされたのだ。あの子の力によって、わたしは探し求めている川を見つけることができるのだ」

「矢の川のこと?」キムはとくいげな笑みを浮かべた。

「またもや、しるしか?」ラマは声をあげた。「あの、像の守り手どの以外には、わたしの探索《たんさく》のことはだれにも話していないというのに。おまえは何者じゃ?」

「あなたの弟子《チェラ》だよ」キムはそれだけ言うと、正坐《せいざ》した。「これまで生きてきて、あなたみたいな人に会ったのは初めてだよ。あなたといっしょにベナレスへいくよ。それにさ、あなたみたいに、夕暮れにたまたまあった人間にほんとうのことをしゃべっちまうような年寄りは、弟子がいないと困るだろうし」

「しかし、川——矢の川のことはなぜ知っている?」

「ああ、それは英国人に話してるのを聞いたんだよ。ドアによりかかってたから」

ラマはため息をついた。「道案内が与えられたのだと思った。そうした奇跡が起こることはままあるのだ。だが、わたしはそんな価値のある人間ではない。ということは、おまえも川のことは知らぬのだな」

「知らないよ」キムはぎこちなく笑った。「おれが探してるのは、牛なんだ。おれを助けてくれる、緑の野にいる赤い雄牛さ」相手に計画があるならと、キムは自分の計画のひとつを明かした。少年にはよくあることだ。とはいえ、いつもは、父親の予言のことなど二十分も考えればいいほうで、そうしたことも少年にはよくあることだった。

「なんのために？」ラマはたずねた。

「わからないよ。父さんがおれにそう話したんだ。さっきあなたが、ふしぎの館《やかた》で聞いたこともないような高地の場所のことを話してるのを聞いて、あなたみたいに年寄りで弱そうな、おまけにほんとうのことしか言わないひとが、たかが川を探すために旅に出るなら、おれだって旅に出るべきなんじゃないかって思ったんだよ。それを見つけるのがおれたちの運命なら、見つけられるさ。つまり、あなたはあなたの川を、おれはおれの牛を。予言には力の柱とか、ほかのものもあったんだけど、忘れちまったよ」

「わたしは、柱ではなく、輪廻《りんね》の輪から自由になりたいのだ」ラマは言った。

「同じことだよ。おれは、それで、たぶん、王さまになるんだ」キムはどうなろうと覚悟はできているというような、落ち着いた口調で言った。

「いく道で、もっと別の、よりよき望みについて教えてやろう」ラマはいかめしく言った。「さあ、ベナレスへまいるぞ」

「夜はだめだよ。盗人《ぬすっと》たちがいるからね。朝まで待つんだ」

「しかし、寝る場所がないぞ」老人は僧院の習慣に親しんでいたので、地面の上で寝るとしても、戒律《かいりつ》が定めるように見苦しくないようにしたかった。

キムは、とまどったようすのラマを見て笑った。「カシミールの隊商宿なら、ちゃんと寝られるよ。あそこなら、友だちがいる。いこう！」

市場はこうこうと明かりに照らされ、大勢の人々の熱気で満ちていた。二人は、北インドのさまざまな人種がひしめくなかをかきわけて進んでいった。ラマは夢を見ているようにぼうぜんと歩いていた。大きな産業都市にきたのは初めてだったのだ。乗客が鈴なりになった路面電車がかん高いブレーキ音を響かせるたびに、びくんとしている。押されたり引っぱられたりしながら、ようやくカシミール隊商宿の高い門の前までできた。駅を背にした巨大な広場を、屋根のついた回廊《かいろう》がぐるりと取り囲んでいる。中央アジアからもどってきたラクダや馬の隊商たちがここで宿をとる。各地からやってきた北方民族が小馬をつないで、手入れをしている。ひざをついたラクダもいる。行李《こうり》や包みを積んでいる者、下ろしている者、井戸の滑車をキィキィいわせながら夕食の水を汲《く》んでいる者。目を血走らせ、かん高い声でいなないている馬の前に草を積みあげている者。いら立ったようすの犬に平手打ちをくらわせている者もいれば、ラクダ商人に金を払っている者や、新しい馬番をやとおうとしている者もいる。悪態やどなり声、言い争い、交渉する声が、人でごった返した広場に充《み》ち満《み》ち、この荒れくるう海から、石段を三、四段あがったところにある回廊だけが、避難所となっていた。

回廊のほとんどの場所は、商人に貸し出されている。英国で高架下《こうかした》が宿となっているのと同じだ。柱と柱のあいだにレンガや板で仕切りが作られ、どっしりとした木の扉とインドのぶかっこうな南京錠《なんきんじょう》で守られていた。扉に鍵《かぎ》がかかっていれば、持ち主はいないことがわかる。主《あるじ》の行き先が、少々ぞんざいに――時にはかなりぞんざいにチョークやペンキで書きなぐってあった。「ルタフ・ウラーはクルディスタンへ」と書かれた下に、下手な詩で「おお、アラーの神、カブール人の上着にシラミを住まわせるお方よ、なぜシラミ野郎のルタフは長生きを?」と落書きされているといった具合だ。

キムは興奮しきった人や動物からラマを守りつつ、回廊にそって奥の、いちばん駅に近いところまで横向きで歩いていった。そこは、馬商人のマハブーブ・アリが、北の峠のむこうにある謎《なぞ》めいた土地からきたときに泊まっている場所だった。

まだ十数年の短い人生だが、キムは十歳から十三歳のあいだ、何度もマハブーブの仕事をしていた。(年を取り、白くなった毛を隠すために)ひげを緋色《ひいろ》に染めた、大柄でがっしりしたアフガン人は、うわさ話に通じた少年の価値をよくわかっていて、ときおり、馬とはなんの関係もない男の見張りをたのんだりした。丸一日、男のあとをつけ、男が話した相手を一人残らず報告すればいいのだ。日が暮れて、キムが報告しにいくと、マハブーブは身じろぎもせず、言葉ひとつはさまずに聞いた。なにかの陰謀《いんぼう》に関係していることはキムもわかっていたが、マハブーブ以外の者には決して話さないことが重要なのだ。そうすれば、隊商宿の入り口にある食堂でできたてのおいしい食事をごちそうしてもらえたし、一度などは八アンナもの金をもらった。

「いるみたいだな」キムは機嫌の悪そうなラクダの鼻づらをぴしゃりとやった。「おーい、マハブーブ・アリ!」そして暗いアーチの下で足を止め、まごついているラマのうしろにすっと隠れた。

馬商人は、刺繡《ししゅう》のほどこされたブハラ産の厚手の帯をゆるめ、絹のじゅうたん生地の鞍《くら》袋《ぶくろ》を二つならべた上に横たわり、巨大な銀の水タバコをぼんやりと吸っていた。声がしたほうへわずかに頭をむけると、だまって立ちつくしている背の高い影だけが見えたので、厚い胸の奥でクスクス笑った。

「アラーの神よ! ラマじゃないか! 赤いラマだ! 峠からラホールまではずいぶん

あるだろう。いったいなぜこんなところへ？」

ラマは無意識のうちに托鉢《たくはつ》をさしだした。

「不信心者に呪いあれ！（イスラム教徒からすると、仏教徒は不信心者となる）」マハブーブはさけんだ。「汚《けが》らわしいチベット人に施《ほどこ》しなどせんぞ。あそこにいるバルチスタンどもにたのむんだな。ラクダのうしろにいる。連中なら、あんたの祝福を受けたがるかもしれんぞ。おい、馬番ども、おまえらの国の人間がきたぞ。腹を空《す》かせてるようだ、見にこい」

北東の藩王国《はんおうこく》（英国の支配下で一定の自治権を認められていた藩王の領国）から馬といっしょにきた、頭をそりあげたバルチスタン人がひとり、立ちあがった。堕落《だらく》してはいるが、一応は仏教徒だ。男はラマにあれこれ世辞《せじ》を言い、太いしゃがれ声で馬番たちの火にあたるよう熱心にすすめた。

「ほら！」キムにそっと押され、ラマはキムを回廊《かいろう》に残し、そちらへ歩いていった。

「いけ！」マハブーブ・アリはまた水タバコをくわえた。「チビのヒンドゥー、おまえもだ。不信心者はみな、呪われろ！　施しなら、おれの手下どもから受けろ。おまえと同じ信仰の者がいるから」

「マハラジャ」キムはヒンドゥーの敬語を使って、あわれっぽい声で言った。この状況をすっかり楽しんでいるのだ。「父さんが死んじまって、母さんも死んじまって、腹がぺこぺこなんです」

「馬のところにいるおれの手下にたのめと言ってるんだ。中には、ヒンドゥー教徒もいるはずだ」

「でもさ、マハブーブ、このおれはヒンドゥーか?」キムは英語になって、言った。

馬商人はおどろいたようすなどみじんも見せなかったが、もじゃもじゃの眉《まゆ》の下からじっとキムを見つめた。

「世界の友よ、いったいなんのまねだ?」

「なんでもないよ。おれは、あの坊さんの弟子になったんだ。いっしょに巡礼《じゅんれい》の旅に出るんだよ。ベナレスへね。あのひとがそう言うんだ。あのひとは頭がどうかしちゃってるし、おれはもう、ラホールの町にはあきあきだ。新しい空気と水がほしいんだよ」

「だれのもとで働いてるんだ? なぜおれのところへきた?」馬商人はとげをふくんだ声で問いただした。

「ほかにだれのところへいけばいいのさ? おれには金はない。金を持たずにうろうろするわけにはいかないよ。あなたは、役人にいっぱい馬を売るんだろ。上等な馬ばかりだよ、あそこにいる新しい馬たちはさ。さっき見たんだ。一ルピーめぐんでよ、マハブーブ・アリ。金持ちになったら、ちゃんと返すからさ」

「ふむ」マハブーブ・アリはすばやく考えをめぐらせた。「これまでおまえは一度もおれにうそをついたことはないからな。あのラマを呼べ。おまえはうしろの暗がりに下がってろ」

「ちゃんと話は一致するよ」キムは笑った。

マハブーブ・アリの質問の趣旨《しゅし》を理解すると、ラマはすぐさま答えた。「われわれはベナレスへいく。少年とわたしとで。ある川を探しにいくのだ」

「なるほど。だが、あの少年は？」

「あの子は、わたしの弟子《チェラ》じゃ。わたしの元へ遣《つか》わされたのだ。その川へ案内するために。大砲の下にすわっていたら、ふいに現れたのだ。そうした幸運が訪れることはあるのだ、導きを与えられた者にはな。しかし、今思いだしたが、あの子はこの世界の者だと言っておったな。ヒンドゥーだと」

「あの子の名は？」

「たずねていない。あの子はわたしの弟子《チェラ》なのだから」

「あの子の国や、人種、生まれた村は？　イスラム教徒なのか、シーク教徒か、ヒンドゥー教か、ジャイナ教かは？　カーストが低位か高位かは？」

「なぜそんなことをたずねるのだ？　中道《ちゅうどう》には、高位も低位もない。あの子はわたしの弟子《チェラ》だ。それでも、あの子を奪う者が、奪おうとする者が、つまり、奪える者がいるのか？　なぜなら、あの子がいなければ川を見つけることができないのだ」ラマは重苦しいようすで頭をふった。

「だれもあんたからあの子を奪ったりせんよ。さあ、おれの手下のバルチスタンとすわってろ」マハブーブ・アリが言うと、ラマはほっとしたようすでふらふらと歩いていった。

「ね、頭がやられちゃってるだろ？」キムは暗がりから出ていって、言った。「おれがあなたにうそつくわけないじゃないか、ハジイ（イスラム教徒に対する敬称。メッカ巡礼者を指す）」

マハブーブはだまって水タバコを吸った。それから、おもむろにほとんどささやくような声で言った。「ベナレスへいく途中に、アンバラという町がある。おまえたちふたりがほんとうにベナレスへいくならだが」

「チェッ！　言ったろ、あのひとはうそのつきかたなんか知らないんだ。あなたもおれもそれはわかってるだろ」

「そのアンバラに、おれからのことづけを持っていってくれるなら、金をやろう。馬に関することなんだ。前回、峠からもどってきたときに、ある将校に売った白い雄馬の件でな。だが、そのあと——近くにきて、施《ほどこ》しを受けるふりをして両手を出せ——白馬の血統《けっとう》書《しょ》が不完全だということがわかってな。その将校というのは今、アンバラにいるんだが、おれに説明しろと言うのだ」（マハブーブは馬のようすと将校の外見を説明した）「その将校へのことづけというのは、こうだ。『白い雄馬の血統書ができあがりました』そう言えば、おまえがおれの使いだということがわかる。すると、将校は『証拠は？』ときくだろうから、こう答えろ。『マハブーブ・アリから証拠をあずかってきました』とな」

「白い雄馬のためだけに、そんなことをするんだ」キムの目がきらっとかがやき、くすりと笑いがもれた。

「今からその血統書をやる。おれのやり方でな。それから、ちょいと、ののしっとかんとな」キムのうしろをすっと人影が横切り、ラクダにえさをやりはじめたのを見て、マハブーブ・アリはわざと声をはりあげた。

「アラーの神よ！　この町の物乞《ものご》いはおまえだけだとでも、思ってるのか？　おまえの母親は死んだ。父親も死んだ。そんなのは、みな同じだ。まったく――」マハブーブはふりかえって、床《とこ》の上をまさぐると、やわらかくてぎとぎとした平らなナンを少年にぽんとほうった。「今夜は、おれの馬番たちと眠るがいい。おまえもラマもだ。明日になったら、少しくらいもてなしてやるかもしれん」

キムはナンをくわえたまま、こそこそとその場を退散した。思ったとおり、ナンの中には細かく折りたたまれた薄葉紙《うすようし》の束が油布にくるまれて入っていた。いっしょに、ルピー銀貨も三枚入っている。大金だ。キムはにやっと笑って金と紙の束を革のお守り袋の中にっっこんだ。ラマは、マハブーブのところのバルチスタン人にたっぷりと食事をもらい、すでに馬小屋のすみで眠っていた。キムもそのかたわらに横になった。笑いがこみあげる。これまでもずいぶんマハブーブの仕事をしてきたから、雄馬の血統書《けっとうしょ》の話など、一瞬たりとも信じてはいなかった。

けれども、そのキムも、パンジャブで一、二を争う馬商人で、金をたっぷり持ち、冒険好きで、隊商をはるか遠くの僻地《へきち》まで送りこんでいるマハブーブ・アリが、英国のインド調査部門の鍵《かぎ》のついた名簿にC251Bとして名をつらねていることは、知らなかった。年に二、三回、C25は、ちょっとしたうわさ話のたぐいを送ってくる。そっけない文体だが同時に非常に興味深い内容で、R17とM4の報告書と照らし合わせて確認すると、ほとんどの場合、真実だった。ふつうの人間が入りこまないような山岳地帯の小国や、そうした地方をさぐりにくる英国以外の探検隊、武器取引のことなどあらゆることが書き記されている。つまり一言で言えば、C25の報告は、英国統治下のインド政府が行動を決める判断材料となる、大量の「取得された情報」の一角を担っているのだ。

しかし、最近になって、同盟国の五人の王たち――本来なら同盟する筋合いはないのだが（英国と対立するロシアの影響下で同盟したということ）――は、北方の政権（ロシアのこと）から親切にも、彼らの領土の情報が英国領インドに漏《も》れていることを知らされた。王たちの大臣らはひどく腹を立て、東洋のやり方にならって対策を講《こう》じることにした。数多《あまた》いるなかでも、ごろつきの赤ひげの馬商人があやしい、と彼らはにらんだ。馬商人の隊商は、腹まである雪をかきわけ、彼らの要塞《ようさい》を越えてくる。今回、マハブーブの隊商は少なくとも二回、待ち伏せにあい、銃撃された。マハブーブの手下たちは、あやしげな無法者を三人捕まえたが、彼らが実際に同盟国にやとわれていたかどうかは、さだかではなかった。そこで、マハブーブはなにかといかがわしいペシャワールの町に泊まるのはやめ、まっすぐラホールへもどってきたのだ。自分の国の人間をよく知っているマハブーブは、なにかおかしなことが起こるのではないかと予想していた。

おまけに、必要以上に長く持っていたくないものが手元にあった。細かく折りたたみ、油布に包んだ薄葉紙《うすようし》だ。送り手も宛先《あてさき》も記されていない報告書で、片隅に肉眼では見えないほど小さい穴が五つあいている。それこそ、同盟を結んだ五人の王と、彼ら寄りの北方の政権、ペシャワールのヒンドゥーの銀行家、ベルギーの武器製造会社、そして南方を支配する半独立国のイスラムの重要人物のつながりを暴く、とてつもない情報だった。この最後の情報は、R17が手に入れたもので、マハブーブはそれをドラ峠を越えた先で受け取り、本人にはどうしようもない状況で監視の持ち場をはなれられないR17の代わりに運んでいたのだ。このC25の報告に比べれば、ダイナマイトなど、牛乳のように無害なものにすぎない。時間について西洋とは別の見方を持っている東洋人ですら、一刻も早く、しかるべき人物の手にわたしたほうがいいことは、わかった。

マハブーブは非業《ひごう》の最期を遂げたいなどと、これっぽっちも思っていなかった。国境のむこうに、まだ果たせていない家族の血の復讐《ふくしゅう》が二、三、あり、その決着がついたあかつきには、それなりに高潔な一市民として落ち着こうと考えていたのだ。二日前にラホールに着いてから、隊商宿の門から一歩も出ていなかったが、わざと目立つように、金を預けているボンベイと、一族の仕事仲間がラージプターナ州の官吏《かんり》に馬を売っているデリー、それから白い雄馬の血統書《けっとうしょ》をよこせとせっついている英国人のいるアンバラの三か所へ、電報を送っていた。英語ができる公《おおやけ》の代書屋が、すばらしい電報の文章を作成した。「アンバラ、ローレルバンク　クレイトンどの。馬は、すでにお知らせしたとおり、アラビア種。血統書が遅れ、申し訳ない。現在、翻訳中」。そのあと、同じ住所あてに「さらなる遅れ、申し訳ない。血統書発送する予定」と打ち、デリーの仲間には「ルタフ・ウラーどの。ラッチマン・ナライン銀行の口座に二千ルピーふりこみました」と打った。完全に商売をよそおって書かれているが、こうした電報はすべて、駅に届けられるまえに、これを見逃すわけにはいかないと考えた者たちにさんざん調べられる。電報を運ぶまぬけなバルチスタン人が、どんな人間にもすぐに読ませてしまうからだ。

マハブーブのいっぷう変わった表現を借りれば、わき出る疑惑の泉を用心深い棒でかきまぜたら、キムが天から降ってきた、というわけだった。平気で悪事を働き、何事にもすばやいマハブーブ・アリは、突如としてやってきたあらゆるチャンスを見逃さず、今回もキムのことをその場でやとったのだった。

下層カーストの少年弟子をつれたラマが巡礼《じゅんれい》の地であるインドをうろついたところで、一瞬興味を引くことはあっても、疑われることはないだろう。しかも、物盗《ものと》りに狙われることもない。

マハブーブは水タバコの新しい火種をとってくるよう命じ、この件についてさらに考えをめぐらせた。最悪の場合、少年の身になにかあったとしても、書類のせいでだれかが罪に問われることはない。新たな疑いを招く危険はあるが、あわてずにマハブーブ自らアンバラにおもむき、関係のある人々に口頭で情報を伝えればいい。

しかし、R17の報告は今回の件の核心だ。しかるべき手に届けられなければ、色々不都合なのはまちがいない。神《アラー》は偉大だ。現時点で、自分はいちばんいい方法をとったのだから。これまで彼にうそをついたことがないのは、この世でただ一人、キムだけだ。うそをつけないだけなら、致命的な欠陥《けっかん》になりえるが、実際は、自分のためにしろ、マハブーブの仕事を果たすためにしろ、ほかの人間相手なら、キムが東洋人のごとくうそをつけることを、マハブーブは知っていた。

それからマハブーブ・アリはからだをゆらしながら隊商宿を出て、妖鳥《ハルピュイア》たちの門をくぐった。化粧《けしょう》をほどこし、よそ者をおとしいれる女たちのことだ。そして、多少苦労はしたものの、ある女を呼び出した。女が、つるりとした顔をしたカシミール人のお偉方《えらがた》と特別な仲だと、信じるに足る理由があったからだ。そのお偉方は、例のまぬけなバルチスタン人を、電報を運んでいくとちゅうで呼び止めた男だった。

おろかとしか、いいようのないことだった。つまり、預言者《よげんしゃ》（イスラム教の開祖ムハンマドのこと）の法に反して、三人は香料入りのブランデーを飲みはじめ、マハブーブはすっかり酔っぱらって、口もとをゆるめ、おぼつかない足元で快楽の花を追いかけて、あげくにはクッションの上にばったりと倒れこんだのだ。快楽の花こと、ハルピュイアの女は、つるりとした顔のカシミールのお偉方に手伝ってもらい、マハブーブのからだを頭のてっぺんから足の先までくまなく調べあげた。

同じころ、キムはだれもいないマハブーブの馬小屋にそっと入ってくる足音を聞きつけた。馬商人は、妙なことに、鍵《かぎ》をかけずに出かけていた。手下たちは、マハブーブが気前よくまるまる一頭与えた羊でインドにもどった祝いの宴《うたげ》をひらいていた。入ってきたこぎれいなデリーの若紳士は、正体を失ったマハブーブの帯から女がはずした鍵束を使い、マハブーブの持ち物を、箱から包みから敷物から鞍袋《くらぶくろ》までひとつ残らず調べてまわった。女とカシミールのお偉方がマハブーブのからだを探したときよりも、さらに手際がよかった。

一時間後、女はいびきをかいている馬商人の巨体にむっちりとしたひじをつき、バカにしたように言った。「こいつはただのアフガンの馬商人だよ。女と馬のことしか頭にないブタさ。だいたいさ、とっくに送っちまってるよ。もしほんとうにそんなものがあるとしてもね」

「いや。五人の王に関することなら、やつの黒い心臓のすぐそばにしまっておくはずだ。ほんとうになにもなかったのか？」カシミールの男はたずねた。

デリーの若者が笑いながら、ターバンを巻きなおしつつ入ってきた。「女が服の中を探しているあいだ、こっちはやつの靴の底のあいだまで探したんだ。犯人はこいつじゃない。くまなく探したんだから」

「こいつが犯人だと、言われたわけじゃない」カシミールの男は考えこんだように言った。「『彼が犯人かどうか調べろ。顧問《こもん》たちが困っているんだ』と言われただけだ」

「あの北の国には、古い上着についたシラミみたいに馬商人がうじゃうじゃいるからね。シカンダール・カーンに、ヌール・アリ・ベッグ、ファルーク・シャーもいる。みんな隊商《カライラ》の親分で、北で商売をしてるよ」女が言った。

「彼らはまだ町にきていない。きたら、おまえが誘惑するんだ」カシミールの男は言った。

「あーあ」女は心底いやそうに言うと、マハブーブの頭をごろんとひざから落とした。「あたしは自分で金をかせいでるんだ。ファルーク・シャーはクマみたいだし、アリ・ベッグは剣をふりまわす無法者、おまけに年寄りのシカンダール・カーンかい。帰っとくれ！　もう寝るよ。このブタは、夜明けまでぴくりともしないさ」

マハブーブが目を覚ますと、女は酒に酔うことは罪だとこっぴどく言って聞かせた。アジア人は、敵をうまく出し抜いたときも、片目をつむったりしない。だが、マハブーブ・アリは咳払《せきばら》いをして、帯をぐっとしめ、よろよろと早朝の星空の下を歩きながら、思わず片目をつむりそうになった。

「ひよっこのような手を使いおって！　この程度のことなら、ペシャワールの女はみな、やっとるわ！　とはいえ、うまくやったもんだ。これで街道に出たら、あとどのくらい、おれを調べるように言われた連中がいるか、わかったもんじゃないな。ナイフで調べようとしたとしてもおかしくない。やはりあのこぞうをアンバラへいかせるしかないな。汽車がいいだろう。あの報告書は、急がんと。おれはここにとどまって、女のあとを追っかけて、ワインをしこたま飲むことにしよう。アフガンの馬商人らしくな」

マハブーブは隊商宿の自分の仕切りより一つ手前で足を止めた。手下たちは正体なく眠りこんでいる。キムとラマの姿は見えなかった。

「起きろ！」マハブーブは眠っている手下をゆすり起こした。「昨日の夜、いっしょに寝ていたふたりは？　あのラマと少年はどこへいった？　なくなったものはないか？」

「ありません」一人がうなるように答えた。「頭のおかしい年寄りは二番鶏《どり》が鳴いたのと同時に目を覚まして、ベナレスへいくといって、こぞうが連れていきましたよ」

「不信心者どもにアラーの罰を！」マハブーブは声をはりあげ、自分の仕切りにもぐりこむと、ひげの奥でうなった。

しかし、実際にラマを起こしたのはキムだった。仕切りの節穴に片目をあて、デリーの男が箱という箱を探し回っているのを見ていたのだ。手紙や証書や鞍《くら》までひっくり返すのは、ふつうのどろぼうではない。ただの盗人《ぬすっと》なら、小さなナイフでマハブーブの靴底をはがしたり、鞍袋の縫《ぬ》い目を器用にほどくようなまねはしないだろう。最初、キムは「どろぼう《チョール》、どろぼ――う《チョール》」とさけび声をあげることも考えた。隊商宿は蜂《はち》の巣をつついたような騒ぎになるだろう。しかし、お守り袋をにぎりしめ、注意深く観察した結果、自分なりの結論にいたった。

「ねらいは、でっちあげの馬の血統書《けっとうしょ》にちがいない。おれがアンバラへ持っていくやつだ。今、出発したほうがいいな。ナイフで袋を探すような連中は、腹もナイフで探しかねない。これのうらに女がいることはまちがいないな。ねえ、ねえ！」キムは声を殺して、浅い眠りの老人を起こした。「いこう。もう時間だよ、ベナレスへいく時間だ」

ラマは言われたとおり起きあがり、二人は影のように隊商宿をあとにしたのだった。

2

白い雄馬の血統書《けっとうしょ》

うぬぼれより解きはなたれ
釈迦《しゃか》の教義や僧をさげすまぬ者は
カマクラにいる彼の
東洋の魂《たましい》を感じるであろう

『カマクラの大仏』

二人は、夜明け前の真っ暗な中、砦《とりで》のような造りの駅へ入っていった。駅の貨物操車場で、電灯がジージー音を立てている。北から運ばれてきた大量の穀物《こくもつ》はここで下ろされる。

「悪魔のわざじゃ！」がらんとした闇に音がひびき、石造りのホームのあいだで線路がきらめき、その上を梁《はり》が迷路のように走っているのを見て、ラマはたじろいだ。彼が立っているのは、巨大な石の広間だったが、布にくるまれた死体のように三等の乗客がごろごろ転がっている。前の晩に切符を買い、待合室で眠っているのだ。東洋人にとって、二十四時間はどの時刻だろうと似たようなものであり、旅客列車もその感覚にしたがって運行していた。

「ここは機関車が入ってくるところだ。あの穴のうしろにいる人が紙をくれる」そう言って、キムは切符売り場を指さした。「その紙があれば、アンバラへいけるんだ」

「だが、わたしたちがいくのはベナレスだぞ」ラマは気が急《せ》くように言った。

「同じことさ。じゃ、ベナレスへってことで。急いで。きたよ！」

「財布を持っていくがいい」

ラマは口で言っていたほど汽車に慣れておらず、三時二十五分の南部行きの汽車が轟音《ごうおん》をひびかせて入ってくると、びくっとした。眠っていた人々もはね起き、駅はたちまちどなり声や物音で充《み》ち満《み》ちた。水や砂糖菓子を売る声や、地元の警察官のどなり声、荷物をまとめ、家族や夫を呼び集める女たちのかん高いさけび声が行き交う。

「汽車だよ。ただのトレインさ。ここまではこないよ。待ってて！」ラマがあまりに純《じゅん》朴《ぼく》なのにおどろきつつ（金でいっぱいの小袋をそのまま、キムにわたしたのだ）、キムはアンバラまでの切符を一枚買って、金を払った。眠そうな駅員はぶつぶつ言いながら、わずか十キロ先のとなりの駅までしかない切符を投げてよこした。

「ちがうだろ」キムは切符を見て、にやっと笑った。「百姓なら、だまされたかもしれないけどね、おれはラホールの町で暮らしてるんだ。うまくやったな、バブー（インド紳士、インド人書記に対する尊称。もしくは中途半端な英語を身につけた英国かぶれのインド人のこと）。さあ、アンバラまでの切符をよこせ」

駅員は顔をしかめ、正しい切符をさしだした。

「あと、アムリッツァー行きもくれ」マハブーブ・アリからもらった金をアンバラまでの切符代などにむだ遣《づか》いする気はさらさらない。

「切符代がこれ。釣りの小銭がこれ。トレインにのる方法ならよく知ってんだ……。あなたみたいな苦行者《ヨギ》は弟子《チェラ》がいないとだめだね」キムは、まごついたようすのラマにむかって陽気に話しつづけた。「おれがいなきゃ、次の駅のミアン・ミールで放り出されるところだったよ。こっちだ！　いこう！」キムはアンバラ行きの切符の値段一ルピーにつき一アンナだけ、自分の手数料としてもらい、あとの金はラマに返した。アジアでは、このくらいの手数料ははるかむかしから支払われている。

ラマは混んでいる三等車両の扉の前でぐずぐずしていた。「歩いたほうがよくはないか？」ラマは心細そうに言った。

がっしりしたシーク教徒の職人が、ひげ面をぐいとつきだした。「こわがってんのか？　大丈夫さ。おれもトレインがこわかったときがあったよ。ほら、のっちまいな！　こいつはお上《かみ》が作ったんだから大丈夫さ」

「こわがっているわけではない。なかにふたり分の席はあるかな？」ラマは言った。

「ネズミ一匹入りこむ場所もないよ」金回りのいい農夫の女房がかん高い声で言った。豊かなジュランダールの町から来たヒンドゥーのジャート族（インド北西部に住む農民カースト）だ。昼の列車は男女の車両が厳密にわけられているが、夜行列車はそこまで目が行き届いていない。

「おいおい、わが息子の母よ、場所ならあけられるだろう。子どもを抱きな。お坊さまだぞ、よく見ろ」青いターバンを巻いた夫がたしなめた。

「あたしの膝《ひざ》には、七の七倍の荷物がのってるんだ！　坊さんもあたしの膝にのっけるかい？　この恥知らず！　男っていうのはみんな、そうなんだ！」女房は同意を求めるようにまわりを見まわした。窓際にいたアムリッツァーの高級娼婦《しょうふ》が、顔にかけたベールのうしろでふんと鼻を鳴らした。

「入って、入って！」太ったヒンドゥーの金貸しが大声で言った。折りたたんで布にくるんだ帳簿をわきに抱えている。そして、おもねるような笑みを浮かべた。「貧しい者に親切にするのはけっこうなことですからね」

「そうかい。まだ生まれてもいねえ子牛を担保《たんぽ》に一か月七分《ぶ》の金利で金を貸すのもかい？」若いドグラ族の傭兵《セポイ》が言った。休暇で南へいくところだ。全員が、どっと笑った。

「これはベナレスまでいくかね？」ラマがたずねた。

「大丈夫だよ。そうじゃなきゃ、のるわけないだろ。ほら、のって、じゃないと、おいてかれちゃうよ」キムは声をはりあげた。

「ほら！」アムリッツァーの女がかん高い声をあげた。「あのお坊さん、一度も汽車にのったことがないのよ。ごらんよ！」

「やめろ。手伝え」農夫が言って、大きな褐色の手をさしだし、ラマを引っぱりあげた。「ほら、のれたよ、坊さま」

「いや、しかし、わたしは床にすわろう。いすにすわることは、戒律《かいりつ》で禁止されているのだ。それに、からだが痛くなるのでな」ラマは言った。

「しかしながら」金貸しがくちびるをすぼめた。「トレインに乗ったら、戒律もなにもありゃしませんよ。ほら、わしらだって、カーストも民族も関係なくならんですわってるじゃありませんか」

「たしかに。とんでもない恥知らずともね」農夫の女房は、若い傭兵《セポイ》に色目を使っているアムリッツァーの女をじろりと見やった。

「馬車でいく手もあるって、言ったろ。そっちのほうが金の節約にもなるしな」亭主《ていしゅ》が言った。

「そうさ――それで節約した分の二倍を、帰りの食費に使うってわけかい？　同じことを一万回も言わせるんじゃないよ！」

「ああ、おまえは舌も一万枚だよ」夫はうめいた。

「女がしゃべらなくても、神々はかわいそうな女どもをお助けくださるさ。おやおや、この坊さんは、女を見もしなきゃ、女としゃべりもしないってお人かい」戒律にしばられているラマは、女房のほうを見ようとしなかった。「で、弟子も同じかい？」

「ちがうよ、おっかあ」キムはすかさず言った。「その女の人がべっぴんで、腹を空《す》かせた者にめぐんでくれるってんならね」

「物乞《ものご》いの言いぐさだな。やられたな、おかみさん！」シーク教徒が笑った。キムは乞《こ》うように両手を丸めてみせた。

「で、どこへいくんだって?」農夫の女房は油のしみた袋からパンを半分出して、キムにわたしながらたずねた。

「なんとベナレスまでさ」

「もしかして旅芸人か?」若い傭兵《セポイ》が言った。「暇つぶしになにかやってくれよ。あそこの黄色い男はなぜだまってるんだ?」

「それは、聖なるお方だからさ。あんたにはわからないようなことを考えてらっしゃるんだ」キムはびくともせず言った。

「そりゃけっこうなことだな。おれたちルディアーナのシーク隊はな」傭兵《セポイ》は隊の名前を強調するように大げさに発音した。「教義で頭を悩ませたりしないのさ。おれたちの仕事は、戦うことだからな」

「おれの兄貴の息子が、シーク隊の伍長《ごちょう》だ。たしかに、あの中には、ドグラ族の中隊もあることはあるな」シーク教徒の職人が小声で言った。傭兵《セポイ》は職人をにらみつけた。いかにもドグラとシークはカーストがちがうと言いたげだったからだ。金貸しがクスクスと笑った。

「あたしにとっちゃ、みんな同じだけどね」アムリッツァーの女が言った。

「そうだろうよ」農夫の女房がいじわるく鼻を鳴らした。

「ちがうよ、武器を持って政府《シルカール》にお仕《つか》えする者は、言ってみりゃ、兄弟みたいなもんって意味よ。カーストのよしみもあるだろうけどさ、ほかにも、プルトンの、つまり連隊のよしみってもんもあるでしょ。ねえ？」女はおずおずまわりを見まわした。

「おれの弟はジャートの連隊にいる。ドグラ族はいい連中だよ」農夫は言った。

「同じシーク教徒でも、少なくともあんたはそう考えてるわけだな」傭兵《セポイ》は、すみにおだやかなようすですわっている老人をじろりと見やった。「おれたちの中隊が二隊、ピルザイー峠《コタル》までシーク教徒を助けにいって、アフリディ人の軍と戦ったときも、あんたならそう思ってくれたよな。あれからまだ三か月もたってないぜ」

傭兵《セポイ》は、ルディアーナ・シークのドグラの中隊がおおいに活躍した国境での戦闘のことを話しだした（一八七七年の英国の二回の軍遠征のこと）。アムリッツァーの女はほほえんだ。自分の気をひくためだと、わかっているからだ。

「まったく」とうとう農夫の女房が声をあげた。「じゃあ、村は焼かれ、子どもたちはみなしごになっちまったのかい？」

「連中は、おれたちの仲間の遺体をばらばらにしやがったんだぞ。賠償金《ばいしょうきん》をたんまり払わせたさ。おれたちシーク隊が、たっぷり礼儀作法を教えてやってからな。そういうことさ。アムリッツァーについたか?」

「ああ、ここで切符を切りにくるぞ」金貸しが帯をまさぐりながら言った。

夜が明けて、ランプの光がうすれるころ、混血の車掌《しゃしょう》がまわってきた。東洋では、切符を集めるだけでおそろしく時間がかかる。乗客があらゆるおかしな場所に切符をかくしているからだ。キムが自分の切符を見せると、車掌はおりるように言った。

「だけど、おれはアンバラへいくんだ。このお坊さまといっしょにいくんだよ」キムは文句を言った。

「おまえが地獄《ジャハンナム》にいこうが、おれの知ったこっちゃない。この切符じゃアムリッツァーまでしかいけないんだ。おりろ!」

キムはどっと涙をあふれさせ、ラマは彼の父親であり母親でもあり、自分こそがラマの余生を支えなければならず、そうでないとラマは死んでしまうのだと、大声で泣きわめいた。車両じゅうの乗客が車掌に情けをかけてやれと言い、なかでも金貸しなどはひときわ雄弁に語ってみせた。しかし、車掌はキムをホームに引きずり下ろした。ラマは目をぱちくりさせていた。状況が飲みこめなかったのだ。キムはさらに声をはりあげ、窓の外で泣きわめいた。

「おれは貧乏で、父さんは死んで、母さんも死んじまった。お願いだよ、慈悲《じひ》深い方々、おれがここに置いてかれたら、だれがお坊さまの面倒を見てくれるんだい?」

「いったい――いったいどういうことだ? あの子はベナレスへいかねばならぬのだ。わたしといっしょにいくのだ。あの子はわたしの弟子《チェラ》なのだから。金を払えばいいというのなら――」

「ああもう、だまって」キムは小声で言った。「おれたちは王《ラジャ》じゃないんだ。世界が慈悲であふれてるっていうのに、銀貨をばらまく必要はないよ」

アムリッツァーの女が荷物を持って、ホームにおりてきた。キムが目をつけていたのは、まさしく彼女だった。彼女のような女たちは情が深いことをよく知っていたのだ。

「切符だよ、アンバラまでのチ・ケ、ッ、ト、一枚でいいんだよ、ねえ、美人の姉さん。慈悲の心ってもんはないの?」それを聞いて、アムリッツァーの女は笑った。

「お坊さんは北からきたの?」

「北も北、はるか遠くからだよ、高地からだ」キムは大声で言った。

「北には松の林があって、雪が積もってる。高地は雪が降るのよ。あたしの母さんはクルの出身でね。切符を買ってあげるわ。お坊さんにあたしのために祈ってくれるよう、たのんでちょうだい」

「祈りならいくらでも捧《ささ》げるさ!」キムは声をはりあげた。「ああ、老師さま、女の人が恵んでくれたよ。だから、おれもいっしょにいけるよ。黄金の心を持った女の人だよ。急いでチ・ケッ・トを買ってくる！」

女はラマを見上げた。ラマはほとんどつられるように、キムのあとについてホームにおりていった。ラマは女を見ないように頭《こうべ》を垂《た》れ、チベット語でぶつぶつつぶやいた。女はおりた人々といっしょに歩き去っていった。

「簡単にかせいだもんは、簡単に出てくっていうからね」農夫の女房はいじわるく言った。

「あの方は徳を積んだ。まちがいない、前世は尼僧《にそう》であろう」ラマは言った。

「あんな尼《あま》さんなら、アムリッツァーだけでも、うじゃうじゃいますよ。お坊さま、もどりなさい。じゃないと、あなたをのせないまま、トレインが出発してしまいますよ」金貸しが大声で言った。

「切符だけじゃなくて、ちょっとした食べ物も買えたよ」キムが帰ってきて、元の座席に飛びのった。「さあ、食べて、老師さま。ほら、夜が明けるよ！」

金色とバラ色、サフラン色にピンク色をした朝霧が、緑の平野のむこうへ流れていった。強烈な太陽のかがやきを浴びて、豊かなパンジャブの地が広がっている。ラマは電柱が横をかすめるたびに、わずかにびくっとした。

「トレインは速いでしょう」金貸しはもったいぶった笑みを浮かべた。「すでに、ラホールから丸二日歩きつづけたよりも遠くまできたんですよ。夜には、アンバラに入りますよ」

「だが、ベナレスまではまだ遠い」ラマは疲れたように言って、キムがわたしたパンをもそもそと嚙《か》んだ。乗客たちはみな、荷物をほどいて、朝食をとり出した。朝食が終わると、金貸しと農夫と傭兵《セポイ》は水タバコを用意し、つんと鼻をつくむせかえるような煙が車両を包みこんだ。三人はつばを吐いたり咳《せき》をしたりしながら、くつろいでいる。シーク教徒と農夫の女房はキンマの葉《パン》を嚙み、ラマはかぎタバコを吸ってから、数珠《じゅず》で経を唱《とな》えた。キムは満腹で満面の笑みを浮かべ、あぐらをかいた。

「ベナレスのそばにはどういう川が流れているのだね」ふいにラマが車両の者たちにむかってたずねた。

「ガンガ川（ガンジス川のこと。ヒンドゥーの聖河）ですよ」忍び笑いがおさまると、金貸しが答えた。

「ほかには？」

「ガンガのほかなんか、ありゃしませんよ」

「いや、だが、わたしが言っているのは、ある癒《い》やしの川のことなのだ」

「それがガンガですよ。ガンガで水浴びをした者は、汚《けが》れを浄《きよ》め、神々のところへいけるんです。わたしは今まで、三度、ガンガに巡礼《じゅんれい》にいきましたよ」金貸しは自慢げにまわりを見まわした。

「そりゃ、あんたには必要だからさ」若いインド傭兵《セポイ》が冷ややかに言い、旅人たちはクスクスと笑った。

「浄《きよ》め――神々のもとへ帰る」ラマはつぶやいた。「そして、新しい生の輪へと入っていく。つまり、まだ輪廻《りんね》にしばられているということだ」ラマは憤慨《ふんがい》したように首をふった。

「なにかまちがいがあるはずだ。ならば、最初にガンガ川を創《つく》ったのはだれなのじゃ？」

「神々ですよ。あなたの宗派は、なんなんです？」金貸しはあぜんとして言った。

「わたしは妙法《みょうほう》に従う者だ。もっともすぐれた法にな。では、ガンガ川を創ったのは、神々なのだな。どんな神々かね？」

車両にいる者たちはおどろいてラマを見た。ガンガ川のことを知らない人間がいるなんて、信じられなかったのだ。

「あなた――あなたの神はなんです？」ようやく金貸しがたずねた。

「聞きなされ！」ラマは数珠《じゅず》を手に持った。「聞くがよい。今から、釈尊《しゃくそん》の話をする。ヒンド（「インド」のペルシャ語）の者たちよ、聞くのだ！」

ラマはウルドゥ語で釈迦《しゃか》の話をはじめた。しかし、自分の考えに引きずられるかのように、言葉はいつしかチベット語になり、釈迦の生涯を記した中国の書物の聖句を長々と唱《とな》えはじめた。寛大《かんだい》でがまん強い人々は、うやうやしくそのようすを見ていた。インドにはいたるところに僧がいて、それぞれに情熱の炎に身を焦がし、打ちふるえ、聞き慣れない言葉で教義を唱えている。彼らは夢想家であり、わけのわからぬことをしゃべりつづける者であり、幻視《げんし》者《しゃ》だ。始まりの時からそうであり、最後の時がくるまで変わらないだろう。

「うむ！」ルディアーナ・シーク隊の傭兵《セポイ》がうなった。「ピルザイー峠《コタル》でとなりにイスラムの連隊がいたんだ。そこのイスラムの坊主が――たしか伍長《ごちょう》だったんだが、発作におそわれると、あれこれ予言するんだよ。だが、頭のおかしい連中は、神の加護《かご》のもとにあるからな。そいつのことは、将校たちも目をつぶってやってたよ」

ラマは異国の地にいるということを思い出し、ウルドゥ語にもどって言った。「では、わが釈尊が弓から放った矢の話を聞かせよう」

こちらの話のほうが彼らの好みに合っていたので、ラマが語っているあいだ、みな興味深そうに耳をかたむけていた。「ヒンドの人々よ、わたしが探しにいくのはその川なのだ。なにか導きになるようなことを知ってはおらぬか？　われわれはみな、男も女も悪のなかにいるのだから」

「ガンガ川――ガンガ川だけが罪を洗い流してくれる」車両の人々はそれぞれにつぶや

いた。

「質問の答えはともかく、ジュランダール街道にはいい神々がいるよ」農夫の女房は窓から外を見た。「ほら、作物の実りを授《さず》けてくだすってる」

「パンジャブじゅうの川を探すなんて、簡単とは言えねえな」亭主《ていしゅ》が言った。「おれにとっちゃ、川なんてもんはおれの土地をゆたかにしてくれる泥を運んでくれりゃ、それでじゅうぶんだし、家屋敷の神さまのブーミアには感謝してるがな」亭主は、ふしくれだった褐色の肩を片方すくめた。

「釈尊《しゃくそん》はそのような北の果てまでいったと思うか？」ラマはキムのほうを見て、たずねた。

「いったかもしれないよ」キムはなだめるように言って、噛《か》んでいた赤いキンマの汁を床に吐き捨てた。

シーク教徒がもったいぶって言った。「最後の大いなる者は、シカンダール・ジャルカーン（アレクサンダー大王）さ。ジュランダールの道という道を舗装《ほそう》し、アンバラの近くに巨大な雨水をためる水槽を造った。そのときの舗装は今もそのままだし、水槽もまだあるんだぜ。あんたの言う神のことは聞いたことがねえ」

「髪を伸ばして、パンジャブ語で話せ。そうすりゃ、シーク教徒になれるってな」若い傭兵は北のことわざを持ち出して、キムにむかって冗談ぽく言ったが、そこまで大きな声ではなかった。

ラマはため息をついて、形のはっきりしないみすぼらしい塊のようにからだを縮めた。

みなの話し声の合間に、ラマが低い声でなにやら唱えているのが聞こえてくる。

「蓮華の上にある摩尼宝珠よ、幸あれ！　蓮華の上にある摩尼宝珠よ、幸あれ！」数珠のぶつかり合うにぶい音がひびく。

「ああ、いらだたしいのう」とうとうラマは言った。「この速さとガタガタという音が気に障るのだ。それに、わが弟子よ、もう聖なる川を通りすぎてしまったのではないか？」

「落ち着いて、落ち着いて。川はベナレスの近くなんでしょ？　まだずっと先だよ」

「しかし——釈尊が北へいらしたとしたら、これまで越えてきた小さい川のどれであってもおかしくはない」

「わからないよ」

「だが、おまえはわたしに遣わされたのだ。そうであろう？　わたしがはるか遠いサチゼンの僧院で徳を積んだおかげで遣わされたのだ。あの大砲の横から、ふいに現れたではないか。二つの顔と、二つの服でもって」

「落ち着いてってば。そういうことは、ここで話しちゃだめだよ」キムは小声でささやいた。「おれは一人しかいなかったよ。もう一度考えたら、思い出すよ。少年は一人――ヒンドゥーの男の子が一人だけだ。あのでっかい緑の大砲の横にね」

「だが、白いひげを生やした英国人もいたであろう。多くの像に囲まれた聖なるお方じゃ。矢の川はまちがいなくあると教えてくれたあのお方は？」

「お坊さま――このお坊さまとおれは、ラホールのふしぎの館《アジャイブ・ゲル》にいったんだ。あそこの神々の前で祈るためにね」キムは、おおっぴらに聞き耳を立てている乗客たちに説明した。

「そしたら、ふしぎの館《やかた》のサーブが話しかけてきたんだ。ああ、ほんとうさ。まるで兄弟に話しかけるみたいにね。このお坊さまは聖なるお方なんだ、はるか遠くの高地からきたんだから。さあ、休んだ方がいいよ、もうすぐアンバラにつくから」

「しかし、わたしの川は――癒《い》やしの川は？」

「老師さまが歩いたほうがいいなら、歩いてその川を探してもいいよ。そうすりゃ、なにひとつ見逃さないからね、畑の横を流れてる小川だって」

「だが、おまえにはおまえの探求があるのじゃろう？」ラマは自分が覚えていたことがうれしくて、すっと背筋を伸ばした。

「そうだよ」キムは調子を合わせて言った。広く、気さくな世界に出て、キンマの葉を噛《か》みながら、新しい人々と出会っていることが、楽しくてしょうがなかったのだ。

「雄牛――おまえのところへきて、助けてくれるという赤い雄牛じゃ。それでおまえをどこかへ連れていってくれる。どこだったかの？　忘れてしまった。緑の野の赤い雄牛であったろう？」

「ちがうよ、どこにも運ばれたりしないよ。あんなの、ただのお話をしただけさ」

「なんのことだい？」農夫の女房が身をのりだした。腕輪がジャラジャラと音を立てた。「あんたたちふたりとも、夢でも見てるのかい？　緑の野の赤い雄牛があんたを天国かなんかにつれていってくれるって？　そりゃ幻かなにかかい？　だれかが予言でもしたとか？　ジュランダールの裏にあるあたしの村には、赤い雄牛がいるよ。あたしらの野原でいちばん緑の濃いところをえらんで、草を食ってるさ！」

「女にはばあさんの繰《く》り言《ごと》、ハタオリドリには葉と糸をやっときゃ、すばらしいものを紡《つむ》ぐ、ってね」シーク教徒が言った。「お坊さまっていうのはみんな夢を見てるのさ。お坊さまに従うことで、弟子もその力を手に入れるってことだな」

「緑の野の赤い牛じゃろう？」ラマはくりかえした。「おまえは前世で徳を積んだのかもしれぬな。ゆえに、雄牛がほうびを与えにくるのだ」

「ちがうよ、ちがうってば。あれはだれかにきいた、ただのお話だよ。冗談みたいなもんさ。だけど、アンバラではおれは雄牛を探すし、老師さまは老師さまの川を探せるし、ガタガタいう汽車で疲れたぶんも休めるよ」

「その雄牛が知っているのかもしれん。われわれふたりを導くために、遣《つか》わされるのかもしれぬぞ」ラマは子どものように希望に満ちあふれて言った。それから、乗客たちのほうへむかって、キムを指さしながら言った。「この者は、昨日わたしに遣わされたばかりなのだ。この世の者ではないと考えておる」

「乞食《こじき》なら大勢見たし、坊さんもやまほど会ったけど、こんな苦行者《ヨギ》と弟子は初めてだよ」女房が言った。

亭主《ていしゅ》は指を一本ひたいにあて、にやっと笑った。けれども、次にラマが食事をするとき、わざわざいちばんいいものを出してきて、さしだした。

そしてついに、疲れ果てて眠気におそわれ、すすまみれになった乗客たちはアンバラの駅に到着した。

「あたしらはここに裁判できたんだよ」農夫の女房はキムに言った。「亭主のいとこの弟のところに泊まるんだ。中庭に部屋があるから、苦行者《ヨギ》とあんたで使えるよ。そうしたら――あたしのために祈ってくれるかい?」

「ああ、老師さま、黄金の心を持った女の人が今夜の宿を貸してくれるよ。親切な土地だね、南部は。夜明けから、どれだけ助けてもらってるか!」

ラマは頭《こうべ》を垂《た》れて、感謝を示した。

「おれのいとこの弟の家を浮浪者どもでいっぱいにするわけには――」亭主は重たい竹の棒をかつぎながら言いかけた。

「あんたのいとこの弟は、娘の結婚の祝宴《しゅくえん》のことであたしの父親のいとこに世話になったはずだよ。その礼に食事くらい用意させたっていいじゃないのさ。苦行者《ヨギ》は托鉢《たくはつ》するんだから」女房はピシャリと言った。

「そうなんだ、おれがかわりに托鉢してんだよ」キムはなんとかして今晩、ラマを泊める場所がほしかった。そうすれば、自分はマハブーブ・アリに言われた英国人を探して、白い雄馬の血統書《けっとうしょ》をわたすことができる。

ラマが、兵営《へいえい》の裏にあるまずまずのヒンドゥーの家の中庭に落ち着くと、キムは言った。

「じゃあ、ちょっと出かけてくるよ。市場で、その、ちょっと食料を仕入れてくる。おれがもどるまで外に出ちゃだめだよ」

「もどってくるのだな？　かならずもどってくるな？」老人はキムの手首をつかんだ。

「もどってくるときは、今と同じすがたでもどってくるな？　今夜は川を探すには少し遅すぎるかの？」

「遅すぎるし、暗すぎるよ。のんびりしてて。どれだけの距離をきたか、考えてみてよ、もうラホールから二百キロも遠くまできたんだよ」

「そうじゃな。わが僧院からはさらに遠い。なんと、世界は広く、おそろしいのだろう」

キムはこっそり家を抜け出した。自分とほかの数千という民族の運命を決するものを首にさげている者としては、目立たない姿だった。マハブーブ・アリの説明は正確で、例の英国人が住んでいる家はすぐにわかった。すると、馬番が一頭立て二輪馬車をひいてもどってきた。やはりまちがいない。あとは、目当ての男を見つけるだけだ。キムは庭の生け垣のあいだからすべりこむと、テラスの近くに生い茂っている草むらにかくれた。家はこうこうと明かりがつき、召使いたちがテーブルのまわりを歩きまわって、花やグラスや銀のナイフやフォークをならべている。すると、白と黒の服を着た英国人が入ってきた。鼻歌を歌っている。暗くて顔が見えなかったので、キムは物乞《ものご》いのふりをして、いつもの方法を試してみた。

「貧乏人にほどこしを！」

男は声の聞こえるほうへさがってきた。

「マハブーブ・アリが言うには――」

「ほう！　マハブーブ・アリがなんと言ったんだ？」男が声の主《ぬし》を探そうとしないのを見て、キムは男が事情を心得ていることを知った。

「白い雄馬の血統書《けっとうしょ》ができあがりました」

「証拠は?」英国人は私道の横のバラの生け垣でさっと向きをかえた。

「マハブーブ・アリからこの証拠をあずかってきました」キムは折りたたんだ紙の束をさっと投げ、小道に立っている男の足元に落とした。すると、ちょうど庭師がやってきたので、男はその上に足をのせた。そして、庭師が通りすぎるのを待って拾いあげ、一ルピーをほうった。カチンという音がキムの耳に届き、男はふりかえりもせずに大またで家にもどっていった。キムはすばやく金を拾った。しかし、これまでいろいろ学んできたにしろ、キムは根っからのアイルランド人であり、彼にとっては一ルピーなど今回のゲームの報酬《ほうしゅう》のごくわずかな部分にすぎなかった。彼が望んでいるのは、この行動によってどんなことが起こるのか、その目でたしかめることなのだ。そこで、ふつうならこっそり帰るところを、草むらにひそんだまま、じりじりと家へ近づいていった。

インドの平屋はさえぎるものがなく、奥までひらけているので、英国人の男が小さな私室へもどっていくのが見えた。テラスの一角にあり、半分書斎として使っているのか、様々な文書や書類箱がちらばっている。男は腰をおろすと、マハブーブ・アリの報告を読みはじめた。石油ランプに照らされた男の顔が、みるみる曇《くも》るのがわかった。物乞いがみなそうであるように、人の表情を読むのに長《た》けているキムは、それをしっかり心に留《と》めた。

「ウィル！　ねえ、ウィル！」女の呼ぶ声がした。「客間にきてくれなきゃ困るわ。もうすぐいらっしゃるわよ」

男はまだ熱心に読んでいる。

「ウィル！」また声がして、五分後に女がこう言うのが聞こえた。「いらしたわよ。騎兵の馬が入ってくる音がするわ」

男は頭になにもかぶらないまま、飛び出していった。すると、四人のインド騎兵を従えた大きなランドー馬車（屋根をたたんだり取り外したりできる四人乗りの四輪馬車）がテラスの前でとまった。にこやかな笑みを浮かべた若いインド人の将校があらわれ、うしろから黒い髪の背の高い男が、背筋をぴんと伸ばしておりたった。

腹ばいになったキムの目と鼻の先に、大きな車輪がある。英国人と見知らぬインド人の男が短い言葉を交わすのが聞こえた。

「かしこまりました」若い将校が即座に答えた。「馬のことが最優先です」

「われわれの話は二十分はかからない。そのあいだ、ホスト役をつとめてくれ。みんなを楽しませたり、いろいろと」英国人が言った。

「騎兵の一人を待たせておけ」背の高い男が言い、二人はいっしょに私室へ入っていった。ランドー馬車は走り去った。英国人と背の高い男がうつむいて、マハブーブ・アリの報告書を読んでいるのが見える。声も聞こえた。ひとりは低く慇懃《いんぎん》で、もうひとりは鋭く断固とした口調だった。

「数週間などと言っている場合ではない。数日、いや数時間単位の話だぞ」年上らしき背の高い男が言った。「いつかはこうなると思っていたが、これで確定だ」そう言って、男はマハブーブ・アリの報告書をたたいた。「グロガンは今夜、ここで夕食をとることになっていたな？」

「はい。マックリンもです」

「いいだろう。わたしから彼らに話してみよう。もちろん議会にも伝えなければならないが、今回の場合は、すぐに行動を起こさねばならないのは明白だろう。ピンディ（ラワルピンディのこと。ラホールの北西二百六十キロにある駐屯地）とペシャワールの旅団に知らせておけ。夏の任地交代が混乱するだろうが、しかたない。最初の時に連中を完全にたたきつぶしておかなかったせいだ。八千もいれば足りるだろう」

「砲兵隊はどういたしますか？」

「マックリンにきかないとわからん」

「つまり、戦争ということですね？」

「いや、制裁措置《せいさいそち》だ。前任者の行動にしばられるというのは――」

「しかし、C25がうそをついているという可能性もあります」

「やつの情報は、ほかの情報の裏付けにもなっている。実際、連中は六か月前には手の内を見せていたんだ。だが、デヴィニッシュは和平の可能性もあると考えた。もちろん、連中はそれを利用して、兵力を増強したんだ。すぐに電報を送れ。新しい暗号でな。古いものは使うな。わたしからと、ワートンからと。さあ、これ以上ご婦人がたを待たせるわけにはいかない。つづきは、葉巻を吸いながら話せる。こうなると思っていたのだ。これは制裁《せいさい》だ。戦争ではない」

騎兵たちが去っていくと、キムは這《は》ったまま、家の裏にまわった。ラホールでの経験から、食べ物があるとふんだのだ。ついでに情報も得られるかもしれない。厨房《ちゅうぼう》は大勢の下働きで活気づいており、そのうち一人がキムをけとばした。

「痛いよう」キムは空涙《そらなみだ》を流した。「腹をいっぱいにしてくれたら、お返しに皿を洗おうと思ってきただけなのに」

「皿洗いなんて、アンバラには山ほどいるんだ。出てけ。これからスープを持っていくところなんだ。おれたちは、クレイトンどのにお仕《つか》えしているんだぞ。大宴会《だいえんかい》が開かれるっていうのに、見ず知らずの下働きなんかに手伝わせると思うか?」

「立派な宴会だね」キムは皿を見て言った。

「あたりまえさ。今日の主賓《しゅひん》は、最高司令官《ジャンギラット》さまなんだからな」

「へえ！」キムはのどを鳴らして、おどろいたような声を出してみせた。知りたいことはわかったので、下働きの男が背をむけたすきに、その場を立ち去った。

「これだけ面倒なことをしたのが、一頭の馬の血統書《けっとうしょ》のためだけってか⁉」キムはいつものとおりヒンドゥー語で考えをめぐらせた。「マハブーブ・アリはおれんとこにきて、ちょっとばかしうそのつきかたを学んだほうがいいな。これまでおれが運んだ伝言は、女に関係することばかりだった。でも、今度は男だ。いいぞ。あの背の高い男は、どこかでだれかを罰するために大きな軍隊を出動させるつもりだって言ってた。その知らせがピンディとペシャワールへ伝わることになってる。それに、大砲もからんでたぞ。もっと近づいてみるんだった。でかい情報だぞ！」

キムがもどると、農夫のいとこの弟は、農夫と女房、それから数人の友人たちと、身内の裁判についていろいろな方面から検討しているところだった。ラマはうとうとしている。夕食のあと、水タバコが回ってきた。キムは大人になった気分で、水の入ったココナツのすべすべした殻《から》をひきよせ、足を月の明かりのほうにのばし、ときおり舌を鳴らして相づちを打ちつつ、くつろいだ。家の主《あるじ》はとても礼儀正しかった。農夫の女房が、赤い牛の夢のことや、キムが別世界からの降臨者《こうりんしゃ》らしいということを話したからだ。それに、ラマは偉大な聖者であり、尊敬と好奇を一身に集める存在だった。一家の僧は寛大《かんだい》な年老いたサルスート・バラモン（カーストの頂点である司祭階級、バラモンの位のひとつ）だったが、訪ねてきて、一家によいところを見せようとラマと神学論争をはじめた。宗派としては、みな、もちろんバラモンの側だったが、ラマは客であり、目新しい存在で、彼のおだやかなやさしさや、呪文のように聞こえる中国語の引用にみなは感心し、ありがたがった。その素朴《そぼく》で好意的な雰囲気に押されるように、ラマは菩薩《ぼさつ》のハスのごとく話を広げ、彼の言うところの「悟《さと》りを求めに旅立つ」まえの、サチゼンの高地での生活について語りきかせた。

そのうち、ラマが俗世にいたころ、占星術《せんせいじゅつ》や、誕生時の天空のようすを示した出生天宮図《しゅっせいてんきゅうず》に通じていたことがわかり、一家の僧はラマにその方法をたずねた。ふたりはそれぞれ星の名をあげたが、相手には通じなかったので、空の闇を移動していく大きな星々を実際に指さして教え合った。家の子どもたちはラマの数珠《じゅず》をひっぱって遊んだが、しかる者はいなかった。ラマは女を見てはいけないという戒律《かいりつ》のことなどすっかり忘れ、万年雪や、なだれのこと、大雪で峠がふさがれてしまうこと、遠くはなれた崖《がけ》ではサファイヤやトルコ石が見つかること、大いなる中国までつづいている高地のすばらしい街道のことなどをしゃべりつづけた。

「あの方のことをどう思われますか？」農夫はこっそり僧にたずねた。

「聖なるお方——まことの聖人であられる。あの方の神々は、われわれの神々ではないが、あの方が歩んでおられるのはまことの道じゃ。それに、あの方の描く出生天宮図は、あなたがたにはわからないだろうが、知恵あるたしかなものであるぞ」

キムが眠たげに言った。「教えてよ、緑の野の赤い牛は見つかると思う？　お告げどおりに？」

「そなたの生まれた時間はわかるか？」僧はふんぞり返ってたずねた。

「五月の最初の夜の一番鶏《どり》と二番鶏のあいだだよ」

「何年のだ？」

「知らないよ。だけど、おれが産声《うぶごえ》をあげたとき、ちょうどカシミールのスリナガールで大きな地震があったんだ」これは、世話をしてくれていた女からきいたのだった。女はキンボール・オハラからきいたのだ。地震はインドでも感じられ、パンジャブでも長らく重要な日として記憶されていた。

「なんとまあ！」女が興奮したように声をあげた。キムがこの世の存在でないことが、よりはっきりしたように思えたのだ。「たしか、あそこの娘が生まれたのもそのときじゃ——」

「それで、その母親が四年間で四人の息子を産んだんだ。たしか全員男の子だったよ」

輪の外の暗がりにすわっていた農夫の女房が言った。

僧が言った。「学のある育ちをした者で、あの夜の宮《きゅう》（天を十二分した十二宿）の星の配置を知らぬ者はいない」そして、中庭の砂の上に図を描きはじめた。「少なくとも、そなたは雄牛の宮に半分入っている。予言ではなんと？」

キムは自分が巻き起こした騒ぎにうきうきしながら答えた。「いつかおれは緑の野の赤い雄牛によって、偉大なる人物になるって。だけど、そのまえに、ふたりの男がやってきて、ぜんぶ準備してくれるんだ」

「なるほど。夢のお告げというのはそのようにはじまるものだからな。濃い闇がゆっくりと晴れ、ほどなく、ほうきを持った者がやってきて、その場を浄《きよ》める。そして、見えはじめる。ふたりの男、と言ったな？　そうだ、そうだとも。太陽が雄牛の宮をはなれ、双子の宮に入る。つまり、予言のふたりの男だ。さて、考えてみよう。小枝を持ってきてくれ。小さいものでよい」

僧は眉《まゆ》をよせ、砂の上に謎《なぞ》めいたしるしを描いては消し、また描いた。みな、目を見張ってながめていたが、ラマは本能的に口をはさまないほうがいいだろうと感じ、だまっていた。

半時間がすぎようとしたころ、僧はうなり声をあげて小枝を放り投げた。

「ふむ！　星はこのように言っておる。これから三日後にふたりの男がきてすべてを準備する。その後、雄牛がやってくる、とな。しかし、雄牛の真むかいに、戦争と武装した兵士たちのしるしがある」

「ラホールからのトレインに、ルディアーナ・シークの兵隊がいたけど」農夫の女房がもしかしたらというように言った。

「ちがう。武装した兵士じゃ。何百というな。そなたと戦争とどういう関係があるのだ？」僧はキムにむかってきいた。「そなたのしるしは、真っ赤に怒っている戦争のしるしだ。ごく近いうちに、解き放たれることになっている」

「いや、そんなことはない。われわれが求めているのは平和と川だけじゃ」ラマが真剣な面持ちで言った。

キムはにやりとした。例の私室で盗み聞きしたことを思い出したのだ。自分が星に好かれているのは、まちがいない。

僧は雑に描きなぐった図を足で消した。「これ以上は、わしにはわからん。少年よ、三日以内に雄牛はそなたのもとを訪れるぞ」

「では、わたしの川、わたしの川はどうだね？」ラマはすがるようにたずねた。「わたしは、この子の雄牛がわれわれふたりを川へ導いてくれると思っていたのだが」

「残念ながら、そのふしぎな川について言えば、広く知られたものではないようでしてな」僧は答えた。

次の朝、どうかゆっくりしていってくれとひきとめられたが、ラマは出発すると言い張った。キムは旅の手向《たむ》けにと上質な食料の入った大きな包みと、三アンナ近くの銅貨を持たされ、ふたりは大勢の祝福を受けつつ、夜明けに南へむかって出発した。

「彼らや彼らのような人々が輪廻《りんね》から解放されることがないのは、残念なことだ」ラマは言った。

「そんなことないよ。そしたら、この世には悪い人間ばかり残されちゃうじゃないか。泊まるところも食べ物ももらえなくなっちゃうよ」キムは荷物をかついで威勢《いせい》よく歩きだした。

「あちらのほうに小さな川がある。見てみよう」ラマは白い街道からそれて、畑をわたっていった。すると、パリア犬がいっせいにもうれつな勢いで吠《ほ》えかかってきた。

3 老兵士の村

デーヴァダッタ*の治世のはじまりしころ
はしごをあえいでのぼるごとき生に
しがみつく魂《たましい》の声を
あたたかい風が、カマクラに伝える

『カマクラの大仏』

* 釈迦《しゃか》の弟子だったが、のちにその殺害を謀《はか》る

ふりむくと、腹を立てた百姓が竹の竿《さお》をふりまわしていた。アンバラの町におろす野菜や花を育てている野菜園の百姓で、カーストはアライン族だ。この種の連中なら、キムはよく知っていた。

ラマは犬には見むきもせずに言った。「あのような者は、よその人間に粗野《そや》な態度をとり、乱暴な口をきき、慈悲《じひ》などまるで持ち合わせておらぬ。弟子《チェラ》よ、彼のふるまいを見て、戒《いまし》めにせよ」

「おい、恥知らずの物乞《ものご》いめ！　出てけ。いっちまえ！」百姓はどなった。

「いくとも」ラマは静かな威厳《いげん》を持って答えた。「このような祝福されていない土地からは出ていく」

「そうさ」キムはヒュッと息を吸いこんだ。「次の作物の出来が悪かったら、自分の舌を責めるんだな」

男は不安そうに草履《ぞうり》をひきずるようにして歩いてきた。「ここは物乞いだらけなもんで」男は言い訳をはじめた。

「では、なにを見て、おれたちがおまえにものを乞《こ》うなんて思ったんだよ、花屋《マリ》？」百姓がなによりもきらうカーストの呼び名をわざと使って、キムは言った。「おれたちはただ、畑のむこうのあの川を見にきただけだ」

「川だって、たしかにな！」男は鼻を鳴らした。「用水路も知らないとはどんな都会からきたんだ？　矢みたいにまっすぐ流れてるのが見えるだろう？　おれはこの水のために、それこそ溶かした銀に払うような金を払ってるんだ。支流ならむこうにあるよ。まあ、水が必要っていうなら、やってもいいが。なんなら、牛乳でも」

「いらぬ。わたしたちは川へいくのだ」ラマは大またで歩き出した。

「牛乳と、あと食事もどうだね？」男はつっかえつっかえ言って、背の高い奇妙な男を見やった。「おれは——おれは悪を寄せつけたくねえ。おれにもおれの作物にもな。物乞《ものご》いどもが大勢いるもんだからさ、こう時代がきびしくちゃな」

「見よ」ラマはキムのほうにむき直った。「さっきは、怒りの赤いもやのために乱暴な口をきいておったが、今では、目からもやが消え去り、礼儀正しくなって、心もやわらかになった。彼の畑に恵みあれ！　百姓よ、これからはあまりあわててひとを判断するでないぞ」

「炉《ろ》の石から牛小屋まで呪うような坊さんを見てきたけどさ。この方は知恵のある、本物の聖者ってことがわかったろ？　おれはこの方の弟子だ」キムは、恥じたようすの百姓にむかって言った。

そして、もったいぶってつんと鼻を上にむけ、重々しいようすでせまい畑のあぜ道をのりこえた。

「うぬぼれるでないぞ」しばらくして、ラマが言った。「中道《ちゅうどう》をいく者に、うぬぼれは不要じゃ」

「だけど、老師さまだって、あいつは下層カーストの無礼なやつだって言ったじゃないか」

「下層カーストとは言っていない。カーストは変えられぬであろう？　あの男は態度を改めたではないか。もう怒りは忘れた。そもそもあの男もわれわれと同様、輪廻《りんね》にしばられている身。彼は輪から解放される道を歩んではいないがな」ラマは畑のなかを流れている小川で足を止め、ひづめの跡のついた川岸をじっとながめた。

「ねえ、どうやったら、探してる川だってわかるの？」キムは背の高いサトウキビの陰にしゃがんだ。

「その川を見つければ、悟《さと》りがおとずれるはずじゃ。しかし、ここではないようだ。小さき川よ、そなたが、わが川の流れる場所を教えてくれれば！　さあ、畑に実りをもたらすのだぞ！」

「あぶない！　気をつけて！」キムはぱっとラマの横へいって、うしろにひきもどした。紫の茎がさわさわと音を立て、黄と黒の筋がするすると川岸へむかっていった。そして、首をくっとのばして水を飲み、そのままじっと横たわった。巨大なコブラだった。まぶたのない目が一点を見つめている。

「棒がない。棒がないよ！　探してきて、背骨をへし折らなきゃ」キムは言った。

「なぜだ？　彼もまた、われわれと同じように輪廻《りんね》にとらわれているのだ。のぼっているところか、はたまたくだっているところか。解放からはほど遠い。あのような姿をしているとは、前世で魂《たましい》が大いなる罪を犯したのであろう」

「おれはヘビが大嫌いなんだ」キムは言った。いくらこの地になじんで暮らしてきたとしても、白人生来のヘビ嫌いを和《やわ》らげることはできなかった。

「彼の生を全《まっと》うさせてやりなさい」ヘビはとぐろを巻いてシューシューと音を立て、頸《くび》の皮膚《ひふ》を半分ふくらませた。「兄弟よ、おまえの解放の時が早くきたらんことを！」そしてラマはおだやかにつづけた。「ひょっとしてわが川のありかを知っていやしないか？」

「あなたみたいな人、見たことがないよ。ヘビに言葉が通じるの？」キムはあぜんとしてささやいた。

「さあな」ラマは、コブラがくいと持ちあげた鎌首《かまくび》からほんの三十センチほど先を横切った。コブラは頭を下ろし、ふたたび土ぼこりのなかでとぐろをまいた。

「さあ、おいで！」ラマは肩越しにさけんだ。

「おれはいやだよ。遠回りしていく」

「大丈夫だ。おそってこないから」

キムは一瞬、ためらった。ラマはその言葉を裏づけるかのように、中国語の引用句らしきものをうなるように唱《とな》えた。キムはなにかの呪文だろうと思い、ラマにしたがって、小川を飛び越えた。たしかにヘビはまったく反応しなかった。

「こんな人は初めてだよ」キムはひたいの汗をぬぐった。「さあ、どっちへいく？」

「それはおまえが決めることだ。わたしは年寄りで、よそ者だからの。ここは、わたしの国からはるかはなれている。とはいえ、鉄道のシャ、リョ、ウは、頭の中に悪魔のたいこの音をひびかせるからな。そうでなければ、あれにのってベナレスへいくところなのだが……。だが、ト、レ、イ、ンでいけば、わが川を見逃してしまうかもしれん。さあ、また別の川を探しにまいろう」

このあたりの土地は、よく耕《たがや》せば一年に三回、時には四回、収穫することができる。ふたりはその日は一日じゅう、サトウキビやタバコ、大根や小南瓜《ノルコル》の畑のあいだをのんびりと歩いていった。川らしきものが見えると、道をそれ、そちらのほうへいく。すると、村の犬や昼寝している村人たちが起きてきた。村人たちからいっせいに質問を浴びせかけられても、ラマはいつもと変わらない素朴《そぼく》な答えを返した。われわれは川を探している——癒《い》やしの力のある奇跡の川だ。どなたかそのような川についてご存じないか？　笑い飛ばす者もいたが、最後まで話を聞いて、日をさえぎる場所にふたりを案内し、牛乳や食事を出してくれる者のほうが多かった。女たちはいつも親切で、小さな子どもたちも、世界じゅうどこでもそうであるように、恥ずかしそうにしていたかと思えば、大胆に近寄ってくるのだった。

夜になり、ふたりは村を見つけ、木の下に腰を下ろした。この村の家は、壁と屋根が泥でできていた。村長と話していると、家畜が牧草地からもどってきて、女たちがその日最後の食事を用意しはじめた。飢えたアンバラの腹を満たすため野菜を出荷している郊外の野菜園はもう通りすぎ、このあたりは主食である穀物《こくもつ》の青々とした畑が、四方に一、二キロほど広がっていた。

村長は白いひげを生やした愛想のよい老人で、よそからきた人々をもてなすのに慣れていた。ラマのために、ひもを張ったベッドをひっぱりだしてきて、あたたかい食事をならべ、水タバコまで用意してくれた。そして、村の寺院での夜の礼拝が終わると、村の僧を呼びにやった。

キムは年上の子どもたちにラホールの町がいかに大きくて美しいかを話して聞かせた。汽車での旅や、都会のいろいろなものについて説明している横で、男たちは牛が胃の中の草を反芻《はんすう》するがごとく、ゆったりとしゃべっていた。

「わしにはわからん」最後に村長は僧にたずねた。「今の話をどう思われますか？」ラマは話を終え、静かに数珠《じゅず》をたぐっていた。

「この方は、道を求める者だ」僧は答えた。「この土地には、同じような者が大勢いる。つい先月もきたであろう。亀をつれた托鉢僧《ファキール》が」

「ああ、しかしあの僧にはちゃんとした理由がありました。クリシュナ（ヒンドゥーの神）自ら夢に現れ、プラーヤーグまでいけば、火葬の薪《まき》を燃やすことなく極楽へいけると約束なさったと言うのですから。しかしこのお方の求めているのは、わしの知らぬ神です」

「まあまあ。この方は年をとっておられる。はるか遠くからきたのだ。頭がしっかりしておらんのだろう」頭をきれいにそりあげた僧は言った。そして、ラマのほうにむき直った。「お聞きなさい。ここから三コス（十キロ）ほど西へいったところに、カルカッタへいく大きな街道がある」

「しかし、わたしがいくのはベナレスなのだ。ベナレスへいくのだ」

「ベナレスへも通じている。その道なら、ヒンド側にある川はすべてとおる。ゆえに、よいかな、聖なるお方よ、明日までここで休み、それからその道を進まれるがよい」（僧が言っているのは、大幹道《グランド・トランク・ロード》（北インドの各都市を結ぶ大動脈）のことだった）「とおる川をひとつひとつ調べてゆきなされ。わしの理解したところでは、あなたのおっしゃる川の力は、ひとつの池や場所ではなく、流れ全体に宿っているようだから。そうすれば、もしあなたの神々がお許しになれば、輪からの解放を手に入れられることであろう」

「そのとおりじゃ」ラマは僧の計画にすっかり感心して言った。「あした出発することにしよう。老いた足にそのような近い街道を教えていただき、まことにありがたい」そして、低い声で中国語の経文《きょうもん》を唱《とな》えた。僧ですら、それには感動したが、村長は悪いまじないではないかと恐れた。しかし、ラマの素朴《そぼく》で真剣な面持ちを見れば、そんな疑いもすぐに晴れた。

「わたしの弟子《チェラ》には会ったかな？」唱えおわると、ラマはかぎタバコの入ったひょうたんに手を入れ、もったいぶってひとかぎした。丁重《ていちょう》な態度には丁重な態度で返さなければならない。

「ええ。それに話も聞きましたよ」そして村長は目をぐるりと回し、キムが青い服を着た少女としゃべっているほうを見やった。少女はぱちぱち燃えている火にサンザシをくべていた。

「あの子にも、探しているものがあるのじゃ。川ではなく、雄牛だが。そう、緑の野の赤い牛がいつかあの子を名誉ある者とするのだ。わたしが思うに、あの子はこの世の者ではない。今回の探求の旅を助けるため、わたしのもとに遣《つか》わされたのだ。みなに、世界の友と呼ばれておる」

僧はほほえんだ。「ほう、世界の友とやらよ。おぬしは何者だ?」僧はつんとくるにおいの煙越しにキムに呼びかけた。

「この聖なるお方の弟子さ」キムは答えた。

「おぬしのことを精霊《ブート》だと言っているぞ」

「ブートにものが食えると思う?」キムの目がいたずらっぽく光った。「っていうのも今、おれは腹がへってるんだ」

ラマが大きな声で言った。「ふざけるでない。名前は忘れてしまったが、ある町の占星《せんせい》術師《じゅつし》が――」

「アンバラのことだよ。昨日、泊まったんだ」キムは僧にささやいた。

「ああ、アンバラであったか? そこの占星術師が占星図を描いて、わが弟子《チェラ》は二日以内に望みのものを見つけるだろうと言ったのじゃ。だが、星の意味についてはなんて言っていたかの、世界の友よ?」

キムはコホンと咳払《せきばら》いして、村の長老たちを見まわした。

「星の意味は、戦争だって言ったんだ」キムは大げさな調子で言った。

ぼろを着た少年が、もったいぶったようすで大木の陰のレンガの台座を歩くのを見て、何人かの者たちが笑った。インドの人間なら、そこに寝そべるだろうが、キムの中を流れる白人の血がそうさせなかったのだ。

「そう、戦争さ」

「そりゃ予言にはちがいないさ。国境近くではしょっちゅう戦争が起こってるからな」だれかが、腹にひびくような低い声で言った。

声の主《ぬし》はしなびた老人で、セポイの反乱（一八五七—五九年。英国の植民地支配に対する民族反抗運動）の時に、新しく作られた騎兵連隊にインド人将校として仕《つか》えた者だった。その報酬《ほうしゅう》として英国政府からこの村に良い土地をもらい、息子たちも独立して今や白いひげを生やした将校となっている。彼らを育てるのに財産をずいぶんとすり減らしたが、まだ村の有力者であることには変わりなかった。英国の役人たちは、副長官ですら、わざわざ主街道からそれて、彼のところを訪ねるほどであり、そうしたときには、彼もむかしの軍服を着て、ぴんと背筋を伸ばして出迎えた。

「でも、今度のはでかい戦争になるよ。八千の兵の出る戦争さ」キムは、自分の声があっという間に集まってきた人々のうしろまでひびいたことに、自分でもおどろきながら言った。

「赤上着《あかうわぎ》たち（英国の歩兵隊のこと）か、それともおれたちの連隊か?」老人が鋭い口調でたずねた。まるで同等の仲間に話しかけるような調子だったので、その場にいた者たちもキムに一目置きはじめた。

「赤上着さ」キムはあてずっぽうで言った。「赤上着と大砲だ」

「しかし——だが、占星術師《せんせいじゅつし》はそんなことは言ってなかったぞ」ラマは動揺してひどくむせかえった。

「だけど、おれにはわかるんだ。お告げがあったんだよ。この聖なるお方の弟子であるおれのところにな。これから戦争が起こる。八千の赤上着たちの戦争が。ピンディとペシャワールから集められるんだ。これはほんとうだぞ」

「市場のうわさ話でも耳にしたのだろう」僧が言った。

「だが、この子はつねにわたしといっしょにいたのだ。どうしてそんなことがわかるのだ?　わたしは知らぬというのに」ラマが言った。

「老人が死んだら、あの子は悪賢い詐欺師《さぎし》になるじゃろうな。これはなにか新手の策略か?」僧は村長にささやいた。

「証拠だ。証拠をよこせ。もし戦争があるなら、息子たちから聞いているはずだ」老兵士がとどろくような声で言った。

「すべて用意がととのったら、あんたの息子たちもまちがいなく、話を聞かされるさ。だが、今回のすべてをにぎっている男とあんたの息子とは、天と地ほどちがうからな」キムはすっかりこのゲームに熱が入っていた。手紙を運んでいたころ、わずか数パイス（ルピーの六十四分の一）の金のために、知ったかぶりをしていたのを思い出したのだ。しかし、今は、それよりもっと大きなもののために演じていた。純粋な興奮と、自分がこの場を支配しているのだという感覚のために。キムは新たに息を吸いこむと、さらにつづけた。

「じいさん、そっちこそ証拠をくれよ。下っ端の連中が、八千の赤上着《あかうわぎ》を動かせると思うか？　大砲もだぞ」

「いいや」老人はあくまでキムが対等の者であるかのように答えた。

「それがだれだか知ってるのか？　命令を下す人間を？」

「会ったことはある」

「会えばわかる？」

「あの方がまだ砲兵隊《トプカーナ》の中尉《ちゅうい》だったときから知ってる」

「背の高い男だろ、黒い髪で、こんなふうに歩く。そうだった？」キムはしゃちほこばったようすで数歩歩いてみせた。

「そうだ。だが、だれだって、見たことくらいはあるかもしれないだろう」

集まった者たちは、息をひそめてふたりのやりとりを聞いている。

「たしかにな」キムは言った。「だが、まだあるぞ。いいか。まずそのお偉いさんはこんなふうに歩く。そして、こんなふうに考える」（キムは人差し指をひたいの上まであげ、それから下ろして、あごの先でとめた）「それからすぐに、こんなふうに指をひくひくさせる。それからすぐに、左の脇の下に帽子をはさむ」キムは動きをまね、コウノトリのようにぴんと背を伸ばしてみせた。

老人はおどろいて言葉を失い、うめいた。集まった人々はぶるっとふるえた。

「まあ、そんなところじゃろう。だが、命令を出そうというときは、どうする？」

「首のうしろの皮膚《ひふ》をこするんだ。こんなふうに。それから、指を一本テーブルにあて、鼻を小さく鳴らす。それから、口を開いて、言うんだ。『何々と何々の連隊を出動させよ。何々の砲兵隊も呼べ』」

老人はこわばったからだで立ちあがると、敬礼した。

キムはアンバラの英国人の私室で耳にした言葉を土地の言葉に訳した。「『こうなると思っていたのだ。これは制裁《せいさい》だ。戦争ではない。フン！』」

「もういい。まちがいない。戦争の煙の中で見かけたあの方は、まさにそんなふうだった。この目で見て、この耳で聞いたのだ。まちがいなくあの方だ！」

「おれは煙は見なかったけどね」キムの声は、道ばたの占い師にも似た、うっとりと歌うような口調に変わった。「おれが見たのは、闇の中だった。最初は男がきて、すべてをはっきりさせた。それから、馬に乗った男たちがきた。そして、そのお偉いさんが現れたんだ。光の輪の中に立ってた。あとの者は、彼に従っていた。さっき言ったとおりさ。じいさん、おれが言ったことは真実だろう？」

「あの方だ。あの方にまちがいない」

集まった人々はわなわなふるえながら深く息を吸いこみ、気をつけをしている老人と、紫の夕空を背に立っているぼろを着たキムとを、交互に見比べた。

「言ったであろう。この子は別の世界から遣《つか》わされた者だと」ラマは胸をはって言った。「この子は世界の友だ。星々の友なのじゃ！」

「まあ、おれたちには関係ないことだがな」一人の男が大声で言った。「おい、若き予言者さんよ、雨季も乾季もいつも力を持ってるっていうなら、おれんところに赤いまだらもようの雌牛がいるぜ。もしかしたらあんたの雄牛の妹かもしれねえ――」

「関係ないさ。おれの星々とおまえの牛なんか、関係あるはずないだろ」キムは言った。

「ないだろうさ。だけど、その雌牛はひどく具合が悪いんだよ」女がわって入った。「あたしの亭主《ていしゅ》は水牛みたいな男だからね。じゃなきゃ、もっと言葉を選んだはずさ。雌牛がよくなるかどうか、教えてくれないかい？」

キムがふつうの少年なら、そのまま芝居をつづけただろう。だが、ラホールの町に十三年も住んでいれば、そう、とりわけタクサリ門の托鉢僧《ファキール》を知っていれば、人間の性《さが》というものにおのずと通じるものだ。

村の僧が、にがにがしげにキムを横目で見ていた。その顔に、枯《か》れたような笑いがはりついている。

「この村にはお坊さまはいないのかい？　さっき偉大なる方が見えたような気がしたけど」キムは大声で言った。

「ああ、いるにはいるけど――」女が言いかけた。

「だけど、あんたと亭主はほんのちょっとの礼で雌牛を治せればもうけもんだと思ったわけだ」図星だった。このふたりは、村でも締まり屋で悪名高かった。「お寺をごまかすのはよくないよ。あんたらのお坊さまに子牛をさしあげな。取り返しがつかないくらい神々を怒らせてなきゃ、一か月以内に雌牛はミルクを出すようになる」

「物乞《ものご》いの達人じゃのう」僧はうなずきながら満足げに言った。「四十年間抜け目なくやった者でも、こうはうまくできないだろう。さぞかしご老人を金持ちにしてやったのだろうな」

「ほんのちょっとの小麦粉と、バターと、カルダモンを一口分ってことさ」ほめ言葉に顔を赤くしながらも、用心を忘れずキムは言い返した。「そんなもんで金持ちになれるかい？　それにあなたが見てのとおり、老師さまは頭がいかれてんだ。だけど、少なくともおかげでおれも街道ってもんを学ぶことができるしね」

タクサリ門の托鉢僧《ファキール》が仲間同士でしゃべっているときのようすをよく知っていたから、彼らの下品な弟子たちのしゃべりかたをまねして、キムは言った。

「ならば、ご老人の求道《ぐどう》はほんとうなのかね？　それとも、かくれた真の目的があるのか？　もしや宝とか？」

「老師さまはいかれてんだよ。完全にね。ほかの目的なんかありゃしないさ」

すると、老いた兵士が足を引きずってやってきて、キムに今晩、泊まっていかないかと言った。僧もそうするようにすすめたが、ラマをもてなす役はぜひ寺にと言いはり、それをきいてラマはなんの疑いもなくほほえんだ。キムは彼らの顔を見比べ、彼なりの結論をみちびきだした。

「金はどこ？」キムはラマを物陰へ手招きして、小声でたずねた。

「ふところの中だ。とうぜんであろう」

「おれにわたして。すばやく、さっとね」

「なぜだ？　切符を買う必要などないだろう」

「おれは老師さまの弟子《チェラ》だろ？　これまでも旅路を守ってきたじゃない。金をわたして。

夜明けには返すから」キムはラマの腰帯に手をすべりこませると、財布をひっぱりだした。

「なら、そうしなさい。それでいい」ラマはうなずいた。「この世は広く、おそろしいところだからな。そんな世界に、こんなにも多くの人々が生きているとは」

次の朝、僧はひどく不機嫌なようすだったが、ラマはいたって満足げだった。一方のキムは老兵のところで、このうえなくたのしい夜をすごした。老兵は騎兵連隊にいたころのサーベルを出してきて、ひからびた膝《ひざ》の上に置き、むかしばなしをしてくれた。セポイの反乱や、三十年前に墓に入った若い大将たちの話を聞きながら、キムはうとうと眠りに落ちたのだった。

「この土地の空気はすばらしいのう。ふだんは眠りが浅くてな、老人はみなそうだ。だが、今日は日がのぼるまでぐっすり眠れた。まだ頭が重いくらいじゃ」ラマは言った。

「あたたかい牛乳を一口飲むといいよ」キムは言った。アヘン吸いの知り合いに、薬代わりに持っていってやったことが何度もあったのだ。

「ヒンドの川すべてをとおる長き街道へ、いざまいろう」ラマはほがらかに言った。「しかし、弟子《チェラ》よ、ここの人々にどうお礼をすればよいだろう？　特に、あの僧はとても親切にしてくれた。たしかに彼らはブットパラスト——不信心者ではあるが、また別の生では悟《さと》りを得るかもしれん。寺に一ルピー、寄進《きしん》するかの？　寺の中は、石と赤い絵のみだったが、正しき者の心にはいつ、どこであれ、感謝を示さねばならん」

「老師さま、一人で旅をしたことはあるの？」キムは、畑でえさ集めに忙しいインドのカラスのように、するどい目でラマを見上げた。

「もちろんだとも。クルからパターンコットまでな。クルで、最初の弟子《チェラ》が世を去ってしまったのだ。人々に親切にしてもらったときは、寄進をした。高地は気立てのよい人ばかりなのだ」

「ヒンドは別だよ」キムはそっけなく言った。「ヒンドの神々は腕がいっぱいあって、あくどいんだ。関わらないほうがいい」

「街道まで送ろう、世界の友よ。おまえとあの黄色い男を」老兵が村の通りをぶらぶらやってきて、言った。夜明けの空に、やせ衰《おとろ》えたがに股《また》の小馬に乗った姿が黒々と浮かびあがった。「昨夜《ゆうべ》は、おれのひからびた心に記憶の泉がわき出た。まさに仏の恵みだったよ。たしかに、戦の気配を感じる。においがするんだ。ほら！　剣も持ってきたぞ」

小さな馬の上にまたがり大きな剣を腰にさげた老兵は、鞍頭《くらがしら》に軽く手をそえた。そして、北に広がる平らな土地をキッと見つめた。「もう一度、どのようにあの方が夢に現れたか、話してくれ。こっちへきて、うしろにすわれ。こいつなら、ふたり乗せても大丈夫だ」

「でも、おれは老師さまの弟子だから」キムは言い、三人は村の門を出た。村人たちはふたりが出ていくことを残念がっているように見えたが、僧の別れの言葉はよそよそしく冷ややかだった。アヘンをみすみす文なしにやってしまったのだ。

「なるほどな。おれは坊さんにはあまり縁《えん》がないが、敬意を持つのは大事だからな。最近は、敬意ってもんがなさすぎる。副長官がおれに会いにきたときですら、そうだ。だが、どうして戦争へみちびく星を持つ者が、坊さんに従ってるのかね?」

「だって、あの方は本物の聖なるお方なんだ」キムは熱心に言った。「ほんとうに、話すこともすることも、尊《とうと》いんだ。ほかのやつらとはちがう。あんな方には会ったことがない。おれたちは占い師でも、旅芸人でも、物乞《ものご》いでもない」

「わかってるさ。見りゃわかる。だが、ご老人のほうはわからん。しかし、てくてくとよく歩くな」

朝一番のさわやかさのせいか、ラマはラクダのようにゆったりとした歩調で、らくらくと進んでいた。瞑想《めいそう》にふけっているらしく、無意識のまま数珠《じゅず》をまさぐっている。

わだちだらけのくたびれた田舎道は、くねくねと平野をつっきっていく。両側には、濃い緑のマンゴー園が広がり、はるか東には、雪をかぶったヒマラヤ山脈がうっすら見える。インドの人々はみな畑に出て、井戸の滑車のきしむ音や、犂《すき》をひく牛になにやらどなっている声、カラスたちのけたたましい鳴き声がひびいている。小馬すら、感化されたのか、今にも走りだしそうだったので、キムはあぶみ革に手をおいた。

「寺に一ルピーを寄進《きしん》するのを忘れてしまった」八十一番目の数珠《じゅず》にたどりつくと、ラマは言った。

老兵がひげの奥でうめき声をあげた。それでラマは初めて、彼に気づいた。

「そなたも川を探しにいくのか?」ラマはふりむいてたずねた。

「また新しい日がおとずれたんだ」というのが、老兵の答えだった。「日が沈む前に畑に水をやるほか、おれは川には用はない。あんたがたに大幹道《だいかんどう》への近道を教えてやろうと思って、きたんだ」

「ご親切は忘れませんぞ。善《よ》き心の持ち主よ。しかし、その剣はなんのために?」

老兵はごっこ遊びをしているところを見つかった子どものように顔を赤くした。

「この剣はだな」老兵は剣をいじりながら言った。「ああ、ただの気まぐれだ。老人の思いつきさ。たしかに警察は、ヒンドでは武器を持つことを禁止しとるが、このあたりの警官はみんな、おれのことを知ってるからな」老兵は気を取り直し、剣のつかをぴしゃりとたたいた。

「よい思いつきとは言えぬ。人を殺して、なんになる?」ラマは言った。

「ほとんどなんにもならねえ、たしかにな。だが、悪い連中をときどき殺しとかないと、武器を持たない夢想家にはいい世の中じゃなくなっちまうだろ。おれは、デリーから南の土地が血に染まったのをこの目で見たから、言ってるんだ」

「なぜそのような狂気の沙汰《さた》が?」

「神々にしかわからんさ。災厄をもたらした張本人にしかな。狂気は軍隊のなかにも入りこんで、兵士たちは役人に逆らった。あれが最初の悪だったが、そこでやめときゃ、取り返しのつかないことにはならなかったんだ。だが、連中は白人《サーブ》の妻や子どもを殺した。そうしたら、海のむこうから白人《サーブ》たちがやってきて、もっともきびしい罰をくだした」

「たしかに、かつてそのようなうわさを聞いたことがあるような気がする。記憶では、暗黒の年と呼ばれておった」

「あの年のことを知らないとは、あんたはいったいどんな人生を送ってきたんだ?　うわさとはな!　世界じゅうが知ってるさ。世界じゅうがふるえあがったんだ!」

「世界がふるえたことは一度しかない。釈尊《しゃくそん》が悟《さと》りを開かれた日じゃ」

「ヘン！　少なくともデリーの都がふるえたのはこの目で見たよ。デリーは世界のへそだからな」

「では、彼らは女子どもをおそったというのか？　ひどい行いだ。罰はまぬがれまい」

「たくさんのやつが逃れようとしたが、むだだったよ。おれは騎兵連隊にいたんだ。隊はばらばらになったよ。六百八十の軍刀のうち、最後までねがえらなかったのは、何本だと思うね？　三本だ。そのうち一本が、おれだったというわけだ」

「大きな手柄ではないか」

「手柄！　当時は、手柄だなんて考えるやつはいない。おれの仲間も、友人も、兄弟も、おれから去っていった。『英国人の時代は終わった。これからは、それぞれが自分たちでやっていこう』ってね。だが、おれはソブラオトの戦いやチリアンワーラーの戦いで戦った者たちと話したことがあった。モードキーの戦いとフェロゼシャーの戦いで戦った者たちともな。だから、わかった。『もう少し辛抱すれば、風向きも変わる。今回の戦いには、なんのいいこともない』ってな。あのとき、おれは英国人の奥方《メムサーブ》といっしょに百キロ以上も馬で走ったんだ。奥方の赤ん坊を鞍頭《くらがしら》にのっけてな――どうだ！　まさに男にふさわしい馬だった！――そしてふたりを安全な場所へつれていって、上官のところへもどったんだ。五人いるうち、たった一人の生き残りだった。おれは言った。『仕事をください。自分の国の者たちからは見捨てられ、この剣はいとこの血で濡《ぬ》れているのです』上官は言った。『大丈夫だ。これから大いなる仕事が待ち受けている。この狂気が終われば、じゅうぶんほうびはとらせるから』」

「なるほど、では、狂気が終わったとき、ほうびはもらえたのだな？」ラマは半分独り言のようにつぶやいた。

「あのころは、偶然大砲の音を聞いたような連中に勲章《くんしょう》を与えるようなことはしなかった。そうさ！　おれは十九の戦で戦ったんだ。騎馬での戦いは四十六回、小競《こぜ》り合《あ》いにいたっちゃ、数え切れん。九か所もけがをしたんだぞ。勲章をひとつと従軍記念略章《じゅうぐんきねんりゃくしょう》を四つもらったよ。それに、名誉勲章もだ。というのも、隊長たちが、カイザー・イ・ヒンド（ヴィクトリア女王）が在位五十周年を達成なさったときに、おれのことを思い出してくれたのさ。今は、みんな将軍になっているがな。あのときは、国じゅうが祝っていてな、隊長たちが『こいつに英領インドの名誉勲章を！』って言ってくれたんだ。今も首にかけてるよ。それに、政府から、耕作地《ジャギール》ももらった。おれと家族への賜《たまわ》り物さ。むかしの仲間たちは、今じゃ長官になってるが、畑を抜けておれんところまできてくれる。堂々と馬にまたがってな。だから、村のどこからでも見えるってわけさ。それで、むかしの戦闘の話をして、死んだ仲間の名前をひとりひとりあげていくのさ」

「そのあとは？」ラマはたずねた。

「ああ、そのあとは帰っていくよ。村の連中があいさつにきたあとにな」

「そして、最後の最後はどうするつもりなのかね？」

「最後の最後には死ぬだろうさ」

「そのあとは？」

「神々にお任せするよ。おれは一度も、あれこれ祈って神々を困らせたことはない。だから、むこうもこっちを困らせることはないだろうよ。いいかい、長い人生で気づいたんだが、四六時中文句を言ったり、あれこれ説明したり、どなったり泣いたりして、天にいる方々のじゃまをするようなやつは、あっという間にお迎えがきちまう。おれたちの大佐が、口をぽかーんと開けたおしゃべりの田舎者から先に呼びつけたのと同じさ。そうさ、おれは神々にやっかいをかけちゃいない。神々もそれを覚えていて、骨休めできるような木陰の静かな場所をあたえてくださるだろうさ。そこで、おれは息子たちがくるのを待つんだ。三人もいるんだ。全員、インド騎兵連隊《リッサルダール》の少佐でな」

「そして彼らもまた、輪廻《りんね》にしばられ、生から別の生へとわたっていく。絶望から絶望へとな」ラマは声をひそめて言った。「焦り、不安にあふれ、次から次へと」

「まあな」老兵はクスクス笑った。「三つの連隊に三人の少佐ってわけだ。ばくちもちょいとやるが、まあ、おれもそうだからな。立派な馬にのらねえとならないんだ。だが、むかし女を手に入れたようには、馬は手に入らない。まあ、おれの土地を売った金で買ってやれる。どう思うかね？　水のたっぷりある土地だが、村のもんはごまかすからな。どうやってもちかけりゃいいのか、わからんのだ。おれがわかってるのは、槍《やり》を突きつけられたらどうするかってくらいのことさ。まったく！　連中ときたら、おれが怒ってののしると、悔い改めたふりをするが、裏ではおれのことを歯なしの老ザルって呼んでるのはわかってんだ」

「ほかのものを望んだことはないのかね？」

「そりゃあるさ、何千回もな！　ぴんと伸びた背中とか、ちゃんとくっついたひざとかな。すばやく動く手首も、鋭い目もとりもどしたいし、男の活力もほしい。ああ、むかしは――力があったころはよかった！」

「その力こそが、弱さなのだ」

「今は、そうなっちまったよ。五十年前なら、そうじゃないところを見せてやれただろうがな」老兵は言い返すと、あぶみのかどで小馬のやせた脇腹をけった。

「わたしは、大いなる癒《い》やしの力を持つ川を知っているぞ」

「おれも、からだじゅうがむくむ寸前までガンガの水を飲んだが、腹をくだしただけで、なんの力にもならなかった」

「ガンガのことではない。わたしの知っている川は、すべての罪の汚《けが》れを洗い流すのじゃ。その遠き岸をのぼっていくと、輪から自由になれるのだ。そなたの人生のことは知らぬが、そなたは気高く、思いやりのある顔をしている。そなたはそなたの道から外れることなく、困難なときも忠誠をつくした。暗黒の年のことは、今になって、ほかで聞いたのを思い出した。今こそ、中道《ちゅうどう》を進みなさい。それこそが自由への道だ。もっともすぐれた法に耳をかたむけ、夢を追うのをやめるのじゃ」

「なら、その法とやらについて話してくれ」兵士はほほえみ、敬礼するようなそぶりをみせた。「おれたちの年齢になると、しゃべってばかりだ」

ラマはマンゴーの木陰にしゃがんだ。木漏《こも》れ日《び》が落ちて、ラマの顔をまだらにそめている。兵士はしゃちほこばったまま小馬にまたがり、キムはヘビがいないことを確認してから、曲がりくねった根のあいだに寝そべった。

暑い太陽が照りつけ、小さな虫がものうげな羽音を立て、鳩《はと》がクークーと鳴いている。畑のむこうでは、井戸の滑車がキィキィと眠たげな音を立てている。ラマはおもむろに、重みのある調子で話しはじめた。十分ほどすぎたとき、老兵はよく聞こえるようにと小馬からすべりおりて、手綱《たづな》を手首に巻き、腰をおろした。ラマはときおり口ごもっていたが、徐々にその時間が長くなっていった。キムは灰色リスに目をうばわれていた。そして、枝にぴったりくっついていたやかましい毛皮のかたまりが消えたころには、説教師も聞き手もぐっすり眠りこんでいた。元将校は彫りの深い頭を腕にあずけ、ラマは木の幹に頭をもたせかけている。そのさまは黄ばんだ象牙《ぞうげ》のようだった。すると、はだかの子どもがよちよちやってきて、じっとラマを見つめていたが、ふいに尊敬の気持ちがわきあがったのか、まじめくさっておじぎをした。ところが、まだ小さくて太っているために横向きにひっくり返ってしまい、ぷくぷくした足が投げ出されたのを見て、キムは大笑いした。子どもはこわいのと腹立たしいのとで、大きな声でわめいた。

「なんだ、なんだ！」老兵はぱっと立ちあがった。「なにごとだ？　命令か？……ぼうやか……泣くんじゃない。おれは寝てたのか？　なんと無礼なことを！」

「こわいよう！　おそろしいよう！」子どもはわめいた。

「なにがこわいんだ？　老人二人と少年一人じゃないか。そんなことじゃ、兵士にはなれんぞ、小さな王子よ」

ラマも目を覚ましていたが、子どもには特に気づいたようすもなく、数珠《じゅず》を指でたどりはじめた。

「それ、なに？」子どもがさけぶのをやめてきいた。「そんなの初めて見た。貸して」

「いいとも」ラマはほほえんで、草の上で数珠《じゅず》をひきずるようにくるくるとまわしてみせた。

ひとにぎりのカルダモン
それから、ギーもひとかたまり
キビと、チリと、あとは、ごはん
きみとぼくの食事ができた！

子どもはうれしそうに歓声をあげると、黒くきらめいている数珠をぱっとつかんだ。

「おお！　どこでその歌を？　この世をきらっておられる方よ」老兵が言った。

「パターンコットで習ったのだ。戸口にすわっていたときにな。幼い子どもに親切にするのはよいことだからの」ラマは恥ずかしそうに言った。

「たしか、眠りが訪れるまえ、結婚と出産は真実の光を陰らせてしまうとおっしゃっていなかったかな？　正しい道に転がるつまずきの石だと？　あんたの国では、子どもらも天から落っこちるのかね？　子どもらに歌を歌ってやるのは、正しい道なのか？」

「完璧《かんぺき》な人間などいない」ラマはおごそかに言うと、数珠をくるくると巻いた。「さあ、母親のところへおもどり、ぼうや」

「聞いたかい！」老兵はキムにむかって言った。「子どもを楽しませたことを恥ずかしく思うなんて。あんたにもいい家長になる素質があったんだよ、兄弟。ほら、ぼうや！」老兵は一パイスを投げてやった。「砂糖菓子はいつも甘いぞ」そして、子どもがとびはねながら、太陽の光の中に去っていくのをながめた。「子どもは育って、大人になる。お坊さま、あんたの説法のとちゅうで眠ってしまってもうしわけない。お許しくだされ」

「わたしたちは二人とも年寄りだからの。こちらこそ、もうしわけない。そなたが世界の狂気の話をするのを聞いていたはずなのに。過ちが過ちを呼んでしまったようだ」

「聞いたかい！　赤ん坊と遊んだからって、あんたの神々が困るって言うのかい？　それに、さっきの歌はとても上手だったよ。さあ、先へいこう。今度はおれが〈デリーの前のニカール・セイン（セポイの反乱で活躍した英国の兵士）〉を歌おう。古い歌だ」

そして、キムたちはマンゴーの木陰をあとにした。老人の高い声は畑のむこうまで朗々とひびき、長く伸ばすようなもの悲しい声で、ニカール・セインの物語を語りきかせた。パンジャブでは今でも歌われている歌だ。キムは大喜びだったし、ラマもすっかり聴き入っていた。

「ああ！　ニカール・セインは死んだ――デリーの前で死んだのだ！　北の槍《やり》よ、ニカール・セインのかたきをとっておくれ」老兵は剣のはらで小馬の尻をたたきながら、高い声をふるわせ、最後まで歌いきった。

「さあ、大幹道《だいかんどう》についたぞ」老兵は言った。キムは歌をほめそやした。というのも、ラマは傍目《はため》からもわかるほど、だまりこくっていたからだ。「この道を通ったのはずいぶん前だが、あんたの弟子の話を聞いて、記憶がもどってきたよ。いいかい、お坊さま、大幹道は全インドの背骨だ。ほとんどがここみたいに木陰なんだ。木が四列に並んでるだろ。真ん中の道路はどこもしっかりしてて、急いでいる乗り物がとおる。鉄道ができる前は、サーブたちが何百人もいったりきたりしていたもんさ。今では、田舎の馬車のたぐいしかとおらんがな。左と右はでこぼこだらけで、重い荷馬車がとおる。穀物《こくもつ》や綿や材木や飼い葉や石灰や毛皮を運ぶ馬車だ。ここなら、安全に旅ができる。数コスごとに交番があるからな。警察なんて盗人《ぬすっと》のゆすり屋だが——できることなら、このおれが騎兵隊とパトロールしたいくらいだよ、強い隊長のもと、若い兵士たちとな——少なくとも、やつらは商売《しょうばい》敵《がたき》の存在を許さないからな。あらゆるたぐいのあらゆるカーストの人間がここを旅してる。ほら、バラモンと革職人《チューマン》、金貸しと鋳《い》掛《か》け屋、床屋と商人《バニヤ》、巡礼者《じゅんれいしゃ》と焼き物師——世界じゅうの人間がここを行き来してるのさ。川みたいなもんだな。おれは、洪水のあと流れてきた丸太みたいに、そこからひっぱりあげられちまったがな」

実際、大幹道はまさに壮観だった。まっすぐのびた街道は、混雑することもなく、二千五百キロにわたってインドの人や物の流れを担っている。世界のどこを見わたしても、このような街道にはお目にかかれない。緑の葉がアーチのようにかぶさって木漏《こも》れ日《び》を落とし、真っ白い道をのんびりと歩いている人が点々と見える。反対側には、二部屋ある交番があった。

「法に違反して武器を持ってるのはどこのどいつだ?」老兵の剣を見た警官が、笑いながら声をかけてきた。「警察だけじゃ、悪事を働く人間をやっつけられないってことかい?」

「その警察対策のために、こいつを買ったのさ」老兵は答えた。「ヒンドじゃ、すべてうまくいってるかい?」

「騎兵連隊長どの、万事うまくいってますよ」

「ほらな、おれは年寄り亀みたいなもんさ。川岸から首を出してはまたひっこめる。そうさ、ここはヒンドスタン（「インド」のペルシャ語名、歴史的にはインド北部）の大幹道だ。だれもがここを通るん……」

「ブタ野郎め、道路がぬかるんでるのは、おまえの背中をかくためか?　すれっからしの娘の父親め!　身持ちの悪い女の夫め!　おまえの母親は、そのまた母親にみちびかれて悪魔に身を捧《ささ》げ、叔母どもは七代続いて鼻がないときてる（不貞を働いた女性の鼻をそぎ落とす習慣があった）。妹ときた日にゃ――あほフクロウに馬車で街道をわたれとでも言われたか？　こわれた車輪でか？　だったら、割れた頭をのんびりくっつけてな！」

声とともに、おそろしいムチの音が、五十メートルほど先のもうもうとあがる土煙の中から聞こえてきた。荷馬車がこわれて、立ち往生している。すると、痩《や》せた背の高いカーティヤーワール産の雌馬が目を血走らせ、鼻の穴を広げて、飛び出してきた。その背にまたがった男は、どなり返している御者を追おうと馬のむきを変えたが、馬はフウフウと鼻息を吐いて、たじろいだ。乗り手の男は背が高く、白髪交じりのひげを生やし、気も狂わんばかりになっている馬と一体となって、御者にむかっておそろしく精確《せいかく》にムチをふりおろしている。

老兵の顔がほこらしげにかがやいた。「息子よ！」老兵はそれだけ言うと、手綱《たづな》をぐいとひいたので、小馬の首が弓なりになった。

「警官の前で、ムチ打つのか？」荷馬車の御者がさけんだ。「正義の裁きを！　正義の裁きを――」

「おれの道をふさいだのは、キィキィわめくサルか？　若馬の鼻の下で、山のような袋をひっくり返しやがって。馬をだめにするつもりか」

「息子の言うとおり。息子の言うとおりだ。だが、馬はちゃんと主人についとっとる」

老兵が言った。御者は自分の荷馬車の下に逃げこんで、思いつくかぎりの報復の方法をならべたてた。

「元気な連中だな、おまえさんの息子たちは」警官は、歯のそうじをしながらのんびりと言った。

乗り手の男は最後にもう一度、おもいきりムチをふりおろすと、こちらへ馬を走らせてきた。

「父さん！」男は十メートルほど手前で馬をとめると、地面におりたった。

老兵もすぐさま小馬からおりると、東洋の父と息子がやるように抱き合った。

4　クルの老婦人

やれやれ、彼女はレディじゃない
そりゃひどいあばずれで、生気にあふれ
ふざけたり、しかめっつらで、性悪で
まえに立ったり、うしろについたり、きまぐれで
むかえにいけば——よそ者を呼ぶ！
たずねていけば——帰ろうとする！
どこまでもジャジャ馬で、放っておけば
そでを引きにくるふしだらさ！
贈り物を！　贈り物を、富を！
やるも、やらぬも、あなた次第
富のことなど、かまわねば
富のほうからついてくる

『願いの帽子』

そのあと、老父と息子は声を落とし、話し合った。キムは木陰に入ってすわったが、ラマは待ちきれないようにキムのひじを引っぱった。

「いこう。わたしの川はここにはない」

「まあまあ。ずいぶん歩いたんだから、ちょっとくらい休もうよ。川は逃げたりしないよ。待ってて。きっと施《ほどこ》し物《もの》をくれるから」

まさにそのとき、老兵が言った。「こちらが、星々の友だ。昨日、その知らせをもたらしてくれてな。あの方ご自身が夢に現れて、戦争をはじめると言ったというんだ」

「ふん！」息子はがっしりした胸の奥でうなった。「おおかた市場でうわさでも耳にして、もうけようって魂胆《こんたん》だ」

老兵は笑った。「少なくとも新しい馬をねだりにはきてないぞ。いったいどれだけの金がかかるやら。おまえの兄弟たちの連隊も、命令を受けたのか？」

「知らないよ。おれは休暇をもらって、まっすぐ父さんのところへきたんだ。万が一――」

「万が一、兄弟たちの方が先にねだりにきてたら、困るからだろう。ばくち打ちの浪費家どもめ！　だが、まだ馬で突撃したことはないだろう。戦場ではいい馬がいる。さらに、行軍にはよい部下とよい小ぶりの馬もいるな。さてと、どうするかな」老兵は鞍頭《くらがしら》をこつこつとたたいた。

「こんなところじゃ説明できないよ。父さんの家へいこう」

「せめてあの子に金をやってからだ。だが、持ち合わせがないな。あの子はいい知らせを持ってきてくれた。おい、世界の友よ！　おまえの言ったとおり、戦争になりそうだぞ」

「ちがうよ、なりそうなんじゃなくて、なるんだ」キムは落ち着きはらって言った。

「なんのことだ？」ラマは一刻も早く出発したくて、数珠《じゅず》をもてあそびながら言った。

「老師さまは金のためにわざわざ占星術《せんせいじゅつ》をしたりしない。おれたちは知らせを持ってきた。その耳で聞いたろ、おれたちは知らせを持ってきた。さあ、もう出発するよ」キムはわきにおろした手を少しだけ、曲げてみせた。

息子は太陽の光へむかってぽんと銀貨をほうり、物乞《ものご》いめとか旅芸人のくせになどとブツブツつぶやいた。四アンナ銀貨だ。これで数日はたっぷり食えるだろう。ラマは銀貨が光るのを見て、低い声で祝福を捧《ささ》げた。

「おまえの道をいけ、世界の友よ」老兵は声高に言うと、やせこけた小馬のむきを変えた。「いままで生きてきて、初めて本物の予言者に会ったよ。軍隊にはいなかったからな」

父と息子はともにむきを変えた。老人は、若者に負けず劣《おと》らずぴんと背を伸ばしていた。黄色い麻のズボンをはいたパンジャブの警官が、前かがみになって街道をわたってきた。金がわたされたところを見ていたのだ。

「止まれ！」警官は堂々とした英語でさけんだ。「わき道から大幹道《だいかんどう》に入るのに、一人につき二アンナの税金がかかるのは知ってるな。全部で四アンナだ。政府《シルカール》の命令だぞ、金は木を植えたり、道路を整備するのに使われるのだ」

「あと、警官の腹を肥《こ》やすためだろ」キムは言って、すかさず警官の手の届かないところまで逃げた。「ちょっと考えてみなよ、その泥の詰まった頭でさ。おれたちが、カエルみたいにいちばん近い池からきたと思ってるだろ、あんたの義理の父ちゃんみたいにさ。あんたのお仲間の名前は聞いたことないのか？」

「だれのことだ？　おい、その子は放っておいてやれ」年上の警官が、テラスにしゃがんでパイプを吹かしながら、愉快そうに言った。

「ソーダ水の瓶《ベライティ・パニ》のラベルをはがして、いかにもって感じで橋にはりつけといて、一か月間、橋を通るやつらから税を集めたやつのことさ。これは、政府《シルカール》の命令だって言ってね。そしたら、英国人がやってきて、頭をかち割られたってわけ。な、兄弟、おれは町の牛だ、村の牛じゃないんだよ！」

警官は赤くなってひきさがり、キムは歩きながらずっと警官をはやし立てた。

「おれみたいな弟子はいないでしょ？」キムは上機嫌でラマに言った。「おれが守ってやらなきゃ、ラホールから十キロもいかないうちに骨を拾われることになってたよ」

「おまえのことを精霊でないかと思うときもあれば、小悪魔ではないかと思うこともある」ラマはゆっくりとほほえみながら言った。

「おれはあなたの弟子《チェラ》さ」キムはラマの横にならび、世界を放浪する時の、あの、名状しがたい足取りで歩き出した。

「よし、まいろう」ラマはつぶやいた。ふたりは、ラマの数珠《じゅず》の音に合わせるようにだまってひたすら何キロも歩きつづけた。ラマはいつものとおり瞑想《めいそう》にふけっていたが、キムのきらきらかがやく目は見開かれていた。人々が流れていく川である大幹道《だいかんどう》は広く晴れやかで、常にごった返しているラホールの通りよりずっといいとキムは思った。一歩歩くごとに新しい人や新しい光景に出会える。キムが知っている カーストの人々もいれば、これまで見たことも聞いたこともないような連中もいた。

髪を伸ばし、強いにおいをさせている放浪民のサンシーの一行にも会った。トカゲや不《ふ》浄《じょう》の食べ物を入れたカゴをかつぎ、足元では食用の痩《や》せた犬がふんふんにおいをかいでいる。彼らは、街道の彼らに決められた側だけを、こそこそと小走りで進み、ほかのカーストの者たちは、彼らとのあいだをたっぷりと開けていた。サンシーは汚《けが》れているからだ。そのうしろから、濃い影のなかをしゃちほこばった大またで歩いてくるのは、牢屋《ろうや》を出たばかりの男だ。まだ足かせの記憶が抜けないのだろう。ふくれた腹とつやのよい肌からは、たいていの自活している正直者よりたっぷり食わせてもらっていたようすがうかがえる。こうしたやからの歩き方なら、キムはよく知っていたので、すれちがいざまにさんざっぱらからかった。

次にきたのは、シークの一派アカーリーだ。目を血走らせ、くしゃくしゃの髪をした熱心なシーク教徒は、信仰をあらわす青い格子縞《こうしじま》の服をまとい、高くもりあがった青いターバンの上で、ぴかぴかにみがいた鋼《はがね》の輪をかがやかせている。シークの藩王国《はんおうこく》のひとつを訪問した帰りだろう。いばったようすで歩いていく。白いコーデュロイのズボンに乗馬靴をはいた大学出の小君主たちに、むかしのカールサ(シーク教徒の戦闘集団)の栄光を歌って聴かせてきたのだ。キムは男を怒らせないよう、気をつけた。アカーリーは短気で、けんかっ早い。

ほかにも、そこかしこで、派手によそおった一団とすれちがったり、追い越されたりした。村をあげて、どこかの祭りにでもいくらしい。男たちのあとに、赤ん坊を背負った女たちがつづき、少年たちはサトウキビの茎にまたがって跳ねまわったり、半ペニーほどで売っている粗雑な真ちゅうのおもちゃの機関車をひっぱって歩いたり、かと思えば、安物の鏡で大人たちをまぶしがらせたりしている。一目見れば、みながなにを買っているのかわかる。すぐにはわからなくても、じきに妻たちが褐色の腕をならべて、買ったばかりの北西地方のすりガラスの腕輪を比べはじめるだろう。こうした陽気な一団は、進みもゆっくりで、それぞれ声をかけあっては、砂糖菓子屋と値段交渉をしたり、道ばたの祠《ほこら》のまえで祈りを捧《ささ》げたりしていた。ヒンドゥー教の祠もあれば、イスラム教の祠もあるが、下層カーストの者たちはわけへだてなくわかちあっている。

するとこ今度は、青い列が急いでいる青虫の背中のように上下しながら進んでくる。細かな土煙を舞いあげながら、かん高い早口に合わせるような早足でとおりすぎていくのは、イスラムのチャンガールの一団だ。北の鉄道の土堤《どてい》工事を一手におさめている女たちで、扁平足《へんぺいそく》で胸は大きく、がっしりした手足に、青い腰巻きをつけ、土工仕事を担う。仕事があるといううわさを聞きつけ、道ばたで休む間も惜《お》しんで急いでいるところだ。彼女たちのカーストでは、男などいないに等しく、重いものを運ぶ女特有の、ひじをはり、腰をふって、頭を高くあげる歩き方をする。

その少しあとから、結婚の行列がやってきた。音楽をかき鳴らし、大声をあげながら街道に入ってきて、土煙のにおいさえ打ち消すような、マリーゴールドとジャスミンの香りをふりまいている。花嫁の飾り立てられた赤い輿《ドーリィ》がもやのなかをぐらぐらしながら進んでくる。花婿《はなむこ》ののっている花輪をかけた小馬が横をむいて、すれちがいざまに荷馬車から飼い葉を一口、失敬した。こんなときは、キムも花火のようにふりそそぐ祝福や冷やかしに参加して、慣《な》らわしのとおり、新婚夫婦が百人の息子に恵まれ、娘は生まれぬよう、祈りを唱《とな》えてやる。

結婚行列よりもさらに人々の注意をひきつけ、喝采《かっさい》を浴びるのが、旅回りの芸人だ。まだ訓練途中のサルや、弱って苦しそうに息をしているクマ、ときには、足にヤギの角をつけた女を連れているときもある。そのままで、たるんだロープの上で踊るのだ。彼らがくると、馬たちはおどろいてあとずさり、女たちは目を見張って、ふるえるように息を吐き、かん高い歓声をあげる。

しかし、ラマは一度も顔をあげなかった。金貸しがうしろ足の弱った小馬を急がせ、法外な利子の取り立てにいくようすも見なかったし、休暇をもらったインド兵の一団があいかわらず隊列を組んだまま、長々と雄たけびをあげたり、太い声でどなったりしているのも、聞こえないようだった。兵士たちは軍のひざ丈のズボンや巻きゲートルをぬぎすてた喜びにわき、目についた立派なご婦人たちに片っぱしから無礼な言葉を投げつけている。ガンジス川の水を売っている男のことすら、ラマは見ようともしなかった。せめて貴重な聖水の瓶を買えばいいのに、と思っているキムの横で、当のラマはひたすら地面を見つめて、ひたすら歩きつづけた。まるで魂《たましい》がどこかへいってしまったみたいだ。

一方、キムはこの上ない幸せのただ中にいた。このあたりの大幹道《だいかんどう》は、冬に山麓《さんろく》から流れこんでくる大水を防ぐ堤防の上に造られているので、あたりより一段高いところを歩くことになる。言ってみれば、立派な回廊《かいろう》にそって、左右にインド全土が広がっているのをながめながら旅ができるのだ。田舎道を、穀物《こくもつ》や綿を積んだ荷車が何頭もの牛にひかれ、のろのろ進んでいくようすは、見ていて美しい。一キロ以上も先から荷車の心棒がきしんでいる音が聞こえ、どんどん近づいてきたかと思うと、どなったりわめいたりののしったりする声とともに、急な坂道のむこうから、主街道の固い地面の上にのりあげるように荷車が姿を現す。御者たちがたがいに悪態をつきあう声がひびく。赤や青やピンクや白やサフラン色の人々の集団が、二人、三人と別れて、それぞれの村にむかって平野をわたっていくさまもまた、美しかった。キムはこうしたことひとつひとつを、言葉に表すことはできないまでも、感じとっていた。皮をむいたサトウキビを買って、けちけちせずにすぐにカスをはき出すだけで、満たされた気持ちになった。ラマはときおりかぎタバコをかいでいる。ついにキムはだまっていられなくなった。

「ここはすばらしい土地だね、南の土地はさ！　空気もいいし、水もいい。だろ？」

「だがそのすべてが、輪廻《りんね》にとらわれているのだ。次の生も、その次の生も、しばられている。ひとりとして、正しい道行きを示された者はおらぬ」ラマはわれに返って、はっとしたようにからだをふるわせた。

「おれたちの道行きのほうも、ちょっと疲れてきたね。もうすぐ宿場《パラオ》につくはずだ。そこに泊まる？　ほら、日が沈んできたよ」

「今晩は、だれが泊めてくれるのかね？」

「同じだよ、この国には、善良なひとがいっぱいいるのさ。それにさ」キムは声をひそめた。「金はあるんだし」

宿場《パラオ》が近づいてくると、人はますます増えた。ここで一日の旅は終わりだ。かんたんな食べ物やタバコや薪《まき》などを売る屋台がならび、交番、井戸、馬の飼い葉桶《おけ》、それからちょっとした木立がある。その下の踏みならされた地面には、たき火を起こしたあとの黒い灰が点々と残っている。大幹道の宿場《パラオ》はみな、こんなようすだ。あとはもちろん、腹を空《す》かせた物乞《ものご》いとカラスがいる。

そのころには、マンゴーの木立の低い枝々の合間から、太い金色の陽光が放射状にさし、インコや鳩《はと》たちが何百という群れになってねぐらに帰ってきた。灰色の背中のツチイロヤブチメドリがその日の冒険についてぺちゃくちゃしゃべり、旅人たちに踏まれそうになりながら数羽ずつ歩きまわっているようすを見れば、〈七姉妹〉という愛称もうなずける。木々の枝にひしめきあい、もみあっているのは、夜の見回りに出かけるコウモリたちだ。みるみるうちに夕日の光がひとつになり、人々の顔や荷車の車輪や雄牛たちの角を、血のような赤に一瞬、染めあげた。そして夜が訪れた。空気の気配が一変する。ごく薄い青いベールのように、もやが低くたれこめ、地表を均一におおい、たき火の煙や家畜のにおい、灰の上で焼いている小麦のパンのおいしそうな香りが、いっそう強烈にただよう。警官たちが交番からあわてて夜の見回りに出てきて、もったいぶって咳払《せきばら》いをしたり、命令をくりかえしたりしている。道ばたの御者の水タバコの器の中で、炭団《たどん》が赤々とかがやき、キムがぼんやり見ていると、炭団をひっくり返す真ちゅうのトングに最後の夕日が反射してきらりと光った。

宿場《パラオ》での暮らしは、カシミールの隊商宿の暮らしをそのまま規模だけ小さくしたようなものだ。キムはアジア的な喧騒《けんそう》の中に嬉々《きき》として飛びこんだ。ここなら、時間さえあれば、必要最小限のものは手に入るのだ。

入り用なものは少なかった。仏教徒であるラマには、ヒンドゥーのカーストの食事規制はないため、手近な屋台で料理したものを買ってくれれば事足りる。けれども、キムは豪勢《ごうせい》にいこうと、固めて乾燥させた牛糞《ぎゅうふん》を買ってきて、火を起こした。あちこちの小さな炎のまわりを男たちがいったりきたりして、油や小麦や砂糖菓子やタバコをくれとさけんだり、井戸の順番を待って押し合いへし合いしたりしている。彼らの声にまじって、止まっている牛車《ぎっしゃ》の幕のうしろから、人前に顔をさらすことのできない女たちのさざめきや笑い声も聞こえてくる。

このごろでは、インドでも教育のある人々は、家族の女たちが旅をする際、列車のちゃんと仕切りのある客室を使い、速く移動したほうがいいと考えるようになってきていた。そういった人々は旅をする機会も多い。ゆえに、こうした習慣は広まりつつあったが、一方でいつの世も、先人たちのやり方を守りつづける頑固な人々がいる。なかでも、人生の終わりに近づき巡礼《じゅんれい》に出かける老女たちは、男たちよりも保守的だ。老いて魅力を失った彼女たちは、状況によっては、ベールをはずすことを拒みはしない。長いあいだ、世間から隔離《かくり》されてきた彼女たちは、外界と関わりを持つのは用事があるときだけだったからこそ、今では、外の街道の騒々しさやにぎわいを愛し、寺院に集まったり、似たような考えを持つ、時間と金のある未亡人たちとうわさ話に花を咲かせる機会を心から楽しむ。口が達者で頑固な老女に長く悩まされてきた家族にとって、彼女たちがそうやってインドを旅行して楽しんできてくれれば、都合がいいことも多い。そもそも巡礼は神へ感謝を捧《ささ》げる行為なのだから、一石二鳥だ。

そういうわけで、人々の集まる場所はもちろん、へんぴな地でも、牛車《ぎっしゃ》の幕のうしろに一応は身をかくした老女をお守りするという名目の、白髪の従者たちの一団を見かける。彼らはまじめで用心深く、ヨーロッパ人や高位カーストのインド人が近くにいるときは、細心の注意を払い、女主人をおおいかくす。ところが、日常的に人々といっしょになるような巡礼《じゅんれい》の旅では、警戒もゆるみがちだ。結局のところ、老女とて人間であり、人生というものをながめるために生きているのだ。

キムは、ちょうど宿場《パラオ》に入ってきたルース、つまり、派手に飾りつけられた家族用の牛車に目をつけた。フタコブラクダのように、刺繡《ししゅう》のほどこされた丸い天蓋《てんがい》がふたつある。付き添いの供人《ともびと》は八人おり、そのうちふたりは錆《さ》びたサーベルをさげていた。庶民が武器を持つことは許されていない。つまり、彼らの主《あるじ》は特別な人物だということだ。幕のうしろから、かん高い声で文句を言ったり、命令したり、冷やかしたりと、ヨーロッパ人には下品にも思える言葉が聞こえてくる。のっているのは、命令するのに慣れている女性にちがいない。

キムは品定めするように供人たちをじろじろと見た。半分は、足が細く、白いひげを生やした南東のオリヤー族だ。もう半分は、粗い毛《け》織物《おりもの》の服にフェルトの帽子をかぶった北方の高地人だった。それだけで、双方のあいだでひっきりなしに交わされる応酬《おうしゅう》を聞くまでもなく、彼らがどういう一行かわかる。老女はだれかを訪問しに南へいくとちゅうだろう。裕福な親戚、おそらく義理の息子にちがいない。その相手が、老女への敬意を表すために付き添いを寄こしたのだ。高地人のほうは、老女自身の使用人にちがいない。ヒマラヤの麓《ふもと》、クルかカングラの者たちだろう。娘を嫁《とつ》がせるための旅ではない。娘を連れているなら、牛車の幕はひもでしっかり閉じられているはずだし、供人たちがだれ一人寄せつけるはずがないからだ。きっと陽気で威勢のいい老婦人にちがいない。そんなことを、キムは片手に乾燥させた牛糞《ぎゅうふん》を、もう片方の手に食べ物を持ったまま、考えた。そして、肩でラマを押すようにしてそちらへむかった。ふたりを出会わせれば、なにかしら得るものがあるかもしれないと思ったのだ。ラマ自身は助けになるようなことはしてくれないだろうが、キムは忠実な弟子《チェラ》として喜んでふたり分の物乞《ものご》いをするつもりだった。

キムはできるだけ牛車の近くで火を起こし、供人がどけと言いにくるのを待った。ラマはくたびれたように地面に腰を下ろし、果実を食うオオコウモリのようなかっこうで身をかがめると、また数珠《じゅず》を指でたどりはじめた。

「はなれろ、物乞いめ！」高地人の一人が、片言のヒンドゥスターニー語でどなった。

「ヘン！　ただの高地人《パハーリ》のくせに」キムは肩越しに言った。「いつから高地のまぬけどもがヒンドスタンを牛耳るようになったんだ？」

相手は間髪をいれずに、キムの血筋を三代にわたってののしり返した。

「へぇえ！」キムはとびきり甘い声で言って、乾燥させた牛糞《ぎゅうふん》をちょうどいい大きさに割った。「おれの国じゃ、そんなの口説《くど》き文句のはじまりだよ」

幕のうしろからカッカッカッとするどい高笑いが聞こえ、高地人はいさんで次なる攻撃にかかった。

「なかなかやるじゃないか、まあまあだな」キムは落ち着きはらって言った。「だが、気をつけろよ、兄弟。じゃないと、仕返しに、おれたち——いいか、『おれたち』って言ったんだぞ——に呪いをかけられるかもしれないぞ。急所にかみつくこいつは心得てんだ」

オリヤー族は笑い、高地人は脅《おど》しをかけるように前に出た。すると、ふいにラマが顔をあげ、巨大なラマ帽がキムが起こしたばかりのたき火に照らされた。

「どうしたのだ？」ラマは言った。

ラマに気づいた男は、石になったかのように立ちすくんだ。「お、おれは、大いなる罪を犯すところを救われた」男はつっかえつっかえ言った。

「高地人め、やっと坊さんに気づいたな」オリヤー族の一人がささやいた。

「ちょいと！　どうしてあの物乞《ものご》いの小僧をたたかないのかい？」老女が大きな声で言った。

高地人は牛車《ぎっしゃ》にもどっていくと、幕のむこうになにかささやいた。沈黙のあと、ぼそぼそとつぶやく声がした。

「うまくいきそうだぞ」キムは見ても聞いてもいないふりをしながら考えた。

高地人がこびへつらうようにキムに言った。「お、お食事が終わりましたら、お坊さまはどうぞこちらにいらしていただけませんか。お話がおありだそうです」

「食事のあとは、お休みになるんだ」キムはもったいぶって言った。このゲームがどう展開するか、はっきりとわかっていたわけではないが、なんとしてでもこっちの得になることをひきだそうと決めていたのだ。「おれは今から、老師さまの食べ物を手に入れにいくから」キムは大きな声で言うと、最後、ふうっとかすかにため息をついてみせた。

「わ――わたしたちで用意させていただきます、もしよろしければ」

「いいだろう」キムはますますいばって言った。「老師さま、こちらの者たちが食べ物を持ってくるそうです」

「この国はいい国だ。南はどこもすばらしい。世界とは偉大で、おそろしいところだ」

ラマはもの憂《う》げな調子でつぶやいた。

「今は寝ていただこう。でも、目を覚まされたときには、たっぷり食べられるよう、よろしくな。聖なるお方なんだから」

するとまた、オリヤー族の一人がばかにしたようなことを言った。

「老師さまは托鉢僧《ファキール》じゃない。南の物乞《ものご》いとはわけがちがうんだ」キムは星にむかって話しかけるように重々しい口調で言った。「老師さまは、聖者の中の聖者だ。あらゆるカーストの上におられる。そしておれは、老師さまの弟子《チェラ》だ」

「こっちへおいで！」幕のうしろから、抑揚《よくよう》のない高い声がひびいた。キムは、こちらからは見えない目で見られているのを感じながら、牛車《ぎっしゃ》のほうへいった。いくつもの指輪をつけた痩《や》せた褐色《かっしょく》の指が牛車の縁《へり》からのぞき、話がはじまった。

「あそこにいるのはどなただね？」

「きわめて高貴なるお方だ。はるか遠くの国からいらっしゃったのだ。チベットから」

「チベットのどこだい？」

「雪のむこうから。はるか遠くの地からだ。老師さまは星のことをよく知ってらっしゃる。占星術《せんせいじゅつ》をなさるのだ。天宮図《てんきゅうず》をお読みになるのだぞ。でも、金のためにおやりになるわけではない。親切心と思いやりからやってくださる。おれは老師さまの弟子だ。星の友とも呼ばれている」

「おまえは高地人ではないね」

「老師さまにきくがいい。おれが星から遣《つか》わされたことを、話してくださるから。老師さまを巡礼《じゅんれい》の目的地まで案内するために」

「ふん！　いいかい、小僧。わたしは年寄りで、おろか者じゃないんだよ。ラマなら知ってるよ。ラマにならちゃんと敬意を捧《ささ》げるがね。この指が牛車の長柄《ながえ》でないのと同様、おまえは法によって認められた弟子《チェラ》じゃあないね。カーストのないヒンドゥー教徒だろう。厚かましい恥知らずの物乞いだ。おおかた、ひともうけしようと、そこの聖なるお方にくっついてるにちがいない」

「だれだって、もうけるために働いてるんじゃないのかい？」相手が声の調子を変えたのに合わせて、キムも即座に口調を切り替えた。「きいたことあるぜ」一《いち》か八《ばち》かの当てずっぽうだった。「おれはきいたことがあるんだ――」

「なにをだい？」老女はぴしゃりと言うと、指で牛車の縁をたたいた。

「はっきりと覚えちゃいないけどな、市場のうわさ話だから、たぶんうそだろうけど、王《ラジャ》ですら、そう、高地の小国のラジャですら――」

「ラージプート（かつて北インドを支配した種族）の血を軽くみるでない」

「ああ、まちがいなくきちんとした血筋さ。そういった連中ですら、もうけるためなら、一族の美しい女を売り飛ばすってな。南のほうじゃ、女たちを大地主《ザミーンダール》に売るんだろ、アウド族の地主にさ」

この世に高地の小国のラジャが否定することがあるとすれば、それはまさにキムが非難したことだった。だが、市場では信じられていることのひとつであり、インドの謎《なぞ》めいた奴隷《どれい》売買の話になると、まことしやかにそうささやかれる。老女は憤《いきどお》り、ぴりぴりしたようすで、声をひそめ、態度も行儀もなっていない悪意に満ちたうそつきだとキムを責めた。わたしが若かったころなら、そんなことをほのめかしたら最後、その場で象にしたたか打たれて死んでただろうよ、と老女は言った。ああ、そうさ、そうにちがいない、と。

「ちょっと！　おれはただの物乞《ものご》いの小僧だよ！　美しいお方、さっきそう言ったじゃない！」キムは大げさにこわがってみせた。

「美しいお方とは、まったくだね！　だれにむかって、物乞いの世辞《せじ》を言ってるつもりだい？」しかし、老女は長いあいだ忘れていた賛辞にけらけらと笑った。「四十年前なら、そんなふうに言われたかもしれないね。あながちうそじゃなかったよ。いや、三十年前か。しかし、ヒンドをあちこちほっつき歩いてると、王の未亡人もくずのような連中といっしょになったり、物乞いにばかにされたり、さんざんだね」

「偉大なる女王さま」すかさずキムは言った。老女の声が怒りにふるえているのに気づいたからだ。「おれは、偉大なる女王さまが言ったとおりの人物かもしれない。だけど、わが老師さまが聖なるお方だっていうのはまちがいないんです。老師さまはまだ、偉大なる女王さまの命令のことはきいてないけど――」

「命令だと？　このわたしが、聖なるお方に、妙法《みょうほう》の導き手に、女のところへきて話せと命じたというのか？　断じてありえんわ！」

「おろかなおれをあわれんでください。さっきのはてっきり命令かと――」

「そうではない。頭を下げてお願いしたのだ。これで、はっきりするかい？」

牛車《ぎっしゃ》の縁《へり》にチリン、と銀貨が置かれた。キムはそれをとると、深々とからだをかがめ、右手をひたいにあててイスラム式の敬礼《サラーム》をした。老女は、ラマの目であり耳であるキムの機嫌を取らねばならないことを認めたのだ。

「おれは聖なるお方のただの弟子ですから。食事を召しあがったら、もしかしたらここにいらっしゃるかもしれません」

「まったく、なんて恥知らずの悪党なんだい！」宝石をつけた人差し指が非難するようにキムにむかってふられたが、老婦人のクスクスという笑い声をキムは聞き逃さなかった。

「そんなことはありません。それで、ご用というのは？」キムは声を落とし、相手をやさしくなでるような、親しげな口調でたずねた。この声にあらがえる者はそうそういないことは知っていた。「ご家族に男児をのぞまれているとか？　気にせずお話しください。なにしろ、わたしら僧侶《そうりょ》は――」最後の文句は、タクサリ門にたむろしている托鉢僧《ファキール》の言い方をそのまま借りたものだった。

「わたしら僧侶《そうりょ》ときたね！　おまえの年齢じゃ、まだ――」老女は品のない冗談を言いかけたが、笑ってやめた。「いいかい、僧侶さま、たまには、わたしら女だって息子以外のことも考えるのさ。だいたい娘はすでに男の子を産んだんだ」

「矢筒にある矢は一本よりは二本といいますからね。三本あればなおいい」キムは格言をひいてみせると、考えこんだように咳払《せきばら》いをし、ひかえめにうつむいた。

「なるほど、たしかにそうだね。だけど、それはいずれ恵まれるだろう。南のバラモンたちがまったくの役立たずなのは、まちがいないがね。贈り物と金をやり、また贈り物をやったっていうのに、予言するだけなんだから」

「あーあ」キムは思いきり母音をのばし、計り知れない軽蔑《けいべつ》を表した。「予言ね！」本物の托鉢僧《ファキール》だって、こうはうまくできないだろう。

「結局、祈りが聞き届けられたのは、自分の神々を思い出したからだよ。縁起《えんぎ》のいい時間をえらんでね――おそらく、おまえの聖なるお方なら、ランチョーのラマ僧院の院長のことはお聞きになったことがあるだろう――その方のところへ、お願いしにいったんだよ。そしたら、望んだものはすべて、おいおいかなえられたよ。娘の息子の父親の家のバラモンは、自分の祈りのおかげだって言いつづけてるがね。今回の旅の目的地についたら、まちがいだって言ってやるつもりさ。それから、ブッダガヤにいって、子どもたちの父親の供養《シュラーッダ》をするんだよ」

「おれたちもそっちへいくんです」

「ますます縁起がいいね」老女はさえずるように言った。「ついに二人目の男の子だね！」

「世界の友よ！」ラマは目を覚まし、見知らぬ床《とこ》にまごついた子どものようにキムを呼んだ。

「今、いきます！　いきますよ、老師さま！」キムがたき火のところへ走っていくと、ラマはすでに食べ物ののった皿に囲まれていた。高地人たちは目に見えてラマを敬《うやま》い、一方のオリヤーの南部人たちは渋《しぶ》い顔をしている。

「下がれ！　もどるんだ！」キムは大声で言った。「犬みたいに、人前で食えって言うのか？」だまって食事を終えると、たがいに相手から少しからだを背《そむ》けるようにして、キムはインド製のタバコに火をつけた。

「南は最高だって、何百回も言っただろ？　高貴な生まれで徳の高いラジャの未亡人が巡礼《じゅんれい》にきていてね、ブッダガヤにいくっていうんだ。この食事を運んできてくれたのは、その人だよ。老師さまがゆっくり休んだら、話したいそうなんだ」

「これもおまえのしわざだったのか?」ラマはひょうたんに入ったかぎタバコを深く吸いこんだ。

「このすばらしい旅がはじまってからずっと老師さまの面倒を見てきたのは、だれだい?」キムは目を躍らせ、ひどいにおいのけむりを鼻から吐きだすと、土ぼこりの舞う地面に長々と寝そべった。「老師さまに居心地悪い思いなんてさせたことないだろ?」

「おまえに恵みがあるように」ラマはおごそかに頭をかたむけた。「長い人生で多くの者たちと出会ってきたし、弟子も少なからずいた。だが、その中で、そう、たとえおまえが女の腹から生まれた者だとしても、おまえほどいとおしく思った者はいなかった。思慮深く、賢く、礼儀正しい。だが、小鬼のような一面もある」

「おれも、あなたみたいな坊さまに会ったことはないよ」キムは善意にあふれた黄色い顔のしわの一本一本をながめた。「いっしょに歩きはじめてから三日もたってないけど、百年たったような気がするよ」

「おそらく前世では、わたしがおまえに尽くしたのではなかろうか。もしかしたら」ラマはにっこりほほえんだ。「おまえを罠《わな》から助けてやったのかもしれん。さもなくば、まだわたしが悟《さと》りをひらいていない時分に、釣りあげたが、川にもどしてやったのかもしれぬ」

「そうかもしれないね」キムは静かに言った。こうしたたぐいの考えなら何度も聞いたことがあった。なのに、英国人は、彼らがそうした想像力に富んでいるとは思ってもいないのだ。「牛車《ぎっしゃ》のご婦人のことだけど、娘に二人目の息子がほしいみたい」

「それは、正しい道とは関係ないことだ」ラマはため息をついた。「しかし、少なくともあのご婦人は高地の方だ。ああ、高地！　高地の雪よ！」

ラマはたちあがり、大またで牛車に歩みよった。キムもいきたくてたまらなかったが、ラマはくるようにと言わなかった。わずかに聞こえてきた言葉は知らない言語だった。山岳地帯に共通の言葉なのだろう。老女が質問をし、ラマがじっくり考えては答えている。ときおり、中国の経文《きょうもん》を歌うように唱《とな》えるのが聞こえてきた。キムが、重くなったまぶたの下から見たのは、実に奇妙な光景だった。ラマはまっすぐ背を伸ばして立っている。黄色い衣の深いひだに宿場《パラオ》のたき火の光があたって、黒い切りこみのように見える。あたかも、節くれだった木の幹に、夕日が黒々とした影を落としているかのようだ。ラマが話しかけている先には、ごてごてと飾り立てられた漆塗《うるし》りの牛車があり、同じたき火の移ろう光をあびて、色とりどりの宝石のようにかがやいている。金細工の幕が夜風に吹かれて細かにふるえるたびに、もようが上下に波打ち、溶けてはまた浮かびあがる。話が熱をおびると、幕の刺繍《ししゅう》のあいだから、人差し指の指輪がきらり、きらり、と見えかくれする。牛車のうしろへ目をやると、おぼろげな闇の壁が立ちはだかり、小さなたき火の炎が点々と散って、人の姿や顔や影がうっすら見え、息づいているように思える。日が暮れたころ、やかましかった話し声も、いつしか心地よいハミングのようになっていた。なかでもいちばん低い調べは、雄牛たちが刻んだわらをむしゃむしゃと食《は》む音だ。いちばん高い音は、ベンガルの踊り子のシタール（インドの弦楽器）の調べだった。男たちのほとんどは食事を終え、ゴボゴボと低い音を立てながら水タバコを深々と吸いこんでいる。その音は、ウシガエルの声のようにあたりにひびきわたっていた。

ようやくラマがもどってきた。そのうしろから、綿《わた》のふとんを持った高地人がきて、たき火のそばにていねいに広げた。

「あのばあさん、一万の孫に恵まれてしかるべきだな。にしても、おれがいなきゃ、こういう贈り物は手に入らなかっただろうけどね」キムは心の中で思った。

「徳の高い婦人じゃ。ものをよく知っておる」ラマはのろまなラクダのごとく、関節をひとつずつ折り曲げるようにしてぐったりとすわりこんだ。「道にしたがう者にとっては、この世は慈悲《じひ》に満ちておる」そして、ふとんをちゃんと半分、キムにかけてくれた。

「あのひと、なんだって？」キムはラマのかけてくれたふとんにくるまりながら、たずねた。

「あれこれ質問をし、いろいろな問題についてたずねてきた。ほとんどはくだらぬことで、道にしたがっているふりをしているが、その実、悪魔に仕《つか》えている僧から聞いたようなたぐいの話だったがな。いくつかには答え、いくつかには、おろかな疑問にすぎぬと言っておいた。僧衣《そうい》をまとう者は多いが、道を守りつづけている者は少ないのだ」

「そうだね。ほんとうにそうだよ」キムは、相手の信頼を得ようとする、おもねるような調子で相づちを打った。

「だが、ご自身としては、正しい考えだと思っているのだ。われわれに、ブッダガヤまで同行してほしいそうだ。わたしの理解しているところでは、あのご婦人の進む道とわれわれの道とは同じであろう。南へいく数十日間は」

「それで？」

「まあ、あせるな。それに対し、わたしはわが探索《たんさく》がなによりも大切なのだと答えた。ご婦人も、ばかげた伝説をいくつも耳にしていたが、大いなる真実であるわが聖なる川のことは聞いたことがないそうだ。低地の僧たちというのはのう！　ご婦人はランチョー僧院の院長のことは知っておってな。なのに、川のことは知らないのだ。矢の物語のことも」

「で？」

「ゆえに、探求のことを話しておいた。正しき道のことも、ご利益《りやく》をもたらすことがらについても。ご婦人の望みはただ一つ、わたしが同行し、娘夫婦が二人目の息子を授《さず》かるよう、祈ることだけだ」

「へえ！　結局『わたしら女』は子どものことばっかり考えてるわけだ」キムは眠そうに言った。

「さて、われわれの進む道がしばらく同じならば、ご婦人に同行したところで、わが探求の道からそれることもあるまい。少なくとも――なんだったかな。村の名を忘れてしまった」

「おい！」キムは数メートルはなれたところにいたオリヤー族のほうに向き直ると、するどい小声できいた。「あんたの主《あるじ》の家はどこだい？」

「サハーランプルのちょっと奥、果樹園の中だ」そして、村の名前を言った。

「そう、そこだ」ラマは言った。「少なくとも、そこまでなら、いっしょにいけるだろう」

「ハエは死肉にたかる」オリヤー族の男はぼそりと言った。

「病気の牛にはカラスが、病気の人間にはバラモンがたかる、ってな」キムは、頭上の影になったこずえを見あげ、だれにともなくことわざをささやいた。

オリヤー族の男は不満そうにうなったが、なにも言わなかった。

「じゃあ、あのひとといっしょにいくんだね、老師さま？」

「そうしない理由はないであろう？　それでも、道をそれて、街道をとおる川をひとつひとつ調べることはできる。ご婦人がいっしょにきてほしいと言っているのだ。どうしても、とな」

キムはふとんの中で笑いをこらえた。あのいばりちらしている老女がラマに対する畏怖《いふ》から目覚めたら、いろいろ耳をかたむけるだけの価値のある話をしてくれそうだ。

キムがほとんど眠りかけていたとき、ふとラマがことわざを口にした。「おしゃべりな妻の夫は、来世で大いなる報酬《ほうしゅう》を手にする」それから、三回、かぎタバコを吸う音がした。キムは笑いながら、眠りに落ちていった。

ダイヤモンドのようにかがやく夜明けが訪れ、人間とカラスと雄牛たちは同じように目を覚ました。キムはからだを起こしてあくびをすると、ぶるっとふるえた。嬉《うれ》しくてぞくぞくしていた。これこそ、本物の世界を見るってことだ。これこそ、自分が送るべき人生なんだ。ざわめきやどなり声、帯をとめる音、雄牛をムチ打つ音、キィキィときしむ車輪、たき火を起こし、料理する音。どこを見ても、新しい光景が飛びこんできて、目を満足させてくれる。朝霧が銀色の渦を巻きながら流れていく。オウムたちが緑の一団となって、ギャアギャア鳴きながらどこか遠くの川へむかって飛び去っていく。音の届く距離にある井戸の滑車がいっせいにまわり出す。インドが目覚めたのだ。そして、キムはそのただ中にいた。だれよりも目覚め、だれよりも胸を高鳴らせて、歯ブラシ代わりの小枝を噛《か》みながら。キムは、自分がよく知り、愛している国の習慣をかたっぱしから取り入れていた。食べ物の心配をする必要はない。混み合った屋台で金の代わりにコヤスガイを使う必要などないのだ。聖なる僧の弟子で、しかも気の強い老女がついているのだから。彼らのためにあらゆるものが用意され、丁重《ていちょう》な招待を受け、すわって食べればいい。あとは——そこまで考えて、キムは歯をみがきながらクックと笑った——あの老婦人が旅の道のりをよりおもしろくしてくれるだろう。

　キムは、老婦人の雄牛たちがくびきにつながれ、フウフウとうなりながらやってくるのを、じっくりながめた。進むのがはやいようなら、長柄《ながえ》の横が楽だろう。だが、それはなさそうだ。ラマは御者のとなりがいい。供人《ともびと》たちはとうぜん、歩くだろう。これもとうぜんだが、老女はたっぷりおしゃべりするだろうから、昨日聞いたことから考えても、刺激に事欠くことはなさそうだ。老女はすでに命令するわ、仰々《ぎょうぎょう》しく説教するわ、叱《しか》るわで、それでも足りないというように、遅いと言って、使用人たちをののしっている。

「ご主人にキセルを持っていけ。お願いだから、キセルを持っていって、あの呪われた口を閉じさせろ」オリヤー族の一人が言って、寝具の包みをぶざまな形のまま、しばりあげた。「オウムそっくりだよ、明け方にキィキィわめくときてる」

「先頭の雄牛が！　ほら！　先頭の雄牛どもに気をつけるんだよ！」雄牛たちが下がってむきを変えようとしたひょうしに、穀物《こくもつ》を運んでいる荷車の心棒が角にひっかかったようだ。「あほフクロウめ、どこへいくつもりだい!?」にやにや笑っている荷車の御者にも、怒声が浴びせられる。

「おや！　まったく！　乗ってるのは、世継ぎの誕生祈願にいくデリーの女王さまか」

御者は積みあげられた荷物越しに言い返した。「デリーの女王と、お抱え大臣のハイイロザルに場所をあけてやれ！」

すぐうしろから、低地の皮なめし工場へ運ぶタン皮を積んでいる荷車がやってきた。その御者も、何度も下がろうとしている牛車《ぎっしゃ》の牛たちを見て、空世辞《からせじ》を付け加えた。

とたんに、垂《た》れ幕がゆれ、うしろから罵倒《ばとう》が浴びせかけられた。長くはつづかなかったが、その言い方といい、内容といい、しんらつでするどく的確な表現といい、キムですら耳にしたことがないほどだった。御者のむき出しの胸がおどろきのあまりへこむのが見え、御者は長柄から飛びおりて、声の主《ぬし》に対してうやうやしくイスラムの敬礼をし、供人を手伝って、爆発寸前の牛たちをもとの道にもどした。声の主はさらに、男が結婚したのはいったいどういう女なのだと言い、夫がいないあいだはなにをしているものやら、などとさんざんに悪態をついた。

「お見事《シャバッシュ》！」御者がこそこそ退散するのを見て、キムは思わずつぶやいた。

「見事だと？　か弱い女は神々に祈りにいくのにも、いちいちヒンドゥーのゴミどもに押しのけられたり、侮辱《ぶじょく》されたりするんだよ。まったくとんだ恥さらしだ。男どもがギーを食ってるあいだ、女は悪態《ガーリ》を食らわなきゃならないんだから。だが、わたしの舌はまだ衰《おとろ》えちゃいないよ。その場に応じて、一言二言気の利いたことくらい言えるのさ。なんにしろ、まだタバコがこないね！　どこの片目の不幸者だい、まだ、キセルを用意してないのは⁉」

ひとりの高地人がすばやくキセルを幕のあいだからさしいれると、両隅から濃い煙がすうっと流れ出てきた。どうやら、平和が取りもどされたようだ。

前の日、キムは聖僧の弟子として誇らしげに歩いていたが、今日は、その十倍の誇りを胸に、王族に準じるお方の行列について歩んでいた。なにしろ、かぎりない財を持ち、やることなすことが魅力的な老婦人の庇護《ひご》を受けているのだ。だれにも文句は言われない。土地のやり方にならって頭にターバンを巻いた供人《ともびと》たちが牛車《ぎっしゃ》の両側に従い、土煙をもうもうと巻きあげる。

ラマとキムはやや端によったあたりを歩いていた。キムはサトウキビの茎をのんびり噛《か》みながら、だれもよけずに進んでいく。僧侶《そうりょ》の身分にある者は、道をゆずる必要はないのだ。老婦人の舌が、籾《もみ》すり機のようにたえず音を立てているのが聞こえる。供人たちに、街道のようすを話すよう命じ、やがて宿場《パラオ》が見えなくなると、すぐに幕をあげ、顔の三分の一ほどをおおうベール越しに外のようすをながめた。供人たちは女主人に話しかけられても直接見ないようにしたので、作法はかろうじて守られていた。

びしっと制服を着こんだ土色の肌の地区警視が、くたびれたようすの馬にのって通りかかった。英国人だ。供人たちのようすから、女主人がどういう人物か悟《さと》ったらしく、冷やかしてきた。

「おや、ばあさま、婦人部屋《ジナーナ》ではそうやってるのかい？　英国人がやってきて、鼻がないのを見られたらどうするんです？」

「なんだと？」老婦人はかん高い声で言い返した。「おまえの母親は鼻がないのかえ？こんな人目のあるところで、そんなことを言っていいのかい？」

見事な反撃だった。英国人は剣術の試合で負けた者のように片手を前に出した。老女は笑って、うなずいた。

「徳などかなぐり捨てたくなる顔かね？」老婦人はベールをとると、警視をじっと見つめた。

もちろん美しい顔ではなかったが、警視は手綱《たづな》をたぐりよせると、極楽の月のよう、貞節を乱す美しさ、などと歯の浮くようなほめ言葉を次々と口にし、老女はからだを折り曲げるほど笑い転げた。

「ありゃ、ごろつきだね」老婦人は言った。「警官っていうのはみんなごろつきなんだよ。なかでも、雇われ警官は最低だ。ちょいと、息子さん、欧州《ベライト》からきて、そういう物言いを学んだわけじゃあるまい。だれに乳を飲ませてもらったんだい？」

「高地の女《パーリーン》だよ、つまり、ダルージの高地人なんだ、おれの母親は。さあ、その美しい顔が日に焼けないよう、おおいの下にお入りくだされ、喜びをあたえしお方よ！」そう言って、警視は去っていった。

「ああいう連中だよ」老女はきっぱりと断じるように言い、キンマの葉を口に入れた。「ああいう連中が、正義が行われるかどうかを見てるんだ。この国や習慣を知ってるからね。だが、欧州《ベライト》からきたばかりの、白人の女の乳を飲んで育ち、わたしらの言葉を本で覚えたような連中は、疫病《えきびょう》よりもたちが悪い。王たちにとっちゃ、とんだ災いさ」それから、まわりにいる者たちにむかって、無知な若い警官の話を長々と語りはじめた。ごくささいな領土問題で、とある高地の小国のラジャを困らせたという。そのラジャというのが、老女の九番目のいとこだということだった。そして最後に、敬虔《けいけん》とはいえない書物からの引用でしめくくった。

　それからふとまじめなようすになり、供人《ともびと》の一人に、ラマに牛車《ぎっしゃ》の横にきていただけるかきいてくるよう、命じた。歩きながら、信仰について話し合いたいという。そこでキムは、もうもうと舞いあがる土煙のほうまで下がって、またサトウキビを嚙《か》みはじめた。

　一時間ほど、ラマの僧帽がもやのあいだから月のようにのぞいていた。聞こえてくる会話のはしばしから、キムは老女が泣いているのではないかと思った。オリヤー族の一人が、いくぶん申し訳なさそうに前の晩の無礼をわび、女主人にこんなおだやかな一面があるとは知らなかったと言った。ふしぎな坊さまが現れたおかげだ。おれはほかのインド人と同様、バラモンを信じちゃあいるが、やつらがずるがしこく、欲深いってことにも気づいてる。おれの主人の奥方の母君が、しつこく物乞《ものご》いをするバラモンに腹を立てて追い払ったとき、バラモンは怒って供人全員をのろいやがった――右から二番目の雄牛が足を引きずってるのも、前の晩、長柄《ながえ》が折れたのも、ぜんぶそのせいなんだ――だから、おれは、ほかの宗派の僧だろうが、インド以外の僧だろうが、受け入れるつもりなんだ。キムはいかにも賢そうにうなずきながらそれを聞き、見ていれば、老師さまが金などとらないのがわかる、老師さまとおれの食事にかかる金は、百倍の幸運になってこの一行にもどってくる、と請け合った。それから、ラホールの町の話をして、一つ、二つ歌を聴かせ、供人《ともびと》を笑わせた。町のネズミであるキムは、いちばんの流行《はや》りの作曲家(たいていは女性だった)の最新の歌を知っていたから、サハーランプルの奥の果樹園の小村からきた者たちより、はるかにいろいろ知っている。それを、あからさまでなく、ほのめかしてみせたのだった。

昼になると、一行は道をそれ、食事をとった。食事は上等でたっぷりあり、しかも土ぼこりでよごれないよう、品よく清潔な葉の上にのせて出された。残り物は物乞《ものご》いたちにやり、さまざまな要求が満たされると、一行は腰を落ち着けて、ゆっくりと最高級のタバコを吸った。老婦人は幕のうしろにもどっていたが、話には遠慮なく加わり、使用人たちも女主人に反対したり、ちがう意見を述べたりした。東洋ではそういうものなのだ。老女は南の土煙とマンゴーの木立を、カングラとクルの高地のすずしさと松林に比べて、こきおろした。そして、夫の領土のはずれにある土地の古い神々の物語を聞かせ、さんざんタバコの悪口を言ったあとで、それを吸い、バラモンというバラモンをののしり、とうぜんこれから大勢生まれてくると信じ切っている孫息子たちについて思いをめぐらせるのだった。

5　緑の野の赤い雄牛

ふたたび故郷に帰り
ふたたび食べ物を与えられ、許され、近しくなり、
ふたたびわが骨の骨に求められ
わが肉の肉の身内となる！
太らせた子牛が料理され、
にもかかわらず、殻皮《からがわ》のほうに惹《ひ》かれ
われには豚がいちばんと
豚小屋へむかうのだ

『放蕩息子《ほうとうむすこ》』

一行はふたたび数珠《じゅず》つなぎになってのんびりと進みはじめ、老婦人は次の休憩場所につくまで眠っていた。そこまではあっという間で、日暮れまでまだ一時間あったので、キムはなにかおもしろそうなものを探そうとした。

「すわって休んでりゃいいじゃないか?」供人《ともびと》の一人が言った。「なんの理由もなく歩きまわるのは、悪魔か英国人だけだぞ」

「悪魔とサルとガキとは仲良くするなってな。次になにをするか、わかったもんじゃない」もう一人が言った。

キムはバカにしたように背をむけた。悪魔が少年と遊んで悔いたというむかしばなしなら、聞き飽きていた。そして、ぶらぶらと田園を歩いていった。

ラマもあとについてきた。その日一日じゅう、川のそばをとおるたびに、ラマは道をそれて見にいったが、聖なる川を見つけたという天啓《てんけい》は訪れなかった。似た言語を話す相手と会話をし、高貴な生まれの婦人に精神の導き手として敬《うやま》われ、大切にされるのは、ラマにとっても安らぎだったのだろう。おかげで、ほんのわずかではあるが、探求のことが頭からはなれたようだった。それに、そもそもラマは、今回の探求の旅に何年もかける覚悟だった。白人のせっかちさは持ち合わせていないのだ。あるのは、大いなる信仰だった。

「どこへいくのだ?」ラマはキムに声をかけた。

「どこでもないよ。ちょっと歩いてるだけだよ」そして、キムは両手を大きくふってみせた。「これぜんぶ、おれには新しいからさ」

「あのご婦人は賢く、見識のある方なのはまちがいない。だが、いっしょにいると、ゆっくりと瞑想《めいそう》することができんのだ。ご婦人が――」

「女はみんなそうさ」キムは、ソロモン王であるかのように言った。

「僧院の前に、広い壇《だん》があるのだ」ラマはすりへった数珠《じゅず》を手に巻きつけながらぼそぼそと語りはじめた。「石でできていてな。上には、わたしの足跡が残っている。これを持って、何度も歩いたからな」

ラマは数珠をカチリと鳴らすと、「蓮華の上にある摩尼宝珠よ、幸あれ《オーム・マニ・ペーメェ・フーム》!」と唱《とな》え、すずしさと、静寂と、土ぼこりがないことに感謝した。

キムはのんびりと草原を見まわした。次々と目がひきつけられる。特に目的があってきたわけではなかったが、近くにある、建ったばかりらしい小屋の造りに興味を覚え、なかを調べてみたくなった。

牧草地の広がる一帯に出た。夕暮れの陽射《ひざ》しを受けて茶色と紫色にかがやき、真ん中にうっそうとしたマンゴーの木立がある。このようないかにもふさわしい場所に寺院がないことに、キムは好奇心を覚えた。すっかり僧のように、まわりのものを観察していたのだ。すると、草原のむこう側を、四人の男がならんで歩いているのが目に入った。遠いので、小さくしか見えない。手を目の上にかざすと、真ちゅうがきらりと光るのが見えた。

「兵隊だ。白人の兵隊だよ！　見にいこう」

「わたしとおまえがふたりで歩いていると、かならず兵隊に会うな。だが、白人の兵隊は初めてだ」

「なにも悪いことはしやしないよ。酔っぱらってなきゃね。この木のうしろにかくれてよう」

ふたりは、ひんやりと暗いマンゴーの木立に入り、太い幹のうしろにかくれた。小さな人影のうち二つが立ち止まった。もうふたりはおぼつかないようすながら、さらにこちらへ歩いてきた。行軍している連隊の先遣隊《せんけんたい》で、いつもどおり、野営地を探すのに送られてきたのだろう。手に持った一メートル半ほどの棒の先で旗がはためいている。彼らはたがいに声をかけあいながら、平地の左右に広がった。

そして、重たい足取りでマンゴーの木立に入ってきた。

「このあたりがいいだろう。木の下に将校たちのテントをはって、おれたちは木立の外にいればいい。むこうのふたりは、荷物を積んだ馬車をとめる場所を決めたかな?」

兵隊たちはふたたび、遠くにいる仲間たちへむかってなにかさけんだ。おおまかな答えがかすかに、やわらかくひびくように返ってきた。

「じゃあ、ここに旗を立てろ」一人が言った。

「なんの用意をしておるのだ?」ラマがふしぎそうにたずねた。「世界というのは広く、おそろしいところじゃ。あの、旗についている図柄はなんだ?」

兵隊はふたりのほんの数メートル先に旗竿《はたざお》を立て、不満そうにうなって、またひきぬき、相棒に相談した。すると、相棒のほうは緑の洞穴のような木陰を上から下までじっとながめまわし、また旗竿をもどした。

キムは目を見開いてそのようすをながめ、歯のあいだからヒュッとするどい息をもらした。兵隊たちは大またで日のあたるほうへもどっていった。

「ねえ、老師さま!」キムはあえいだ。「おれの天宮図《てんきゅうず》だ! アンバラの僧が地面に描いたやつだよ! あの坊さんが言ったこと、覚えてる? まず、ふたりの召使《フェラシュ》いがくる。そして、すべてを用意するんだ。暗い場所にさ。夢のお告げっていうのは、いつもそうやってはじまるって言ってたろ」

「だが、これはお告げではない。世界のもたらした幻にすぎん」ラマは言った。

「それで、そのあとに雄牛がくるんだ。緑の野の赤い雄牛が。見てよ！　あれだよ！」

キムは、四メートルもはなれていないところで、夕方の風に吹かれてハタハタとひるがえる旗を指さした。それは、ふつうの野営地の旗でしかなかったが、ふだんから形式ばった帽子やらなにやらを好む連隊は、旗にマヴェリック隊の紋章《もんしょう》である赤い雄牛の図柄をつけていた。赤い雄牛が、アイルランド《アイリッシュ・グリーン》の緑の地に大きく描かれていたのだ。

「なるほど、思い出したぞ」ラマが言った。「たしかにあれは雄牛だ。そしてたしかに、ふたりの男がやってきて、準備をした」

「ふたりは兵隊だったよ、白人の兵隊だ。あの坊さんはなんて言ったっけ？『雄牛のむかいにあるのは、戦争と武器を持った兵士たちのしるしだ』って言ったよね。老師さま、あれはおれの探求に関係あるんだ」

「たしかに。そのとおりだ」ラマはたそがれの中でルビーのように赤く燃えあがる図柄をじっと見つめた。「アンバラの僧は、おまえのしるしは戦争のしるしだと言ったな」

「これからどうすればいいかな？」

「待つのじゃ。待とう」

「闇まで晴れてきたよ」キムは言った。夕日が最後、ぱっとかがやき、木々の幹のあいだから光がさしこんできて、しばらくのあいだ、木立に金粉がまき散らされたような光が充《み》ち満《み》ちた。それはごく自然な現象だったが、キムには、アンバラのバラモンの予言が今まさに成就《じょうじゅ》したように思えた。

「聞こえるか?」ラマがきいた。「どこかで太鼓をたたいている。遠くのほうだ!」

最初、静かな空気をわたってくるときに薄められた音は、頭の中で動脈が脈打つ音に似ていた。そしてすぐに、音にするどさが加わった。

「ああ! 音楽だよ」キムは説明した。キムには軍楽隊の音楽だとわかっていたが、ラマはすっかりおどろいていた。

平原のはるかむこうから、ほこりだらけの縦隊《じゅうたい》がのろのろとやってくるのが見えた。すると、風が音をはこんできた。

どうかたのむから
おれたちの知ってることをきいてくれ
スライゴー港への
アイルランド衛兵の行軍のことを!

ここで、かん高い笛の音が入った。

武器をかつぎ
行軍したのさ、
フェニックス・パークから
ダブリン港まで
太鼓や笛の音を
そうさ、甘くひびかせて
おれたちゃ、歩いて、歩いて、歩いて、歩く
アイルランド衛兵たちと！

マヴェリックの軍楽隊が、連隊を野営地へ送り出すために演奏していたのだ。兵隊たちは荷物を持って行軍している。縦隊が波打ったかと思うと、広がって左右にわかれた。荷物を積んだ馬車がうしろにつづく。そして、蟻塚《ありづか》の蟻のように走り回って……。

「魔術じゃ！」ラマがさけんだ。

荷馬車からおろされたテントが広げられ、まるでその場から生えてきたように点々と平原にならんだのだ。さらに別の一団が木立に入りこんできて、物音ひとつ立てずに巨大な

テントをひとつたてた。さらに、その横に、テントを八、九個ほど組み立てていく。どこからともなく鍋やフライパンや包みが現れ、インド人の使用人たちが次々受け取っていった。すると、見よ、マンゴーの木立がたちまち秩序《ちつじょ》だった町と化したではないか！

「帰ろう」ラマはへなへなとすわりこんだ。たき火の火がちらちらと光り、白人の将校がガチャガチャ剣をならしながら、食事の用意されたテントへ入っていった。

「木陰にかくれてて。たき火の光が届かないところなら、見えないから」キムは旗を見つめたまま、言った。兵隊たちにはいつもの決まった仕事にすぎないが、三十分で野営地が立ちあがるさまを見たのは、キムは初めてだった。

ラマが舌をならした。「見よ、ほら、あそこだ！　あちらから僧がくる」それは、ベネットという英国国教会の従軍《じゅうぐん》牧師だった。ほこりっぽい闇の中を、足をひきずりながら歩いてくる。信徒である兵士の一人が、彼の情熱を疑うような無礼なことを言ったため、鼻を明かしてやろうと、今日一日、兵隊たちと行軍したのだ。黒い衣と、時計の鎖につけた金の十字架、きれいにそった頭に、つばの広いやわらかな黒い帽子を見れば、インドでも、彼が僧――聖職者だということはわかる。ベネットは食堂のテントの入り口においてあった折りたたみいすにどさっと腰をおろし、靴をぬいだ。将校たちが三、四人集まってきて、彼の成し遂げた偉業を笑い、冗談を言った。

「白人の話というのは、品性に欠ける」その口調から内容を判断して、ラマは言った。「しかし、あの僧の顔つきを見ると、学のある者のようだ。われわれの言葉がわかるだろうか？　わたしの探求について話してみようと思うのだが」

「腹を空《す》かした白人には話しかけるな」キムはよく知られていることわざを口にした。「これから食事だから、今、施《ほどこ》しを乞《こ》うのはまずいと思う。休憩場所へもどろう。食事をしてから、もう一度もどればいいよ。あれが赤い雄牛だってことはまちがいないんだから。おれの赤い雄牛だ」

老婦人の供人《ともびと》が食事をならべても、キムもラマもあきらかに心ここにあらずといったようすだった。だが、あえて話しかける者はいなかった。客人をわずらわせれば、不運を呼びこむからだ。

「さてと」キムは歯にはさまったものをとりながら言った。「さっきの場所へもどろう。でも、老師さま、老師さまはちょっとはなれたところで待っててくれなきゃだめだよ。おれより足が遅いからね。おれはどうしても、あの赤い雄牛をもっとよく見たいんだ」

「だが、彼らの言葉がわかるのかね？　もっとゆっくり歩いてくれ。暗いからな」ラマは不安げに言った。

キムはその質問には答えずに言った。「木立のそばにいい場所があるのを見つけといたから。そこなら大丈夫だから、おれが呼ぶまですわってて」そして、ラマが反論しようとすると、言った。「いいや、これはおれの探求だってこと、忘れないでよ。おれの赤い雄牛の探求なんだ。星のしるしは、老師さまのことじゃなかったろ。白人の兵隊の習慣なら、少しは知ってるから。おれは新しいものを見るのが好きなんだ」

「おまえが知らないものなどあるのか?」ラマは言われたとおりに地面のくぼみにしゃがんだ。星がちりばめられた空にこんもりと浮かぶマンゴーの木立の影から、百メートルははなれていない場所だ。

「おれが呼ぶまで、そこにいてよ」キムはすばやく暗がりの中に入っていった。十中八九、野営地のまわりに番兵がいるのはわかっていたから、あんのじょう重い軍靴《ぐんか》の音が聞こえてくると、にんまりした。月夜にラホールの町の屋根をわたり、あらゆる闇や暗がりにまぎれて追っ手をまいてきたのだ。たとえ相手が訓練された兵隊たちでも、見つかることはないだろう。実際、ほんのあいさつ代わりに、ふたりの兵隊のあいだを這《は》って抜け、走っては止まり、かがんだり伏せたりしながら、こうこうと明かりのついている食堂のテントのほうへ近づいていった。そして、マンゴーの木にぴたりとからだを押しつけると、うまく利用できそうな言葉が飛びこんでくるのを待った。

キムはただ、赤い雄牛に関する情報がもっとほしいだけだった。もしかしたら、兵隊たち、つまり、父親の予言では九百の第一級の悪魔たちは、日が落ちたら赤い雄牛に祈りを捧《ささ》げるかもしれない、と考えたのだ。キムの想像がいきなり広がっていくさまには驚かされるが、限界もまたいきなり訪れる。ヒンドゥー教徒も聖なる牛を拝《おが》む。だから、少なくともそう考えるのが、論理的で筋が通っているように、キムには思われた。とすれば、金の十字架をかけた僧にたずねるのがいいだろう。だが、ラホールの町で極力避けてきた重々しい表情の宣教師たちのことを思い出すと、あの僧も、あれこれ面倒なことをきいてきて、勉強しろなどと言い出すかもしれない。しかし、天空にある彼のしるしは、戦争と武器を持った兵士を表していると、アンバラで証明されたではないか。彼は世界の友であると同時に、星々の友であり、からだには歯の裏まで秘密がぎっしり詰まっているのだ。今回の冒険《アドベンチャー》(キムは、アドベンチャーという英語は知らなかったが)は、とほうもなく面白いゲームなのだ。それこそが最終目標、いやむしろ、キムの次々めぐる考えの中で最初に浮かんでくる目的と言っていい。そう、この冒険こそ、屋根の上を走りまわっていたむかしの延長線上にあると同時に、壮大な予言の成就《じょうじゅ》でもあるのだ。キムは腹ばいになって、首にかけたお守りをにぎりしめ、食堂のテントの入り口のほうへ這っていった。

思っていたとおりだった。サーブたちは、彼らの神に祈りを捧げていたのだ。食卓の真ん中に、行軍中は唯一の装飾品となる金色の雄牛が置かれていた。北京の頤和園《いわえん》にあった中世の略奪品を模《も》して作られたもので、赤みがかった金色の雄牛がアイルランド《アイリッシュ》・グリーン《グリーン》の緑の野で、頭をぐっと下げ、威嚇《いかく》の姿勢をとっている。サーブたちはそちらへむかってグラスをかかげ、意味のわからないことを大声でさけんでいた。

さて、アーサー・ベネット牧師はこのかんぱいのあと、いつもテントを出ることにしていた。しかも、今日は一日歩きつづけて疲れていたせいで、動きにふだんの慎重さが欠けていたのだろう。わずかに頭をあげて、テーブルの上のトーテム像に見入っていたキムの右の肩甲骨《けんこうこつ》を踏んでしまった。革靴のかたさにたじろいだキムが横に転がったひょうしに、牧師も倒れたが、もともと行動的な牧師は、すかさずキムののどをつかんだ。キムは窒息《ちっそく》しかけて、死にものぐるいで牧師の腹をけった。牧師はあえいで、からだを折り曲げたが、手の力はゆるめず、もう一度ごろりと転がって起きあがり、声を発さずキムを自分のテントにひきずっていった。マヴェリック隊の兵士たちは根っからの悪ふざけ好きなので、少年から事情をすべてきくまでは知らせないほうがいいと判断したのだ。

「なんだ、まだ子どもじゃないか！」テントの支柱《しちゅう》にぶらさげたランタンの下まで獲物をひっぱっていくと、牧師はそう言って、乱暴にキムをゆさぶった。「なにをしていたんだ？　おまえはどろぼうだな？　どろぼう《チョール》？　わかるか《マルム》？」牧師の話せるヒンドゥスターニー語はかぎられていた。キムは頭にきていたので、押しつけられた役割を演じつづけることにした。呼吸がもどると、皿洗いの親戚であるというもっともらしい話をでっちあげたが、その話をしているあいだも、片目はしっかりと牧師の左の脇の下を見すえていた。そして、チャンスだと思った瞬間、出口めがけて逃げ出したが、牧師の長い腕がキムの首をがっしとつかんだ。そのひょうしにお守りの鎖が切れ、牧師の手にお守りが残った。

「返してよ、返してってば。どこ？　紙を返して」

少年が話したのは、英語だった。インドで育った者が使う片言のつたないものだったが、牧師はぎょうてんした。

「入信のメダルか」牧師は手を開いて、つかんだものを見た。「いや、異教のお守りかなにかだな。なぜ――なぜ英語を話すのだ？　盗みを働いた少年はぶたれるのだぞ。知っているか？」

「ちがう――おれは盗んでない」キムは、杖《つえ》をふりあげられたテリア犬のように必死でもがいた。「ねえ、返して。それはおれのお守りだよ。おれからそれを盗《と》らないで」

牧師は無視して、テントの入り口までいって、大きな声で呼んだ。すると、頭をきれいにそった小太りの男がやってきた。

「相談があるのだ、ヴィクター神父。食堂のテントの外の暗がりで、この子を見つけたのだ。いつもだったら、せっかんして、逃がしてやるところだ。どうせどろぼうだろうからな。しかし、この子は英語を話すし、首になにか価値のありそうなものをかけていた。おそらくあなたなら、なにかご存じなのではないかと」

英国国教会の自分と、アイルランドから派遣されたローマ・カトリック教会の神父のあいだには越えることのできない溝《みぞ》があるのはまちがいないと、ベネットは思っていた。だが、こと人間的な問題となると、ベネットはたいがいヴィクターに相談していた。緋色《ひいろ》の女と呼んでいるローマ教会やそのやり方を、表むきはきらってはいるものの、それと同じくらい、個人的にヴィクター神父に一目置いていたのだ。

「英語を話すどろぼう？　そのお守りというのを見せてもらえるかね？　ああ、それは入信のメダルではないな」そう言って、ヴィクター神父は手をさしだした。

「しかし、勝手にひらいていいものだろうか？　しっかりムチで――」

「盗んだんじゃないよ」キムはうったえた。「もうすでに、おれをたたいて、からだじゅうけったじゃないか。もういいだろ、お守りを返してよ。そしたら、出ていくから」

「そう急ぐな。まず見てからだ」ヴィクター神父はそう言って、あわてるようすもなく、あわれなキンボール・オハラの「ネ・ヴァリエトゥール」と書かれた羊皮紙と人物証明書、それからキムの洗礼証明書をひらいた。洗礼証明書には、何度も同じことがかかれていた。息子のために奇跡を起こそうという混乱した考えにとりつかれていたのだろう。「息子をたのむ。どうか息子をたのむ」そして、自分の名前と連隊の番号が略さず記されていた。

「地獄の闇の力か！」ヴィクター神父はさけんで、ベネットに書類をわたしながら、キムにむかって言った。「これがなんだか、知ってるのか？」

「知ってるよ。それはおれのだよ。帰りたいよ」キムは言った。

「よくわからんな。この子はわざとこれを持ってきたのではないか？　物乞《ものご》いをする手口のようなものかもしれん」ベネットが言った。

「物乞いだったら、逃げたがらないだろう。ゆかいな謎《なぞ》のもとだよ、これは。あなたは神のご意志を信じているかね？」

「そう願っているが」

「わたしは奇跡を信じている。つまり、同じことだ。まさに闇の力だ！　キンボール・オハラ！　そしてその息子！　しかし、この子はインド人だし、キンボールはわたしが面倒を見て、アニー・ショットと結婚させたのだ。ぼうや、いつからこれを持っていたのかね？」

「赤ん坊のときからさ」

ヴィクター神父はすばやく前に出て、キムの上着の前をあけた。「ベネット、このとおりだ。肌はそんなに黒くない。名前は？」

「キム」

「キンボールとも呼ばれているか?」

「かもしれない。もう帰らせてくれる?」

「ほかには?」

「キム・リシュティ・ケとも呼ばれるよ。リシュティのキムって意味だ」

「どういう意味だね、そのリシュティというのは?」

「アイ・リシュティだよ。連隊の名前だ。父さんの」

「アイリッシュ――アイルランドの連隊ということか。なるほど」

「そうさ。父さんはそう言ってた。父さんは、生きてたんだ」

「どこでだ?」

「い、い、生きてたんだよ。過去だよ。もちろん、今は死んでる。いなくなった」

「そうか! 知ってる範囲の英語で表現しようとしているんだな」

ベネットがわって入った。「この子にひどいことをしてしまったのかもしれない。この子はまちがいなく白人だ。ほっておかれていたことはまちがいないな。けがをさせてしまったにちがいない。アルコール類を――」

「なら、シェリーを一杯やって、ベッドにすわらせてやろう」そして、ヴィクター神父はキムにむかって言った。「いいかな、キム、もうだれもきみを傷つけたりしない。それを飲んで、きみのことについて話してくれ。ほんとうのことを話してほしい」

キムは空のグラスをおくと、少し咳《せき》をしてから、考えた。用心深く、思い切ってやらなきゃならないぞ。野営地をうろついていた子どもはふつう、ムチでたたかれて放り出される。しかし、自分はたたかれていない。お守りに効き目があるのはまちがいない。それに、アンバラの占星術《せんせいじゅつ》と、記憶に残っている父親のとりとめのない話が、奇跡的に一致したのだ。そうじゃなきゃ、この太った僧がこんなにおどろくはずはないし、痩《や》せたほうだって、のどがかっとなる黄色い飲み物はくれないだろう。

「父さんは、おれが小さいときにラホールの町で死んだ。女は、貸し馬車の止まってるところの近くで古道具屋《カバーリ》をやってた」キムは、どこまでほんとうのことを話すのがいいのか迷いながらも、思い切って話しはじめた。

「きみの母親か？」

「ちがうよ！」キムはいやそうに手をふりまわした。「母さんはおれが生まれたあと、いっちまった。その紙は、父さんがジャドゥ・ゲルからもらった。英語ではなんて言うの？」ベネットは大丈夫というようにうなずいて、先をうながした。「父さんは会費を納めてたんだ――このことは、なんて言うの？（フリーメイソンの会員ということ）」ベネットはふたたびうなずいてやった。「父さんが話してくれた。父さんがそう言ったし、三日前にアンバラであったバラモンは地面の上に絵を描いて、おれが緑の野の赤い雄牛を見つけることになるって言った。その雄牛がおれのことを助けてくれるって」

「とんでもないウソつきめ」ベネット牧師がぼそりとつぶやいた。

「地獄の闇の力だ。なんて国だ」ヴィクター神父も言った。「それで、キム？」

「おれは盗んでない。だいたい今のおれは、聖なるお坊さまの弟子なんだ。老師さま、外で待ってる。おれたちは、二人の男が旗を持って、この場所を用意するのを見た。夢の中ではいつもそういうものなんだ。それに、ええと、ヨゲンの中でも。だから、とうとうほんとうになるってわかった。緑の野の赤い雄牛を見たから。父さんは言ってた。『赤い雄牛を見つけたら、九百の本物《プッカ》の悪魔たちと馬にのった大佐がおまえを助けてくれる』ってね。雄牛を見たときどうすればいいかわからなかった。一度もどって、暗くなってからまたきた。もう一度、雄牛が見たかった。それで、雄牛をもう一度見た。サーブたちが祈りを捧《ささ》げてた。雄牛がおれを助けてくれると思った。老師さまもそう言ってた。老師さまは外で待ってる。おれが今、呼んだら、老師さまにひどいことをする？　老師さまはほんとうに聖なるお方。今、おれが今、言ったことを、ぜんぶ見てた。おれがどろぼうじゃないことも、知ってる」

「『サーブが雄牛に祈りを捧げてた』だと！」ベネットは言った。「いったいどう考えれば？　『聖なるお坊さまの弟子』とはな！　この子は頭がおかしいのか？」

「この子はオハラの息子だ。まちがいない。闇の力と結託《けったく》していたのだろう。あの父親のやりそうなことだ、酔っぱらっていたとしたら。その僧を呼んだ方がいいでしょうな。なにか知っているかもしれん」

「なにも知らないよ」キムは言った。「きてくれたら、会わせる。老師さまはおれの師。そうしたら、おれたちはいっていいでしょ」

「闇の力だ！」ヴィクター神父はそれしか言えなかった。ベネット牧師はキムの肩をしっかりつかんだまま、歩きだした。

ラマは、同じ場所にそのまますわっていた。

「おれの探求は終わったよ」キムは土地の言葉で言った。「雄牛を見つけたんだ。でも、このあとどうなるかはわからない。この人たちはなにもしないよ。この痩《や》せた人といっしょに、太った僧のテントにいって、どうなるか見てみよう。おれも初めてのことばかりなんだ。この人たちはヒンドゥー語をしゃべれないいんだよ。この国のことはなんにもわかっちゃいないんだ」

「だとしても、彼らの無知を笑ってはならぬぞ。おまえがうれしいのなら、わたしも満足だぞ、弟子《チェラ》よ」

なにも疑わず堂々としたようすでラマは小さなテントに入っていくと、牧師がするように会釈《えしゃく》をし、火鉢のそばにすわった。テントの黄色い布にランプの光が反射し、ラマの顔を赤みがかった金色に染めた。

ベネット牧師はおそろしく興味のなさそうなようすでラマを見た。彼の信条によれば、世界の十分の九は「異教」という名の下にひとくくりにできるものにすぎなかった。

「して、探求の結末はどうだったのじゃ？　赤い雄牛はどのようなものをもたらしてくれたのだね？」ラマはキムにたずねた。

「今は、『これからどうするか？』って言ったんだ」ベネット牧師が不安そうにヴィクター神父を見たので、キムは自分に都合がよくなるよう、通訳を引き受けた。

「この托鉢僧《ファキール》がどうして少年と関わっているのか、わからんな。いいカモにしているのか、共謀《きょうぼう》しているのか」ベネット牧師は言った。「英国人の少年をこのままにしておくわけにはいかない。この子がフリーメイソンの会員の息子なら、一刻も早くフリーメイソンの孤児院に送るのがいい」

「ああ！　それは、連隊の支部《ロッジ》の事務官としての意見だろうが、われわれはこの老人にどうするか伝えるべきだと思う。悪いひとには見えない」ヴィクター神父は言った。

「わたしの経験から言わせていただければ、東洋人の考えることなど、わかりゃしない。さあ、キンボール、この老人にわたしが言ったことを伝えるんだ。一言漏《も》らさず、伝えるんだぞ」

キムはベネットが言ったことの意味をだいたい理解すると、このように言った。

「老師さま、このラクダみたいな痩《や》せてるあほうは、おれがサーブの子どもだって言ってるんだ」

「だが、なぜだね？」

「ああ、それはほんとうなんだ。生まれたときからそのことは知ってたよ。だけど、こいつは、おれが首にかけてたお守りをひきちぎって、中の紙をぜんぶ読んで、ようやくわかったってわけ。こいつはさ、サーブだったものは永遠にサーブだと思ってるんだ。こいつらふたりは、おれをこの連隊に置くか、学校《マドリッサ》に送ろうって企《たくら》んでるんだ。前もそういうことがあったんだよ。これまでもいつも、うまく逃げてきたんだ。この太ったバカとラクダの考えはちょっとちがうみたいだ。だけど、今はこっちに勝ち目はない。ここで一晩過ごしてみるよ。もしかしたら、二晩くらい。前もこういうことはあったんだ。それから逃げて、老師さまのところにもどるよ」

「だが、おまえがわたしの弟子《チェラ》だということを話したらどうだ。わたしが弱って、困っていたときに、遣《つか》わされたのだと。われわれの探求のことを話せば、今すぐにおまえを帰してくれるだろう」

「もう話したんだよ。笑って、警察のことを持ち出しただけさ」

「なんて言ってるんだ?」ベネットがきいた。

「ああ、おれを帰してもらえなかったら、やるべきことができなくなるって。つまり、キ、ン、キ、ユ、ウ、の私的なヨ、ウ、ジ、がさ」最後の言葉は、運河管理局の混血の男が言っていたのを思い出して使ってみたのだが、ベネットたちがにやにやしたので、キムはいら立った。

「あんたたちが老師さまの務めのこと、知ってたら、こんなふうにじゃましたりしないはず」

「なんなのだね?」ヴィクター神父は、ラマの顔を見ながら、彼なりに気持ちをこめてたずねた。

「老師さまには、どうしても見つけたい川がある。その川ができたのは、矢が――」キムは頭の中で地元の言葉からへたな英語に訳そうとして、もどかしさのあまり地団駄《じだんだ》を踏んだ。「ええと、おれたちの神さまの釈迦《しゃか》が作ったんだよ、わかるだろ。そこでからだを洗えば、あらゆる罪を洗い流して、綿《わた》みたいに真っ白になれる」(宣教師がそんなことを言ったのを、聞いたことがあった)「おれはこの方の弟子で、どうしてもその川を見つけなきゃならない。おれたちにとっては、ほんとうにジュウヨウなこと」

「もう一度話せ」ベネットに言われ、キムは、さらにあれこれつけくわえてもう一度話した。

「おそろしい神への冒瀆《ぼうとく》だ！」英国国教会の牧師はさけんだ。

「ああ！」一方のヴィクター神父は同情して言った。「きみたちの言葉を話せたらよかったのだが。罪を洗い浄《きよ》める川とはな！　いつから探しているのかね？」

「ああ、もう何日も。さあ、もうここを出て、川を探しにいきたい。ここにはないから」

「なるほど」ヴィクター神父は重々しくうなずいた。「しかし、その老人といっしょにいかせるわけにはいかんな。いいかい、キム、きみが軍人の息子でなければ、話は別だったんだが。老人に、連隊がきみの面倒を見て、立派な大人にするからと伝えなさい。きみの父親のような――いや、できるだけ立派な大人にすると。もし奇跡を信じているのなら、今回のことも信じてほしいと――」

「わざわざ信じてほしいなんて言わなくたって、なんだって信じるに決まってる」ベネットが口をはさんだ。

「そういうことではない。この子が赤い雄牛を探してここに――自分の父親の連隊にきたのは、まさに奇跡だとわかってほしいだけだ。可能性を考えてみればわかる。この広いインドで多くの連隊が行軍している中、まさにわたしたちの連隊が、たった一人の少年と出会ったのだぞ！　神のご意志としか思えない。そうだ、老人にこれはキスメットだと言いなさい。運命《キスメット》だ、わかるか《マルム》？」

ヴィクター神父はラマのほうを見て言ったが、メソポタミア語で話しかけたようなものだった（「キスメット」はウルドゥ語。ラマはチベット人なので、理解できない）。

「この人たちが言ってるのはね」キムが話し出すと、老人の目が明るくなった。「この人たちは、おれの占星図《せんせいず》が表してたことは、これで達成されたって言ってるんだ。この人たちと赤い雄牛のところに導かれてきたんだから、学校《マドリッサ》にいって、サーブになるべきだって言ってるんだよ。ほんとうは、老師さまも知ってのとおり、おれはただ面白そうだからきただけなのにさ。だから、今からおれは言うとおりにするふりをする。最低でも、食事を二、三回、老師さまといっしょにできないだけだよ。それからこっそり逃げだして、サハーランプルまであとから追いかけていくから。だからさ、老師さま、あのクルのおばあさんとずっといっしょにいて。なにがあっても、おれがもどるまでは、あのひとの牛車《ぎっしゃ》からはなれちゃだめだよ。おれのしるしが、戦争と兵隊だっていうのは、まちがいないわけだしさ。この人たちがおれにワインをくれたり、立派な寝床《ねどこ》を用意したのは、見たろ！　父さんはえらい人だったにちがいないよ。だから、おれのこともえらい人に育てるっていうなら、いいし、そうじゃなくたって、問題ない。どっちにしろ、おれは飽きたら逃げ出して、老師さまのところにもどるから。だけど、ぜったいにあのラージプート族のばあさんといてよ。そうじゃないと、あとを追えなくなっちゃうから」それから、ヴィクター神父たちにむかって答えた。「ああ、そうだよ。あなたが言えって言ったこと、ぜんぶ話したところ」

「ならばなぜこの老人はぐずぐずしてるんだ?」ベネットはズボンのポケットを探りながら言った。「細かいところはあとで調べればいい。こいつにはルピーを――」

「そう急がせなくても。老人はこの子のことが好きなのだろう」ヴィクター神父は牧師の手を押さえるようにして、言った。

ラマは数珠《じゅず》をひっぱりだして、帽子のつばを目の上までひっぱり下ろした。

「今度はなんだ?」

キムは片手をあげた。「こう言ってるんだ。老師さまはこう言ってる。静かにしろ、おれとふたりで話したいって。老師さまの言葉は少しもわからないでしょ。しゃべったら、老師さまが恐ろしい呪いをかけるかもしれないよ。ああやってビーズ玉を出したときは、静かにしてほしいとき」

二人の英国人はのまれたようにだまりこんだが、ベネットの目を見れば、キムが自分たちの手にひきわたされたら、痛い目にあわせてやろうと思っているのがわかった。

「サーブとサーブの息子――」ラマの声は苦しみでかすれていた。「しかし、白人には、おまえのようにこの国や習慣のことを知っている者などいないではないか。どうしておまえが白人などということがありえるのか？」

「だいじょうぶだよ、老師さま。ほんの一晩か二晩のことだから。おれはかんたんにすがたを変えられるんだ、覚えてるだろ？ 今度も、ザムザマー砲のところで初めて老師さまに話しかけたときみたいに――」

「白人の服を着た少年だった。そう、初めてあのふしぎの館《やかた》にいったときだ。そして二度目に会ったときは、ヒンドゥー教徒になっておった。三度目の変身はどうなるのだ？」ラマはさみしげに笑った。「ああ、弟子《チェラ》よ。おまえはこの老人によくないことをした。なぜなら、わが心はすでにおまえにあるのだ」

「おれだって同じさ。だけど、あの赤い雄牛のせいでこんなことになるなんて、わかるはずないでしょ？」

ラマは改めて顔をおおうと、不安そうに数珠《じゅず》を鳴らした。キムはその横にしゃがんで、僧衣《そうい》のひだの上に手をおいた。

「そして今は、この子はサーブということか？」ラマはくぐもった声でつづけた。「ふしぎの館で仏像を守っていたあのサーブのような」ラマの知っている白人はかぎられていた。これまで見聞きしたことを、頭の中でくりかえしているようだった。「つまり、この子もサーブのようなことをすべきだということなのだろう。自分の仲間のところへもどらねばならぬのだ」

「昼と夜とその次の昼だけだから」キムは必死になって言った。

「こら、だめだ！」ヴィクター神父はキムがじりじりと出口に近づくのを見て、太い足で行く手をさえぎった。

「白人の習慣はわからぬ。ふしぎの館の仏像の聖者は、この痩《や》せた男よりも礼儀正しかったぞ。この子は、わたしから奪い去られてしまうのだ。わたしの弟子をサーブにしようということか？　なんたる悲しみ！　どうやってわが川を探せばよいのだ？　この者たちには弟子はいないのか？　きいてくれ」

「老師さまは、もう川を見つけられないのは非常にザ、ン、ネ、ンって言ってる。どうしてあなたたちには弟子はいないのか、どうして放っておいてくれないのか、って言ってる。老師さまはご自分の罪を洗い流したいんだ」

ベネットもヴィクター神父も、どう答えたらいいのか分からなかった。

キムはラマの悲しみにとまどいながら、さらに英語で言った。「今、おれを行かせてくれたら、おれたちはなにも言わずにここから出ていく、盗んだりしない。捕まるまえと同じように、その川を探しにいく。赤い雄牛とかを見に、ここにくるんじゃなかった。そんなの、どうでもよかったのに」

「おまえは、自分のためにいちばんいいことをしたんだぞ」ベネットは言った。

「なんということだ、どうやってこの方を慰《なぐさ》めればよいのかわからん」ヴィクター神父はラマをじっと見つめながら言った。「この子を連れていかせるわけにはいかないが、善良な人だ。そうにちがいない。ベネット、金をめぐんだりすれば、骨の髄《ずい》まで呪われるぞ！」

彼らはおたがいの呼吸する音を聞いていた。三分たち、まるまる五分がすぎた。すると、ラマが顔をあげ、ベネットたちをとおり越して、なにもない虚空《こくう》を見つめた。

「しかし、わたしは妙法《みょうほう》に従う者だ」ラマは悲痛な声で言った。「罪はわれにあり、その罰もまたわれにある。わたしは自分自身を偽ってきたのだ。今ならわかる。自分に信じこませてきたのだ、おまえが、探求を手伝うために遣《つか》わされたのだと。おまえの若さに似合わぬ慈悲《じひ》の心や親切な行い、知恵を見て、すっかりおまえのことを愛してしまった。だが、妙法に従う者は、欲を持ったり、なにかに愛着を感じたりしてはならぬのだ。なぜなら、そんなものはまやかしであるから。こう言われているではないか……」ラマは、非常に古い中国の文書の言葉を引用し、それを補《おぎな》うような別の引用を口にし、さらにそれをゆるぎないものにする第三の引用を唱《とな》えた。「わたしは道から外れてしまっていたのだ、弟子《チェラ》よ。おまえのせいではない。わたしは旅路で出会う新しい人々や生活や、そうしたものを見て喜ぶおまえに、楽しみを見いだしていた。わたしの探求を、探求のことだけを考えなければならなかったのに、わたしはおまえで満足してしまっていたのだ。今、わたしは悲しみでいっぱいだ。おまえはわたしのもとから連れ去られ、わが川は遠ざかってしまったのだから。わたしが法を破ってしまったせいなのだ！」

「地獄の闇の力だ！」人々の告解《こっかい》を聞き慣れたヴィクター神父は、ラマの一言一言に苦しみを聞き取ったのだった。

「あの赤い雄牛のしるしは、おまえにとってと同様、わたしにとってもしるしだったのだと、今、わかった。あらゆる欲は赤い——すなわち悪なのだ。わたしは悔い改め、わたし一人でわが川を見つけようと思う」

「せめてクルのおばあさんのところにもどってよ。そうじゃないと、道に迷っちゃうからね。あのひとなら、おれがもどるまでちゃんと食べさせてくれるから」

ラマはようやく頭の整理がついたことを示すように、手をふった。

「さてと」今までとはちがう声になり、ラマはキムのほうにむき直った。「この人たちはおまえのことをどうするつもりなのだ？　わたしは徳を積んで、過去のあやまちをぬぐえるかもしれぬ」

「おれをサーブにするんだ。この人たちはそう思ってるんだよ。明後日《あさって》にはもどるから。あまり悲しまないで」

「どんなサーブだ？　この人やあそこにいる人のようなか？」ラマはヴィクター神父を指さした。「それとも、今夜見た、剣をたずさえ、重い足音をひびかせるような者たちか？」

「かもね」

「それはよくないことだ。あの者たちは欲を追い、なにも得ることはできぬ。おまえはあのような者になってはならぬ」

「アンバラの坊さんは、おれの星は戦争だって言った」キムは口をはさんだ。「あそこのバカどもにきいてみるよ。だけど、ほんとうはわざわざきく必要もないんだ。どうせおれは今夜逃げるんだから。おれは新しいものが見たかっただけなんだ」

キムはヴィクター神父に、二つ三つ英語で質問し、その答えをラマに訳してきかせた。

それから、こう言った。「老師さまはこう言ってる。『あなたたちはこの子を自分から取りあげるのに、この子をどうするか言えないのか。いく前に話してほしい。子どもを育てるのは、かんたんなことではないのだから』って」

「きみを学校へやるつもりだ。そのあとのことは、また考えよう。キンボール、きみは兵隊になりたいかね？」

「白い人《ゴラログ》！　いやだ！　やだよ！」キムははげしく首をふった。訓練や決まり切った日課などというものに、キムはこれっぽっちも魅力を感じなかった。「兵隊になんかならない」

「言われたとおりの者になるんだ」ベネットは言った。「それに、わたしたちに助けてもらったことを、もっと感謝しろ」

キムはベネットをあわれんでにやっとした。このふたりが、自分にやりたくないことをやらせることができると思ってるなら、それはそれで好都合だ。

また長い沈黙が訪れ、ベネットはいらいらして、がまんできずに番兵を呼んでこの托鉢僧《ファキール》を追い払おうと言った。

「サーブたちは学を与えたり、売ったりするのか？　たずねてくれ」ラマが言ったので、キムは訳した。

「教師には金を払うんだって。でも、その金は連隊が払うんだ……そんなこと、どうでもいいじゃない？　どうせ一晩のことなんだから」

「では、金をたくさん払えば払うほど、よいことを学べるのか？」ラマは、キムの、すぐ逃げだすという計画を無視してたずねた。「学問に金を払うのはまちがったことではない。無知な者に学を与えることは、徳を積むことにほかならぬ」ラマは数珠《じゅず》をそろばんのようにはげしく鳴らした。それから、自分を追い払おうとしている者たちのほうにむき直った。

「立派でふさわしい学問を得るのに、どのくらいかかるかをきいてくれ。その学問はどこの町で授《さず》けられるのかも」

「そうだな」キムが訳すと、ヴィクター神父は英語で答えた。「場合によるのだ。きみが軍の孤児院にいるあいだは、連隊が支払うだろう。もしくは、パンジャブにあるフリーメイソンの孤児院のリストにきみの名を載せることもできる――この人もきみも、なんのことかわからないだろうが――しかし、インドで受けられる最高の教育は、もちろん、ラクナウのパルティバスにある聖ザビエル校だ」これは、訳すのに時間がかかった。ベネットが一刻も早く切りあげようとじゃましたからだ。

「いくらか知りたいんだって」一方のキムはちっともあせるようすもなく訳した。

「一年に二、三百ルピーだな」ヴィクター神父はとうにおどろきは通り越していた。ベネットのほうはいらいらしていたので、どういうことだかさっぱりわかっていなかった。

「こう言ってるよ。『この紙に名前と金額を書いて、わたしてくれ』って。それから、その下にあなたの名前も書いてくれって。いつか、あなたに手紙を書くからって。あなたのことをいい人だって言ってる、もう一人の人はおろかだって言ってる。もう帰るって」

ラマはふいに立ちあがった。「わたしは自分の探求をつづける」ラマは大きな声で言うと、出ていった。

「番兵とはち合わせしてしまうぞ」ラマが大またで去っていくのを見て、ヴィクター神父はぱっと立ちあがった。「だが、この子を置いていくわけにはいかないし」キムは急いであとを追おうとしたが、思い直した。番兵が呼びとがめる声は聞こえてこなかった。ラマのすがたは見えなくなった。

キムはあわてず、神父のベッドの上に腰を下ろした。少なくともラマはクルからきたラージプート族の老婦人といっしょにいると約束した。それさえ守ってくれれば、あとはたいしたことじゃない。ふたりの聖職者が目に見えて興奮しているさまを見て、キムは内心ほくそ笑んだ。ふたりは長いあいだぼそぼそと小声で話していた。ヴィクター神父がベネットになにかの計画を実行するよう勧めているらしく、ベネットは信じられないという顔をしている。なにもかもが新しいことずくめで、興味津々だったが、そのうち眠くなってきた。

すると、ふたりはテントに連隊の者を呼び、みんなそろって、キムに質問しはじめた。そのうちひとりは大佐だった。キムの父親の予言どおりだ。彼らは主に、キムの面倒を見ていた女のことをたずね、キムはすべてほんとうのことを答えた。ヴィクター神父たちは、女のことをいい保護者だったとは思っていないようすだった。

結局のところ、今回のことは今までにない目新しい経験だった。遅かれ早かれ、その気になれば、広大なる灰色の混沌《こんとん》としたインドへ逃げることができるのだ。テントもなく、神父も大佐もいないところへ。しばらくのあいだは、サーブたちも感銘《かんめい》を受けているようすだし、せいいっぱいいい印象を与えるようにしてみよう。実際、キムも白人なのだから。

さんざんキムには理解できない話をしたあとで、彼らはキムを軍曹にあずけ、決してキムを逃がさないようにときびしく言い含めた。連隊はアンバラへいく予定だから、キムはフリーメイソンの支部《ロッジ》の金と寄付金を使い、サナワールという場所へ送られることになった。

「あらゆるおどろきを通り越した奇跡ですよ、大佐」ヴィクター神父は十分間立てつづけにしゃべったすえに言った。「この子の仏教徒の友人は、わたしの名前と住所を手に入れるとすがたを消したんです。彼がこの子の教育にかかる金を払うのかどうか、それともなにかの呪術を行うつもりなのかはよくわかりませんが」それから、キムにむかって言った。「きみの友人の赤い雄牛に感謝して暮らすのだぞ。サナワールできみを一人前にしてやろう。きみがプロテスタントになることになったとしても、まあしかたない」

「もちろん。そうに決まっている」ベネットがうなずいた。

「だけど、あなたたちはサナワールにはいかない」

「いや、いくとも。最高司令官の命令なのだ。オハラの息子よりは、もうちょっとえらい人だからね」

「あなたたちはいかないよ。あなたたちの戦争にいくから」

テントじゅうから笑い声があがった。

「もうちょっと連隊のことを知っていれば、行軍のための列と戦列のちがいがわかるだろうがね、キム。われわれもいつかはきみの言う『あなたたちの戦争』にいきたいと思ってはいるが」

「ああ、そのことならぜんぶ知ってるよ」キムはふたたび思い切って賭《か》けに出た。彼らが戦争にいくとちゅうでないとすれば、少なくとも自分がアンバラのテラスで耳にしたことは知らないはずだ。

「今は、あなたたちの戦争にいかないことは知ってるよ。でも、アンバラに着いたらすぐに、戦争に送られることになる。新しい戦争にね。その戦争は、八千人の兵隊の戦争になるんだ。それから、大砲もね」

「ずいぶん具体的な話だな。ほかの才能に加えて予言能力もあるのかい? さあ、軍曹、この子を連れていってくれ。鼓手《こしゅ》のところからこの子に合う服を探してやるんだ。指のあいだからこの子を逃がさぬよう、気をつけるのだぞ。それにしても、まだまだ奇跡の時代は終わってないな。さあ、わたしも寝るとしよう。あわれな頭が働かなくなってきた」

一時間後、キムは生まれて初めてからだじゅうをすっかり洗われ、おそろしくごわごわしていて、腕や足にすれる服を着せられ、野営地の外れで野生動物のように静かにすわっていた。

「信じられないひよっこだよ」軍曹は言った。「黄色い顔の、下っ端のバラモンの世話役として現れたかと思ったら、首には父親の支部《ロッジ》の証明書をかけてるし、赤い雄牛だかなんだかのことをまくしたてるんだから。下っ端のバラモンはなんの説明もなく消えちまって、がきは神父さまのベッドにあぐらをかいて、血なまぐさい戦争の予言をしやがった。インドっていうのは、神をおそれる者たちにとっちゃ、とほうもないところだな。片足をテントの支柱《しちゅう》につないでおくか。屋根から逃げられちゃ、こまるからな。おまえ、さっき戦争についてはなんと言ったんだっけ?」

「八千人の兵隊さ。それに大砲もだ」キムは言った。「すぐに、わかるさ」

「まったくおれたちを元気づけてくれるぜ。さあ、鼓手どもといっしょに横になって、寝るんだ。このふたりが、おまえが眠ってるあいだ、見張ってるからな」

6　クレイトン大佐との取り決め

仲間たちを思い返す
新たなる海にいるむかしの友人たちを
未開の者たちと
石黄《せきおう》の商《あきな》いをしていたころを
南へ一万リーグ行き
そして、三十年がたつ
高貴なるヴァルデスの名を知らねども
このわれを受け入れ、愛してくれた

『ディエゴ・ヴァルデスの歌』

次の朝早く、白いテントは取りこわされてなくなり、マヴェリック隊は主街道からそれ、アンバラへむかった。こちらの道は宿場《パラオ》のそばを通らなかったので、キムは兵士の女房たちのうわさばなしを聞かされながら、荷馬車の横をとぼとぼ歩くしかなかった。昨日の自信はゆらいでいた。自分が厳重に見張られていることに気づいたのだ。片側にはヴィクター神父、反対側にはベネットがぴたりとくっついている。

昼前に縦隊《じゅうたい》がふいに足を止めた。ラクダにのった伝令がやってきて、大佐に手紙をわたした。大佐はそれを読むと、少佐になにか言った。そこから八百メートルほどうしろにいたキムは、もうもうと立つ土煙のむこうから、しわがれた歓声が伝わってくるのを聞いた。するとだれかがキムの背中をたたいて、大きな声で言った。「どうしてわかったんだ? 悪魔の小僧め! 神父さま、こいつにきいてみてくださいよ」

小馬が横にきたかと思うと、キムは従軍《じゅうぐん》神父の鞍頭《くらがしら》までひっぱっていかれた。

「さてと、ぼうや。昨夜《ゆうべ》のきみの予言はあたったようだ。わたしたちの受けた命令は、明日アンバラから汽車に乗車し、前線へいけということだった」

「どういうこと?」キムは「乗車」や「前線」という言葉を知らなかった。

「わたしたちは、きみの言う『あなたたちの戦争』にいくのだ」

「そりゃ、あなたたちは戦争にいくさ。昨日の夜、言ったろ?」

「ああ、言ったな。だが、闇の力の子よ、どうやって知ったのだ?」

キムの目がきらりと光った。キムは唇を閉じ、うなずいてみせ、なにか言いしれぬものを見つめた。神父は土煙のなかを進んでいって、一等兵と軍曹、准大尉《じゅんたいい》らに声をかけ、キムの話をした。先頭にいた大佐は、興味深そうにキムをじっと見た。「市場のうわさ話のたぐいだろう。しかし、だとしても――」大佐は手に持った紙を見て、たしかめた。「ちょっと待て。この計画が決まってから、まだ四十八時間もたっていないぞ」

「インドには、きみのような子がたくさんいるのかね? それとも、特別な変わり種《ルサス・ナチュラエ》なのか?」ヴィクター神父は言った。

「さあ、おれの言ったとおりだったろ。だからもう、老師さまのところに返してくれる? クルのおばあさんといっしょじゃなきゃ、老師さまは死んじゃうかもしれないんだよ」

「わたしの見たところでは、あのひとはきみと同じで、じゅうぶん一人でやっていけそうだったぞ。だめだ。きみはわたしたちに幸運を運んできてくれた。わたしたちはきみを一人前にしてやるつもりなんだ。荷馬車のところまで連れていってあげるから、今夜、わたしのところにきなさい」

　そのあと一日じゅう、キムは数百人の白人たちが自分に一目置きはじめたのをひしひしと感じていた。キムが野営地に現れたときのことや、両親がわかったときの顚末《てんまつ》、そして今回の予言については、いくら話しても話がつきなかったのだ。寝具に横たわったぶかっこうな大柄の白人女はいわくありげなようすで、夫が戦争から帰ってくると思うかどうかたずねた。キムが深刻な顔でじっと考えてから、もどってくると答えると、女は食べ物をくれた。

　今回の大行進は、ときおり音楽が演奏されたり、人々が気楽にしゃべったり笑ったりするところも、ラホールの祭りに似ていた。今までのところ、きつい仕事を言いつけられるようすもない。キムはこの光景をぞんぶんに楽しんでやることに決めた。日が暮れると、軍楽隊が出迎え、音楽を演奏しながらマヴェリック隊をアンバラ駅の近くの野営地に導いていった。

　その夜は楽しかった。ほかの連隊の兵士たちがマヴェリック隊を訪ね、マヴェリック隊の者たちもそれぞれほかの隊を訪ねにいった。それを連れもどしに派遣された哨兵《しょうへい》たちが、さやはり同じ目的でやってきた見知らぬ連隊の哨兵に出くわし、ラッパが吹き鳴らされ、さらに兵隊たちが、今度は将校たちまでやってきて、騒ぎをしずめようとした。マヴェリック隊は血気盛んを信条とすることで知られている。しかし、そんな夜を過ごしたにもかかわらず、翌朝、駅のホームにならんだ兵士たちは、体調、状態ともに完璧《かんぺき》だった。キムは病人と女子どもとともに残ることになったが、気がつくと、去っていく汽車にむかって声をかぎりに別れのあいさつをさけんでいた。

ここまでは、サーブとしての生活もなかなかおもしろかった。しかし、キムは決して油断しなかった。また鼓手《こしゅ》の少年兵の手にあずけられ、キムは石灰塗料の塗られた、だれもいない兵舎《へいしゃ》につれていかれた。床には、ゴミやひもや紙がちらばり、天井にキムひとりの足音が反響する。キムはなにも敷かれていない折りたたみ式ベッドの上で、インド式に丸くなって眠ろうとした。すると、怒った男がテラスに足音をひびかせてやってきて、キムを起こし、自分は教師だと言った。それさえ聞けばじゅうぶんだ。キムは自分の殻《から》の中にひっこんだ。キムの英語力は、ラホールの町にあった警察の張り紙をなんとか解読できる程度だった。これは直接、身の安全に関わるからだ。それに、育ての親の女のところにくる客の中に、ドイツ人の変わった男がいて、パーシ人（ゾロアスター教徒）の旅役者たちに舞台背景を描いていた。自分は「四八年」の革命のときバリケードの上にいたから、食べ物とひきかえに書くことを教えてやると言う。少なくとも、キムはそう理解した。だから、アルファベットが書けるところまではなんとかいったが、あまり好きにはなれなかった。

「おれはなにも知らない、あっちへいけ！」キムは不吉なにおいをかぎ取ってさけんだ。するると、男はキムの耳をつかみ、はなれの部屋までひきずっていった。そこには、鼓手の少年たちが十人ほどいて、きちんとならんですわっていた。なにもできないのなら、だまってすわっていろと言われ、キムはなんとか言われたとおりにしていた。男は少なくとも半時間、黒板に白い線をひいてあれこれ説明しつづけ、そのあいだ、キムはじゃまされた昼寝のつづきをした。こんな状況を受け入れるわけにはいかない。これはまさに、今までの人生の三分の二を費《つい》やして避けつづけてきた学校であり、規律じゃないか。すると、ふいにすばらしいアイデアが浮かんだ。どうして今まで思いつかなかったのだろう。

男が授業を終えると、キムはいちばんに外のさんさんと日が照るテラスへ飛び出した。「おい、そこのおまえ！　止まれ！　止まるんだ！」うしろから高い声が聞こえた。「おれはおまえの面倒を見ることになってるんだ。決して目の届かないところにやるなって、言われてる。どこへいくつもりだ?」

午前中ずっとキムのまわりをぶらぶらしていた少年鼓手だった。目の前の十四歳くらいの太ったそばかすだらけの少年を、キムは、それこそ靴の底から帽子のリボンにいたるまで、憎んだ。

「市場だよ。お菓子を買いにいく――そう、きみにも」キムは考えてつけくわえた。

「ああ、市場は立ち入り禁止だよ。市場へいったら、叱《しか》られる。もどってこい」

「どこからいっていいの？」キムは立ち入り禁止の意味を知らなかった。けれども、礼儀正しくしておこうと思ったのだ——今のところは。

「どこから？　ああ、どこまで、いっていいかってことか！　道の先にあるあの木までだ」

「なら、あそこまでいってくる」

「わかった。おれはいかないよ。暑いからな。ここからでもじゅうぶん見える。逃げようとしてもむだだぞ。逃げたって、その服ですぐに見つかる。おまえが着てるのは、連隊の服だ。逃げようとしたときにはもう、アンバラの哨兵《しょうへい》に連れもどされてるって寸法さ」

そう言われても、キムはたいして気にならなかった。そもそもこんな服じゃ、逃げるときにへとへとになってしまう。キムは市場へいくなにもない道の角に生えている木によりかかると、地元の人々がとおりすぎていくのをながめた。ほとんどは、兵舎《へいしゃ》で働いている最下層のカーストの者たちだった。「やあ」と、キムは掃除夫に声をかけた。掃除夫はすぐに意味のない無礼な言葉を返してきた。どうせヨーロッパ人の子どもには理解できないと思っているのだ。ところが、間髪をいれずに低い声で返ってきた言葉をきいて、自分のまちがいを思い知ることになった。自分がよく知っている言葉で相手をののしる機会にとびついたキムは、足かせをはめられた魂《たましい》のさけびをたっぷり注ぎこんだというわけだ。

「さてと、いいか、いちばん近いところにいる市場の代書屋のところへいって、ここにくるように伝えてくれ。手紙を書きたいんだ」

「だが——いったいどうして白人の息子に市場の代書屋が必要なんだ？　兵舎に教師がいるだろ？」

「まあな。地獄にいるような連中がうようよいるよ。いいから、言うとおりにしろ、掃除屋《オド》め！　おまえの母ちゃんはカゴの下で結婚したんだろ（北インドのサンシー族は、大きなカゴの下で結婚する風習がある）！　ラルベグのしもべめ（キムは、掃除夫たちの神のことをちゃんと知っていた）！　さっさとおれの言うとおりにしろ。じゃないと、もう一度くりかえしてやるぞ」

掃除夫はあわてて足を引きずりながら走っていった。「兵舎のそばの木の下で、白人だけど白人じゃない子が待ってる。あんたにきてほしいそうだ」掃除夫は最初に会った代書屋に言った。

「金は持ってるんだろうな？」身ぎれいな代書屋は、携帯用の机とペンと封蝋《ふうろう》を順番にまとめながらきいた。

「わからねえ。ほかのガキどもとはちがうんだ。いってみてくれ。その価値はある」

キムが待ちきれずに飛び跳ねていると、ようやくほっそりした若い代書屋《カイエス》が道具を持ってやってくるのが見えた。声が届くところまできたとたんキムは代書屋をよどみなくののしった。

「まず代金をもらう」代書屋は言った。「口汚いことを言うと、値段をあげるぞ。しかし、いったい何者だ。そんなかっこうをしておいて、あんな言葉を使うとは」

「ヘン！　それをこれから書いてもらうのさ。こんな話、めったにないぞ。だが、おれは急いでるわけじゃない。別にほかの代書屋でもいいんだ。アンバラなら、代書屋なんてラホールと同じくらいいるからな」

「四アンナだ」代書屋は言って、腰を下ろすと、人気のない兵舎《へいしゃ》の一棟《ひとむね》の木陰に布を広げた。

キムもつられて横にしゃがんだ。こういうしゃがみ方は、インド人しかしない。だが、まとわりついてくるズボンがじゃまだった。

代書屋は横目でキムを見た。

「それは、サーブむけの値段だ。ほんとうの値段を教えろ」キムは言った。

「一アンナ半だ。手紙を書いてからあんたが逃げないって、どうしたらわかるんだ？」

「おれはこの木より先にはいけないんだ。それに、切手のこともあるだろ」

「切手代は入ってないよ。もう一度きくが、ただの白人の子じゃないな？」

「それは、これから手紙に書くって。手紙はマハブーブ・アリ宛《あ》てだ。ラホールのカシミール隊商宿の馬商人さ。友だちなんだ」

「なんてこった！」代書屋はぶつぶつとつぶやきながら、アシの先をインク壺《つぼ》にひたした。「ヒンドゥー語でいいのか？」

「もちろん。さあ、マハブーブ・アリ宛てだぞ。いいか！『老人と汽車でアンバラまできた。アンバラで、鹿毛《かげ》の雌馬の血統書《けっとうしょ》に関する知らせを伝えた』」庭であんなやりとりを目撃したあとで、白い雄馬などと書くつもりはなかった。

「もう少しゆっくりたのむよ、どうして鹿毛の雌馬が出てくるんだ……これは、あのマハブーブ・アリか？　馬の大商人の？」

「そうに決まってんだろ。おれは、マハブーブ・アリの下で働いてたんだ。もっとインクを使え。いいか、いくぞ。『命令どおり、なしとげた。そのあと、徒歩でベナレスへむかったが、三日目にある連隊を見つけた』ここまで書いたか？」

「ああ、連隊《プルトン》、と」代書屋は耳をそばだてながらつぶやいた。

「『連隊の野営地へいって、捕まってしまった。あなたも知ってる、首にかけていたお守りのせいで、おれがその連隊にいた男の息子だとわかった。赤い雄牛の予言どおりだ。あなたは、よくある市場のうわさのたぐいだと思っていただろうけど』」キムは今、はなった槍《やり》が代書屋の心臓に深々と刺さるのを待って、コホンと咳払《せきばら》いをし、つづけた。「『やつらの坊主はおれに服を着せ、新しい名前を与えた……だが、もうひとりの坊主はおろか者だ。服はひどく重い。でも、おれはサーブで、心もひどく重い。おれは学校へやられて、ぶたれた。ここの水も空気もきらいだ。助けにきて、マハブーブ・アリ。じゃなきゃ、お金を送って。これを書いた代書屋に払うぶんがない』」

「『払うぶんがない』だまされたのは、おれの責任だ。あんたは、ナクラオ（ラクナウのこと）のフサイン・バックスなみにずるがしこいよ！　政府発行の切手を偽造してたやつさ。しかし、なんていう話だ！　すごい話だ！　ひょっとしてほんとうの話なのかい？」

「マハブーブ・アリにうそをつくわけないだろ。マハブーブ・アリの友だちには、切手くらい貸してやったほうがいいぜ。金がきたら、返すから」

代書屋はうたがわしげにうなったが、手箱から切手を取り出すと、手紙にはってキムにわたし、帰っていった。マハブーブ・アリの名は、アンバラでも力を持っていたのだ。

「神々の覚えがよくなるぜ！」キムは代書屋のうしろすがたにむかってさけんだ。

「金がきたら、二倍にして返せよ」代書屋は肩越しにさけびかえした。

「あの黒ん坊になにをたのんでたんだ？」キムがテラスにもどると、少年鼓手《こしゅ》はたずねた。「ずっと見てたんだぞ」

「ただしゃべってただけ」

「おまえも黒ん坊の言葉をしゃべるんだな？」

「ちがう！　ちがう！　ちょっとしゃべれるだけ。これからなにするんだ？」

「あと三十秒で食事のラッパが鳴る。ちぇっ！　連隊のみんなと前線にいけたらな。最低だ、ここじゃ、勉強以外することがない。おまえはいやじゃないのか？」

「もちろんいやさ！」

「どこへいけばいいかわかってりゃ、逃げるんだけどな。だが、大人たちの言うとおり、インドじゃ、脱走したって、仮釈放くらいにしかなりゃしない。すぐにつれもどされるのがおちだ。ほんとうにうんざりだよ」

「ビリイ（インドで英国やヨーロッパを指すときに使われていた言葉）――英国にいたことはあるの？」

「もちろんだ。このあいだの軍の移動の時に母ときたばかりだ。だから、それまでは英国にいたってことさ。おまえってやつは、なにも知らないんだな！　道ばたのどぶで育ったんだろ、え⁉」

「ああ、そうさ。英国のことを教えて。おれの父親は英国からきたんだ」

　口に出しては言わなかったが、キムはもちろん、鼓手の少年が語った話をなにひとつ、信じはしなかった。鼓手の少年にとっての英国は、リヴァプール郊外でしかなかった。とはいえ、それで食事までの退屈な時間をやり過ごした。食事の時間になると、少年たちと兵舎《へいしゃ》のすみにいる数名の傷病兵に、これ以上ないというほど食欲をそそらない食事が出された。もしマハブーブ・アリに手紙を書いていなければ、キムはすっかり落ちこんでいただろう。インドの人々の無関心には慣れっこだったが、白人の中に一人放りこまれた孤独感は耐えがたかった。だから、午後になって、大柄な兵士がきて、ヴィクター神父のところへつれていくと言ったときは、ありがたいと思ったほどだ。ヴィクター神父は、土ぼこりの舞う練兵場のむこう側にある別棟で暮らしていた。神父は、紫のインクで書かれた英語の手紙を読んでいたが、今までにも増して興味深そうにキムを見た。

「どうだね、息子よ？　これまでのところは？　あまり気に入らないか？　たしかに大変だろう。野生動物にはかなり大変にはちがいない。さてと、いいか、今、きみの友人からおどろくべき手紙をもらったところだ」

「どこにいるの？　元気なの？　ああ！　手紙をくれたから、大丈夫ってことか」

「あのひとのことが好きなんだな？」

「もちろん好き。あのひともおれのことを好いてる」

「これを見ると、そのようだな。英語は書けないようだな？」

「ああ、書けない。おれも。英語をうまく書ける代書屋を探したと思う。そうに決まってる。それで、手紙をくれた。意味がわかるといいけど」

「なるほど、そういうことか。あの人のお金のことについては、なにか知ってるかね？」

キムの顔を見れば、知らないのがわかった。

「おれにわかること？」

「それをきいてるんだ。まあ、これを聞いてごらん。きみに意味がわかるかな？　最初の部分は飛ばすぞ……ジャガディール街道で書いたようだな……『道ばたにすわって、深く瞑想《めいそう》し、閣下《かっか》が今回の状況に賛成してくださることをたよりにしております。全能の神の名によってどうかこれを実行してくださいますよう。教育は、最高のものならば、なによりもすばらしい恵みであり、そうでないなら、この世では役に立たぬものです』まことに、老人はあのとき、ちゃんとわかってしゃべっていたわけだ！『閣下が、本月十五日に閣下のテントにてお話ししたことに基づき――ここはずいぶんと事務的だな！――わたしの弟子にザビエルの最高の教育をお与えくださるなら――ザビエルというのは、パルティバスの聖ザビエル校のことだろう――全能の神のお恵みが閣下の三代から四代先にいたるまでありますことを祈り――』ここからだ、よく聞けよ！『閣下の慎《つつ》ましやかな召使いであるわたしが、かならず手形にて適切な額、ラクナウの聖ザビエルの高価な教育のための年間三百ルピーを、お送りいたします。少々のお時間をいただければ、その金額の手形を閣下がくださる住所に、インドのどこだろうとお送りします。閣下の召使いであるわたしは、今はこの頭を横たえる場所を持ちませんが、サハーランプルでなにひとつ不安のない暮らしをしている、口の達者な老婦人がいろいろしつこくせがむため、一人汽車でベナレスへむかうつもりです』いったいどういう意味だ?」

「その老婦人は、老師さまにプーロになってくれって言ったんだ。つまり、自分の牧師にってこと。サハーランプルで。でも、老師さまは川を見つけなきゃならないから、そのつもりはないと思う。たしかにその老婦人はすごいおしゃべり」

「きみには意味がわかるんだな? わたしにはさっぱりわからん。『ですから、ベナレスについて、住所がわかれば、わが最愛の少年のためにお金をお送りします。願わくは、この教育を実行くださるよう、閣下《かっか》にお頼みもうしている者としてお祈りいたします。アラハバード大学不合格者ソブラオ・サタイ代書。ベナレス、ティールタンカラの寺院気付、サチゼン僧院長タシ・ラマ尊師にして川を探す者より。追伸。少年を大切に思っていること、および、お金は年に三百ルピーを手形で送るむねをお忘れなく。全能なる神の恵みのあらんことを』さてと、いったいこれは狂気の沙汰《さた》なのかね、それとも、取引の申し出なのか? きみにきくのは、わたしにはほんとうにどうしたらいいかさっぱりわからないからなのだよ」

「老師さまは、おれに年に三百ルピーくれるって言ってる? なら、くれる」

「ほう、きみはそう思うのだね？」

「もちろん。老師さまがそう言ってるから！」

神父はヒュッと口笛を吹いた。それから、同等の者に対する態度でキムにこう言った。

「わたしには信じられないが、いずれわかるだろう。きみは今日、サナワールの軍営孤児院にいくことになっている。入隊できる年齢になるまでは、そこで連隊がきみの面倒を見ることになる。きみは、英国国教会の信者になるべく、育てられるのだ。ベネットが手配した。だが一方で、聖ザビエルにいくことになれば、もっといい教育が受けられる——もっといい信仰（ヴィクター神父のカトリックのこと）もな。わたしが板挟みになっているのが、わかるかね？」

キムにわかるのは、ラマが、彼のために托鉢《たくはつ》をする者もなく、汽車にのって南へむかおうとしていることだけだった。

「たいていの人々もそうするだろうが、わたしも時間稼《かせ》ぎをしようと思う。つまり、もしきみの友人がベナレスから金を送ってきたとしたら——地獄の闇の力だな、物乞《ものご》いがどうやって三百ルピーもの金を作るつもりなのだろう？——ともあれ、送ってくれれば、きみはラクナウへいく。旅費はわたしが払おう。孤児院への寄付金に手をつけることはできないからな。きみをカトリックにするつもり——というか、実際、カトリックにするのだから。金が送られてこなければ、きみは連隊の金で軍営孤児院にいく。三日待とう。とはいえ、送ってくるとは思えんがな。それに、金がきたとしても、そのあとの支払いが滞《とどこお》ったとしたら……まあ、そんなことまではわからん。この世では、一度に一歩ずつ進むしかないからな。神を讃《たた》えよ！　それに、ベネットは前線にいき、わたしは残るはめになった。なのに、ほかのことまですべてベネットの思いどおりにいくというわけにはいくまい」

「ああ、そうだね」キムはあいまいに答えた。

神父は前へ身を乗り出した。「きみが小さな丸い頭の中でなにを考えているかわかるのなら、一か月分の給料を投げ出してもいいくらいだよ」

「なにも考えてないよ」キムは頭をかいた。キムが考えていたのは、マハブーブ・アリが一ルピーでも送ってくれるかどうかということだった。そうしたら、代書屋に代金が払えるし、ベナレスのラマにも手紙を書ける。もしかしたら、マハブーブは次に馬をつれて南へいくときに、キムのところへ寄ってくれるかもしれない。キムがアンバラの将校に手紙を届けたことで、兵士や少年たちが兵舎《へいしゃ》の食卓で大騒ぎして話していた大きな戦争が起こったのは、マハブーブ・アリも知っているはずだ。でも、もし知らなかったとしたら、自分からわざわざマハブーブ・アリに言うのは、危険だ。知りすぎている、もしくは知りすぎているのではないかと、マハブーブ・アリに疑われたら最後、なにをされるかわかったものではない。

あれこれ考えていると、ヴィクター神父の声がわって入った。「まあ、あとは知らせがくるまでは、好きにしていていいぞ。他の子たちと遊んでいるがいい。いろいろ教わることができるだろう。まあ、きみは望んじゃいないだろうがな」

一日はのろのろとすぎ、日が暮れたころには、キムはすっかりうんざりしていた。寝ようとすると、服のたたみ方やら靴のそろえ方など、あれこれ指導され、ほかの少年たちにバカにされた。夜明けには、起床ラッパの音で起こされ、朝食のあとは教師につかまり、意味のわからない文字のならんでいるページを鼻先に突きつけられて、無意味な名前をならべたてられ、理由もなくなぐられた。いっそ兵舎の掃除夫から失敬したアヘンを教師に盛ってやろうかとも思ったが、全員、ひとつのテーブルについて、食事をとることを思い出して(これはキムにとって、特に不快な習慣だった。食事は、世界に背をむけてすべきものだったのだ)、それは危険だと思い直した。それならと、僧がラマに薬を盛ろうとした村まで逃げようとした。老兵士のいる村だ。しかし、すべての出口にいる遠目のきく番兵たちは、すぐさま緋色《ひいろ》の服を着た少年に気づき、連れもどした。ズボンと上着のせいで、からだばかりか頭まで働かない。キムはとうとうあきらめて、東洋式に時機がくるまでおとなしくしていることにした。

声のひびくだだっ広い白い部屋で、拷問《ごうもん》のような三日がすぎていった。午後になると、少年鼓手《こしゅ》のつきそいのもと、散歩に出かけたが、彼の仲間たちから聞くことと言えば、役に立たない言葉ばかりで、白人の悪態の三分の二はその言葉でできているらしい。キムはそんな言葉はとっくに知っていたし、心からバカにしていた。鼓手の少年はキムがだまって、なんの興味も示さないのに腹を立て、とうぜんの権利であるかのようにキムをなぐった。立ち入り禁止区内にある市場にはなんの興味もないらしく、インド人のことはだれでも「黒ん坊」と呼ぶ。一方の召使いや掃除夫たちも面とむかってひどい言葉を返してきたが、態度だけはうやうやしいので、少年は気づかなかった。それで、キムも少しは憂《う》さを晴らしていた。

四日目の朝、ついに少年鼓手に裁きがくだった。その日、キムと鼓手はアンバラの競馬場に出かけた。ところが、もどってきたのは鼓手ひとりで、泣きながら、自分はなにもしていないのに、オハラが馬にのった真っ赤なひげの黒ん坊を呼びとめ、その黒ん坊が自分を肌にはりつくようなムチでしたたか打ったのだと訴えた。あげくに、黒ん坊はオハラを馬にのせ、駆け足で去ったという。この知らせがヴィクター神父に届くと、神父は大きな上唇をぐっとさげた。そうでなくても、ちょうどベナレスにあるジャイナ教の聖者ティールタンカラを祀《まつ》る寺院から手紙を受け取ったところで、ぎょうてんしていたのだ。手紙には、インドの銀行が発行した三百ルピーの手形が同封され、「全能なる神」へのおどろくべき祈りが捧《ささ》げられていた。もし市場の代書屋が「徳を積む」という言葉をこんなふうに翻訳したことを知ったら、ラマは神父以上に心外に思ったにちがいない。

「地獄の闇の力だ！」ヴィクター神父は手形をひっくりかえしたり、なぞったりしながら言った。「そして今度は、少年のほうがピープオデイ（アイルランドのプロテスタントの団体。ここでは共犯者くらいの意味で使われている）の友人と去ってしまった。あの子を取りもどすのと、このまま失うのと、どちらのほうが楽か、もはやわからん。わたしの理解を超えている。ああ、そうだ、理解を超えているのはあの老人のほうだ。いったい物乞《ものご》いがどうやって教育費をひねりだしたのだ？」

五キロはなれたアンバラの競馬場で、マハブーブ・アリは灰色のカブール産の雄馬の手《た》綱《づな》をあやつりながら、前に乗せたキムに言った。

「だが、世界の友よ、おれの名誉や評判も考えてもらわねばならん。すべての連隊のサーブが、いやアンバラじゅうの人間がマハブーブ・アリのことを知ってるんだ。おれがおまえを馬に乗せ、あの小僧をムチ打ったところを、大勢の者が見ていた。今だって、この平原のはるかむこうからでも、おれたちの姿は丸見えだろう。どうやってつれていけというのだ？　おまえをどこかで降ろして、そのへんの田畑に逃がしたとしても、おまえがいなくなったことをどう説明するのだ？　連中はおれを牢屋《ろうや》に入れるだろう。ここはがまんだ。一度サーブになれば、ずっとサーブなのだ。大人になったら、このマハブーブ・アリに感謝することになるかもしれんぞ」

「あいつらの番兵がいるところより先までつれていってよ。そしたら、この赤い服を着がえるからさ。お金をちょうだい。そしたら、ベナレスへいって、また老師さまといっしょになるんだ。おれはサーブになんかなりたくないんだ。それに、おれはちゃんとあの伝言を届けたんだよ」

馬が大きく跳ねた。マハブーブ・アリがついとがったあぶみで馬の脇腹をけってしまったのだ(マハブーブ・アリは、英国製の乗馬靴と拍車をつけた、優美な新しいタイプの馬商人ではなかった)。キムは、マハブーブの一瞬の動揺を見て自分なりの結論を導き出した。

「あれはたいしたことじゃない。ちょうどおまえがベナレスへいくって言うからたのんだだけだ。すっかり忘れてたよ、あのサーブもそうだろうさ。馬のことをきいてくる連中にしょっちゅう手紙やら伝言やらを届けてるから、いちいち覚えてられないんだ。ピーターズさんが血統書《けっとうしょ》をほしいと言ってきた鹿毛《かげ》の雌馬の話だったかな?」

キムはすぐに罠《わな》だと見抜いた。もしいっしょになって「鹿毛の雌馬」と言おうものなら、すぐさままちがった情報に同意するのは、なにか疑っているからでないかと、気づかれてしまう。だから、キムはこう答えた。

「鹿毛の雌馬？　ちがうよ。おれは伝言を忘れたりしない。白い雄馬だろ」

「ああ、そうだったな。白いアラブ産の雄馬だ。だが、おまえは手紙に鹿毛の雌馬と書いてきたじゃないか」

「代書屋なんかにほんとのことは言わないさ」キムはマハブーブの手が心臓をつかむのを感じた。

「おお、マハブーブ！　この悪党め！　止まってくれ！」声がして、ポロ（四人一組で馬上で行う球技）用の小馬にのった英国人が追いかけてきて、横にならんだ。「おまえを追って、国の半分を駆けてきたんだ。あのカブール産の馬はいいな。売り物だろう？」

「それよりいい若馬を手に入れたんです、天国で生まれたんじゃないかってくらいですよ。ポロの細やかでむずかしい動きにぴったりでね。やつにならぶ馬はいません。やつは──」

「ポロもするし、給仕もできるんだろ。ああ、わかってるさ。で、いったいそこにのせてるのは、なんだ？」

「少年です」マハブーブ・アリは真顔で言った。「別の子にたたかれてましたんでね。この子の父親は、あの大戦争（第二次アフガン戦争）で戦った兵士だったんです。この子はラホールで育ったんですよ。赤ん坊の時から、おれの馬と遊んでたんです。どうやら軍のサーブたちはこの子を兵隊にするつもりのようでしてね。父親のいた連隊につかまったんですよ。先週、出陣した連隊です。でも、この子には兵隊になる気はないようで。ちょっと散歩に連れ出したんですよ」そして、キムにむかって言った。「おい、兵舎《へいしゃ》の場所はどこだ？　つれていってやる」

「おろして。ひとりで帰れるから」

「それでおまえが逃げたら、おれのせいになるだろう？」

「食事にむかってまっしぐらにきまってるだろう。どこに逃げるっていうんだ？」英国人が言った。

「この子は、この土地で生まれたんです。友人がたくさんいるんですよ。どこだって、好きなところへいきますよ。頭のまわるやつ《チャブク・サワィ》なんです。服さえ着がえちまえば、あっという間に下層カーストのヒンドゥー教徒ですよ」

「ほう、なんて子だ！」英国人はじろじろキムを見た。マハブーブ・アリは兵舎へむかった。キムは歯ぎしりした。マハブーブ・アリはキムをからかっているのだ。不実なアフガン人のやりそうなことだ。マハブーブ・アリはさらにだめおしをした。

「この子を学校へやって、重たい長靴をはかせて、布でぐるぐる巻きにしようっていうんです。そうすりゃ、知ってることもぜんぶ、忘れちまうでしょう。さてと、どれがおまえの兵舎だ？」

キムは指をさした。口がきけなかったのだ。キムがさしたのは、すぐ近くにある真っ白なヴィクター神父の棟《むね》だった。

「案外いい兵士になるかもしれませんよ」マハブーブ・アリは考えこんだようすで言った。「少なくともいい伝令になりますよ。ラホールからの伝言をたのんだんです。白い雄馬の血統書《けっとうしょ》に関する伝言を」

致命傷の上からさらにとどめの一発をくわえられたような侮辱《ぶじょく》だった。戦争の原因となる手紙をあれほどうまく届けた、まさにその相手であるサーブに、すべてを教えてしまったのだ。キムは、マハブーブ・アリが裏切りの罪で焼かれているところを思い浮かべようとしたが、実際に見えるのは、兵舎と校舎、そしてまた兵舎がつらなる灰色の景色だけだった。キムはすがるようにくっきりした目鼻立ちの顔を見たが、気づくようすはない。しかし、こんな破滅寸前のときでも、白人の慈悲《じひ》にすがり、アフガン人を告発してやろうとは、思いもしなかった。マハブーブ・アリはまじまじと英国人の顔を見て、英国人はまじまじとキムを見た。キムはなにも言えずにわなわなとふるえていた。

「おれの馬はよく訓練されてるんです。ほかのところのは蹴《け》ってきますからね」馬商人は言った。

「なるほど」ようやく英国人は口を開くと、小馬の湿った肩のあいだをムチの柄《え》でなでた。「だれがこの子を兵士にしようとしているんだね?」

「この子を見つけた連隊だそうですよ。その連隊の従軍《じゅうぐん》神父さんがおっしゃってるようです」

「あの神父さんだよ!」頭をそったヴィクター神父がテラスからやってくるのを見て、キムは声を詰まらせながら言った。

「地獄の闇の力よ、オハラではないか! アジアにどれだけいろいろな友人がいるのだ?」ヴィクター神父は、馬からおりて、力なく立っているキムにむかって言った。

「おはようございます、神父さま」英国人は陽気に言った。「おうわさはかねがねうかがっております。もっとまえに、ごあいさつに寄ろうと思っていたんですよ。クレイトンと申します」

「民俗調査局の?」ヴィクター神父がたずねると、英国人はうなずいた。「まことにお会いできて光栄です。それに、この子をつれもどしてくださって、お礼を申しあげなければ」

「わたしではありません、神父さま。それに、この子は逃げようとしていたのではないですよ。マハブーブ・アリのことはご存じありませんよね」馬商人は日なたに平然とすわっていた。「一か月駐屯地《ちゅうとんち》にいらっしゃれば、彼のことはよく知るようになりますよ。この老いぼれ馬はみんな、彼が売ったものですから。あの少年は興味をひきますな。あの子のことをお聞かせねがえませんか?」

「いいんですか?」ヴィクター神父はふうっと息を吐いた。「あなたなら、わたしを苦境から救ってくださるでしょう。ああ、闇の力よ！　この国の人間について知っている方とお話ししたくて、うずうずしていたのです」

角のむこうから馬丁《ばてい》がやってきた。クレイトン大佐は声をはりあげ、ウルドゥ語で言った。「いいだろう、マハブーブ・アリ。しかし、仔馬《こうま》のことをあれだけ聞かせてなにを狙ってるんだ?　三百五十ルピー以上は一パイスも出さんぞ」

「サーブは馬にのったあとは少々かっかして、怒りっぽくなっていますな」馬商人は、彼にだけ許された冗談を口にしながら、横目でちらりと大佐を見た。「じきに、わたしの馬のいい点をもっとわかっていただけるでしょう。神父さまとのお話が終わるまでお待ちしますよ。あの木の下にいます」

「くそ！」大佐は笑った。「マハブーブの馬を一頭見せてもらったら、このざまだ。マハブーブは根っからの悪徳商人なんですよ、神父さま。なら、待っていてくれ、マハブーブ。どうせ時間はたっぷりあるんだろう。さて、神父さま、お話をうかがいましょう。少年はどこです？　ああ、マハブーブと密談してますな。変わった少年だ。わたしの雌馬を日陰に入れてもよろしいかな？」

大佐はいすに腰を下ろした。そこからだと、キムとマハブーブ・アリが木の下で話し合っているようすがよく見える。神父はチェルート（安価な葉巻タバコ）をとりに建物の中に入っていった。

クレイトンの耳に、キムが吐き捨てるように言うのが聞こえてきた。「信用するなら、ヘビよりバラモン、売春婦よりヘビ、パタン人（パキスタン西北部とアフガニスタンとの国境地帯の部族。マハブーブのこと）より売春婦って言うからな」

「どれも同じさ」赤いひげがいかめしくゆれた。「『子どもは、織《お》っているとちゅうのじゅうたんは見るな』と言うだろう。もようがはっきりわかるまではな。信じろ、世界の友よ。おれはおまえにいいようにしてやってるんだ。連中はおまえのことを兵士にしたりしない」

「悪賢い罪人め！」クレイトンは思った。「しかし、そうまちがっているわけでもない。あの少年が触れこみどおりなら、むだに埋もれさせるのは惜《お》しい」

「少々お待ちいただけますか」建物の中から、神父が大きな声で言った。「しまってある書類を取ってきますので」

「おれのおかげで、勇敢で賢いあのサーブの大佐にかわいがってもらえるようになれば、立派に育ててもらえる。大人になったら、このマハブーブ・アリに感謝することになるぞ」

「やだ、やだよ！　もう一度街道につれてってってたのんだのに。そこなら、おれは安全だったんだ。なのにあんたがおれを英国に売りわたしたんだ。それでどれだけの金を受け取ったんだ？」

「血の気の多い悪魔こぞうだな！」大佐は葉巻をくわえると、礼儀正しくヴィクター神父のほうにむきなおった。

「あの太った神父が大佐の前でふりまわしてる手紙はなんだ？　雄馬のうしろに回って、馬具を見てるふりをしながら答えろ！」マハブーブ・アリが言った。

「おれのラマからの手紙だよ、ジャガディール街道から送ってきたんだ。おれが学校へいくために、年に三百ルピーを払うって」

「ほほう！　あんな赤帽子の老人がか？　学校ってどの学校だ？」

「さあね、ナクラオだったと思う」

「そうだ。ナクラオにでかい学校があるんだ。サーブの子どもが通う学校さ。それと、サーブとの混血の子とがな。ナクラオで馬を売ったときに見たよ。つまり、あのラマも世界の友を愛してるということだな」

「そうだよ、それに、あの人はうそをつかないし、おれをつかまえさせたりしない」

「あの神父に謎《なぞ》がとけないのもしかたないか。大佐にむかって早口でまくし立ててるぞ！」マハブーブ・アリはクスクス笑った。「アラーにかけて！」そして、鋭い目でさっとテラスのほうを見た。「おまえのラマが送ってきたのは、手形らしいな。手形《フーンディ》ならおれも少しは取引したことがある。大佐が見てるぞ」

「おれにはなんの得にもならないよ」キムはうんざりしたように言った。「あんたはいっちまうし、あいつらはおれを、寝る場所もない空っぽの部屋にもどすんだ。ほかの子たちからはなぐられるし」

「そうはならないさ。まあ、しんぼうしろ。パタン人がみんな信用ならないわけじゃない。馬に関しては別だが」

五分がすぎ、十分、そして十五分がすぎた。ヴィクター神父は熱心に話しつづけ、大佐に質問をぶつけ、大佐が答えている。

「これで、あの子について知っていることは初めから最後まですべてお話ししました。おかげでほっとしましたよ、このような話を耳にしたことはおありですか？」

「いずれにせよ、老人は金を送ってきたわけですね。あのゴビンド・サハイのところの手形ならここから中国までちゃんと使えますよ。それにしても、インドの人間のことは、知れば知るほど、彼らがなにをし、なにをしないか、予想がつかなくなりますな」

「それを聞いて、安心しました。民俗調査局のトップであるあなたでもそうおっしゃるんですから。赤い雄牛に、癒《い》やしの川に――哀《あわ》れな異教徒に神の恵みがあらんことを！

――手形に、フリーメイソンの証明書ですからね。ところで、ひょっとして大佐もフリーメイソンの会員でいらっしゃいますか？」

「それが、そうなんです。考えてみますとね、それも、今回、手をお貸しする理由のひとつだと思いますよ」大佐はしれっとして答えた。

「手を貸す理由があると思ってくださってありがたいです。さっきも申し上げたとおり、今回のことはわたしの手には負えませんのでね。あの子は、わが隊の大佐に予言をきかせたんです。わたしのベッドに腰かけて、服をひらいて白い肌を見せながらね。しかもその予言がほんとうになったときた！　聖ザビエルにいけば、そうしたおかしなことはすべて直してもらえますよね？」

「聖水をふりかけてね」大佐は笑った。

「これはこれは。たまにそうしないとって気になるんですよ。しかし、わたしはあの子が立派なカトリック教徒になるよう祈っているんです。あと心配なのは、あの物乞《ものご》いの老人が──」

「ラマです、ラマですよ、神父さま。彼らの国では、中には立派な紳士もいるんです」

「ラマですね。心配なのは、そのラマが来年の学費を払わなかったときのことなんです。その時の勢いでそれなりに事務的に計画したとしても、いつかは死んでしまうでしょうし。異教徒の金でキリスト教の教育を受けさせるというのも──」

「しかし、老人ははっきりとそうしてほしいと言っているではないですか。少年が白人だとわかったらすぐに、それにふさわしい取り決めをしたということでしょう？　ベナレスのティールタンカラの寺院で、老人が今回のことについてなんて説明したのか知ることができるなら、一か月の給料をはたいたっていいくらいだ！　いいですか、神父さま、わたしはここの土地の人々のことを知っているふりなどしませんが、老人が払うといえば、かならず払いますとも。生きていようと死んでいようとね。つまり、彼の後継者が支払いも受け継ぐはずです。わたしからの助言は、少年をラクナウへいかせなさいということです。英国国教会の牧師に、あなたが出し抜いたと思われるとしても──」

「ベネットめ！　わたしの代わりに前線にいったんです。ダウティが、わたしには健康上問題があると診断したものでね。ダウティめ、生きて帰ったら破門してやる！　だから、ベネットにはそれだけで満足してもらわんと──」

「そう、彼には前線に赴《おもむ》くという名誉だけでじゅうぶんでしょう。そして、あなたは宗教で満足なさる、ということです。そのとおりですよ。それに実際のところ、ベネットは気にしないと思いますよ。わたしのせいということにしておいてください。わたしが――そうですね、少年を聖ザビエルへいかせるよう強く主張したと。兵士の遺児《いじ》ということで通行証で移動できますよ。汽車賃の節約にもなります。連隊の寄付金のほうでは、服でも買ってやってください。支部《ロッジ》はあの子の教育費を払わずにすむわけですから、機嫌もよくなるでしょうし。なんの問題もありませんよ。わたしは来週、ラクナウへいかなければならないので、あの子をつれていきましょう。使用人たちに面倒を見させますし、そのあとのこともお任せください」

「助かります」

「なんでもありませんよ。感謝するのは、わたしにではありません。ラマは、はっきりした目的のために金を送ってきたのです。ただつっ返すわけにはいきません。ラマの言うとおりにしなければ。さあ、これで決まりですね？　では、そうですね、次の火曜日に南へいく夜行列車で、少年をわたしにあずけていただけますか？　あとたった三日です。三日じゃ、そう悪いこともできないでしょう」

「心の重荷がすっかりなくなりましたよ。しかし、これはどうします？」神父は手形をふった。「ゴビンド・サハイのことは知らないんです。彼の銀行も、探すのに苦労するような小さなところかもしれませんし」

「神父さまは、借金だらけの准大尉《じゅんたいい》とは大違いでらっしゃいますからね。よろしければ、わたしが現金に換えますよ。それで、きちんと手続きをふんで、領収証を送りましょう」

「しかし、ご自身のお仕事もあるのに！　それではあまりにも――」

「ちっとも手間ではありませんよ。民俗学者ですからね、興味があるんです。今している政府の仕事のためにも、この一件は記録しておきたいですし。あなたがたの赤い雄牛のような連隊の記章が、少年の迷信の対象になるなんて、実に興味深い」

「しかし、じゅうぶんなお礼もできません」

「ひとつだけ、お願いがあります。われわれ民俗学者は、ライバルの発見に対してはコクマルガラスのように嫉妬《しっと》深いんです。もちろん、自分たち以外には、なんの興味もないようなことなんですが。ほら、本の収集家がどんなだかはご存じでしょう。なので、少年のアジア的側面については、直接であれ間接であれ、だれにも言わないようにしてください。彼の冒険やら予言やらのことも。わたしがあとから、徐々に聞き出しますから。お願いできますか？」

「わかりました。あなたならすばらしい解釈をしてくださるでしょう。活字になるまでは決して口外しません」

「ありがとうございます。なにより民俗学者の身にしみるお言葉です。さてと、そろそろ朝食にもどらねば。おやおや！　マハブーブはまだいるか？」大佐が声をはりあげると、馬商人が木陰から出てきた。「さてと、なんだったかな？」

「あの若い馬のことですが、ポロの仔馬《こうま》になるように生まれてきて、教えもしないのにぴたりとボールを追いかけることができるんですよ。そういった仔馬は生まれつきゲームのやり方を知ってるってことです。そういうときに、仔馬に重い馬車をひかせるのは、大いなるまちがいだと思いますがね、サーブ」

「わたしもそう思うよ、マハブーブ。仔馬はポロにだけ、参加させよう――彼らは馬のことしか考えてないんですよ、神父さま――では、明日会おう、マハブーブ。売るのにいい馬がいるならな」

馬商人は乗馬者らしく無造作にさっと手をあげ、あいさつした。そして、苦しげに顔をしかめているキムにむかって小声で言った。「もう少しのしんぼうだ、世界の友。これから幸運が訪れるさ。もう少ししたら、ナクラオへいって、それから――さて、これで代書屋に金を払え。また会おう。きっとこれから何度も会うことになる」そして、馬を駆っていってしまった。

「いいかい」大佐がテラスから土地の言葉で言った。「三日のうちに、きみはわたしとラクナウへむかう。そのあいだずっと、たっぷりと新しいものを見たり聞いたりできるだろう。だから、あと三日のあいだはおとなしくして、逃げようとするな。きみはラクナウの学校へいくのだ」

「そこで老師さまに会える?」キムはすがるようにきいた。

「少なくとも、アンバラよりはラクナウのほうがベナレスに近い。きみはわたしの保護のもとに入ることになるかもしれん。マハブーブ・アリもそれは知っている。だから、もし今、街道へもどろうとしたら、やつはかんかんになるぞ。いいか、やつからはいろいろ聞いた。わたしは決して忘れないからな」

「それまで待つよ。だけど、あいつらがおれをぶつんだ」

そのとき、食事のラッパが鳴った。

7 ラクナウの学校《マドリッサ》

豊かな生をはらむ太陽たちが
おろかな月や、星のあとをたどる星々と
宙に浮かんでいるのは、だれのためだ？
そのなかに入っていくのだ――こっそり、音もたてずに
天は高みに、大地はその下で、戦う
その混乱を、このおののきを、あの恐怖を、うけつぐ者よ
（アダム、父たち、そして自らの罪に、つねに縛《しば》られて）
目を凝《こ》らし、占星図《せんせいず》を描き、告げよ
どの星が、おまえのあわれな運命を繕《つくろ》うのか、それとも損なうのかを！

『ジョン・クリスティ卿《きょう》』

その日の午後、赤ら顔の教師が、キムは「兵力から抹消《まっしょう》された」と言った。キムにはさっぱり意味がわからなかったが、さっさといって、遊んでいろと言われたので、さっそく市場へいって、切手代を借りた若い代書屋を見つけた。

「これで払ったぞ」キムはえらそうに言った。「だから、また別の手紙を書いてほしいんだ」

「マハブーブ・アリなら、アンバラにいるぞ」代書屋は陽気に言った。仕事が仕事なので、あらゆる情報の取扱所なのだ。

「今度のはマハブーブじゃない。坊さま宛《あ》てなんだ。さっさとペンを持って、書いてよ。『川を探しておられるチベット《ボティヤル》の僧タシ・ラマさま。ベナレスのティールタンカラの寺院気付』もっとインクを使えよ！　『三日以内に、わたしはナクラオの学校へいくためにナクラオへいきます。学校の名前はザビエルです。その学校がどこにあるか知りませんが、ナクラオにあります』」

「だが、ナクラオなら知ってるぞ」代書屋が口をはさんだ。「その学校も知ってる」

「なら、場所を書いておいて。半アンナやるから」

アシのペンがカリカリとせわしく文字を連ねた。「これなら、わかるだろう」代書屋は顔をあげた。「通りのむこうからだれか見てるぞ」

キムがあわてて顔をあげると、フランネルのテニスウェア姿のクレイトン大佐がいた。

「ああ、あれは兵舎《へいしゃ》の太った坊さんの知り合いのサーブだよ。手招きしてるな」

「なにをしている?」キムが走っていくと、大佐はたずねた。

「べ、べつに逃げようとしてたんじゃないよ。ベナレスにいる老師さまに手紙を送るんだ」

「それは思いつかなかったな。きみをラクナウへつれていくのは、わたしだということは、書いたかね?」

「ううん。書いてないよ。疑うなら、手紙を読んでいいよ」

「なら、なぜその僧に手紙を書くのに、わたしの名前を書かなかったのだね?」大佐はおかしな笑みを浮かべた。キムは思い切って言った。

「前に、どんな件にしろ、他人の名前を書くのはよくないって言われたんだ。名前を書いたせいで、せっかくのいい計画がぐちゃぐちゃになることがあるからね」

「いいことを教わっているな」大佐が言い、キムは顔を赤くした。「神父さまのテラスにタバコ入れを置いてきてしまった。今夜、わたしの家まで持ってきてほしい」

「家はどこ？」キムはすばやく頭を回転させ、どうやらこれはなんらかのテストらしいと気づいたので、警戒しながらきいた。

「市場の連中ならみんな知ってる」大佐はそのまま歩いていってしまった。

「タバコ入れを忘れたんだってさ」キムは代書屋のところへもどると言った。「今晩、家まで持っていかなきゃ。手紙はそれでぜんぶだけど、最後に三回書いて。『会いにきて！　会いにきて！　会いにきて！』」さあ、じゃあ切手代を払うから、投函《とうかん》しなきゃ」キムは立ちあがっていこうとしたが、ふと思いついてたずねた。「あのタバコ入れをなくした、怒った顔のサーブはどういう人なの？」

「ああ、あの人はただのクレイトンさんだ。頭の悪いサーブさ。大佐だけど、連隊は持ってない」

「仕事は？」

「さあね。しょっちゅうのれもしない馬を買って、神の創《つく》りしものに対してなぞなぞみたいなことばかりききまわってるよ。植物とか石とか風習とかね。馬商人たちはおろか者の王って呼んでる。馬のことでいつもころっとだまされちまうからさ。マハブーブ・アリにいたっちゃ、ほかのサーブに輪をかけて頭がやられちまってるとまで言ってる」

「へえ！」キムは言って、その場をはなれた。これまで訓練を積んできたおかげで、人を見る目はそれなりに備わっていたから、八千もの兵や大砲を招集することになる情報が、おろか者に与えられるわけがないのはわかっていた。全インドの最高司令官がおろか者に対して、キムがあのとき聞いたような話し方で話すはずがない。それに、マハブーブ・アリも、大佐がただのおろか者なら、大佐の名前を出すたびに声のトーンが変わったりしないはずだ。つまり、どこかになにか謎《なぞ》があって、マハブーブ・アリは大佐のためにスパイをしているにちがいない。キムがマハブーブ・アリのためにスパイをしていたように。その結論を導き出すと、キムの足は自然とスキップになった。ということは、馬商人と同じで、大佐も賢さをひけらかさない人間を重んじているにちがいない。

大佐の家を知っていることを言わなくてよかった、とキムは悦《えつ》に入《い》った。そして、兵舎《へいしゃ》にもどるときに、置きっ放しになったタバコ入れなどないことに気づき、うれしさで顔をかがやかせた。ついに探し求めていた人間に出会ったのだ。秘密のゲームをしている、一筋縄ではいかない人物。そう、彼がおろか者になれるなら、キムもなれるにちがいない。

ヴィクター神父が、三日つづけて午前中ずっと、聞いたこともない神や女神について講釈したときも、キムは自分の考えなどどちらとも見せなかった。ヴィクター神父はとりわけ熱心にマリアという女神のことを話したが、キムが理解したところでは、どうやらマハブーブ・アリの宗教のマルヤム（イスラム教におけるマリアのこと）にあたるものらしかった。講義のあと、ヴィクター神父に店から店へ引きずり回され、衣服類を買ったときも、少年鼓手《こしゅ》たちが自分よりいい学校へいくキムをうらやましがって、けとばしてきたときも、なんの感情も見せず、おもしろい人間と状況に応じたゲームをするときがくるのを、ひたすら待った。ヴィクター神父は善人だったので、キムを駅まで送り、クレイトン大佐の一等車両のとなりの、だれもいない二等車両にのせてやった。別れの言葉にも、心がこもっていた。

「オハラ、聖ザビエル校で立派な大人にしてもらうのだぞ。立派な白人に。そして、願わくは善人に。むこうは、きみがくることを全員、知っているし、迷子になったりまちがったほうへいったりしないよう、大佐が面倒を見てくださる。宗教のことに関しては、わたしが教えてやった。少なくとも教えてやれたと思いたい。だから、忘れないでおくれ、もし将来だれかに宗教をたずねられたら、カトリックと答えてくれ。ローマ・カトリックと言えば、なおいい。あまりその言葉は好きではないんだがな」

キムはひどいにおいのするタバコに火をつけた。市場で忘れずに買っておいたのだ。そして、横になって考えた。今回の一人旅は、三等車両で南へ下ったラマとの楽しい旅と大ちがいだ。「サーブっていうのは旅を楽しまないんだな。あーあ《ハイマイ》！　まるでボールみたいに、あっちこっちへいかされて。これが運命《キスメット》なのか。だれもキスメットからは逃れられないからな。でも、これからはマルヤムに祈りを捧《ささ》げるんだ。おれはサーブなんだから」キムはいやそうに自分の靴を見た。「いや、ちがう。おれはキムだ。この広い世界で、おれはただのキムなんだ。キムってだれだ？」キムは自分はなにものだろうと考えた。そんなことは初めてで、そのうち頭がくらくらしはじめた。この、なにもかもがごうごうと渦巻いているインドで、自分は取るに足らない人物でしかない。南では、なにが待ち受けているかもわからないのだ。

ほどなく、大佐に呼ばれ、長いあいだ話を聞かされた。それでキムは、どうやら自分はこれから勉強し、測量助手としてインド調査局に入るらしいということがわかった。出来がよくて、正式な試験に受かれば、十七歳の時点で一か月三十ルピーもかせげるらしい。クレイトン大佐が、ぴったりの職場を世話してくれるという。

キムは最初、大佐の話の三言に一言は理解しているふりをしていた。やがて、大佐が自分のまちがいに気づいて、流ちょうでいきいきとしたウルドゥ語に切り替えたので、キムはほっとした。これだけ言語に通じている人物がおろかなわけがない。音も立てず静かに動くし、目つきも、ほかのサーブのぼんやりした目とはぜんぜんちがう。

「そうだ、だから、道路や山や川を絵として覚えることを学ばねばならん。そうした風景を目に焼きつけておいて、しかるべきときがきたら、紙に記録するのだ。おそらくいつかおまえが測量助手になったら、いっしょに働いているときにわたしはこんなふうに言うかもしれん。『あの山を越えて、その先にあるものをたしかめてこい』しかし、ある者がこう言う。『あの山には悪い連中が住んでいて、測量助手がサーブだとみると、殺すのだ』そうしたら、どうする？」

キムは考えた。大佐のさし出してきた手に応《こた》えるのが安全だろうか？

「もうひとりの男が言ったことを伝えるよ」

「だが、もしわたしがこう答えたら？『あの山のむこうになにがあるか調べたら、百ルピー払おう。川の地図とその村の人間たちがどんなことを言っているかわかったらな』」

「おれにわかるわけないだろ？　まだ子どもなんだ。大人になるまで待ってよ」しかし、大佐の眉《まゆ》がくもるのを見ると、つづけた。「百ルピーなら二、三日でかせげるし」

「どうやって？」

キムはきっぱりと首を横にふった。「どうやってかせぐか話したら、ほかのやつが聞いて、じゃまするかもしれない。知識をただで売っちゃだめさ」

「言ってみろ」大佐は一ルピーをさしだした。キムは手を出しかけたが、おろした。

「だめだよ、サーブ。だめだ。答えに対していくら払われるかはわかったけど、どうしてそんな質問をするのか、理由がわからないからね」

「なら、これは小遣《こづか》いとして取っとけ」クレイトンは言って、ルピーをぽんと放った。

「おまえはなかなか気概がある。聖ザビエルでにぶらせるなよ。インド人をばかにするような連中がたくさんいるからな」

「そういうやつの母親にしたって市場の女なのさ」混血の子が、義理の兄弟に抱く憎しみほど深いものはないことを、キムはよく知っていた。

「たしかにな。しかし、おまえはサーブだし、サーブの子どもだ。だから、どんなときも、インド人を見下すようにはなるな。新しく政府の仕事についた連中が、インド人の言葉や習慣について知らないふりをするのを、何度も見てきた。なにも知らないということで減給だ。無知ほど大きな罪はない。このことは覚えておけ」

南への二十四時間の旅のあいだ、大佐は何度かキムを呼び出して、この最後の教訓についてさらに教え諭《さと》した。

最終的にキムはこう考えた。「つまり、おれたちは同じ一本の綱でつながるってわけだ。大佐とマハブーブ・アリとおれと。おれが測量助手になったら、大佐は、マハブーブ・アリがおれをやとってたみたいに、おれを使うつもりだ。悪くない。それで、また街道を旅することができるなら。この服はいくら着ても楽にならないからな」

人でごった返しているラクナウの駅に着いたが、ラマの姿はなかった。キムはがっかりした気持ちを飲みこみ、こざっぱりした荷物といっしょに、大佐に押しこまれるように四輪馬車《ティッカ・ガリ》にのって、ひとり聖ザビエルへむかって出発した。

「別れのあいさつは言わない。また会うからな」大佐は大きな声で言った。「これからまた、何度もな。おまえが気概のある人間なら。だが、まずは試してみないと」

「あのときは？　あんたに白い雄馬の血統書《けっとうしょ》をわたした夜さ」キムはあえて同等に「あんた」を使って言った。

「忘れたほうが多くを得られるものさ、ぼうず」大佐は言い、あわてて馬車に乗りこむキムの肩甲骨《けんこうこつ》のあいだを刺すように見つめた。

もとの調子にもどるのに、五分近くかかった。キムは新しい空気をありがたく吸いこんだ。「豊かな町だな。ラホールより豊かだ。市場はすごいぞ！　ねえ、御者さんよ、市場をとおっていってくれない？」

「あんたを学校へつれていくように命令されてるんでね」――「あんた」というのは、白人に対して使うと無礼にあたる。キムは、これ以上ないというほど明瞭《めいりょう》で流ちょうな土地の言葉でそれを指摘し、御者席にあがりこんで同意を取りつけ、二時間ほど町のあちこちを走りまわって、あれこれ値踏みしたり、比べたりして楽しんだ。ごてごてと飾りつけられたラクナウよりも美しい町はない。並ぶとすれば、あとはすべての町の女王であるボンベイくらいだろう。橋から川越しに見るのも、あるいは、古い砦《とりで》の塔イマンバラから、傘の宮殿と呼ばれるチャター・マンジルの黄金の屋根や、町を囲む森を眺めても、ほんとうに美しい。王たちはすばらしい建物を造って飾りたて、慈善《じぜん》をほどこして、押しよせる恩給《おんきゅう》生活者たちを住まわせ、町を血まみれにした。この町こそ、あらゆる怠惰《たいだ》と陰謀《いんぼう》と贅沢《ぜいたく》の中心であり、生粋《きっすい》のウルドゥ語を話す土地という称号を、デリーとわけあっていた。

「きれいな町、美しい町だ」ラクナウ出身の御者は、ほめ言葉に気をよくして言った。そして、英国人のガイドなら反乱の話をするところで、代わりにどぎもをぬくような話をいくつも聞かせてくれた。

「そろそろ学校へいくか」ついにキムは言った。パルティバスの由緒《ゆいしょ》ある聖ザビエル校は、町から少しはなれた、ゴムティ川の対岸に広大な敷地を有し、いくつもの低く白い建物が連なるように建っていた。

「あそこの人たちはどんな人たちなんだい？」キムはたずねた。

「若いサーブさ。悪魔のような連中だよ。だが、正直、おれは連中をのせて何度も駅とのあいだを行き来したが、おまえさんほど完璧《かんぺき》な悪魔の素質を持ってるやつにはお目にかかったことがないね。今、おれがのせてる若いサーブほどはね」

いかがわしい通りの二階の窓から顔を出す浮ついた女たちは下品だなどと教わったことのないキムは、とうぜんのように一人、二人に声をかけ、世辞《せじ》を言い、こなれたふるまいをしてみせたのだ。御者にそう言われてキムが言い返そうとしたそのとき、次第に濃くなる薄闇のむこうに人影が見えた。どこまでもつづいている壁の、白い漆喰《しっくい》の門柱に寄りかかってすわっている。

「止まって！」キムはさけんだ。「ここで待ってろ。まだ学校にはいかない」

「だが、さんざんいったりきたりした金はどうなるんだ？」御者はかっとなって言った。

「このガキは頭がおかしいのか？　さっきは踊り子、今度は坊さんときた」

キムは道路に飛び出していって、汚らしい黄色い僧衣《そうい》の下のほこりだらけの足をなでた。

「一日半待ったぞ」ラマは落ち着いた声で言った。「いや、弟子がいっしょだったのだ。ティールタンカラの寺院の友人が、今回の旅のために案内人をつけてくれたのでな。ベナレスからはトレインにのってきた。おまえの手紙を受け取ったからな。大丈夫だ、きちんと食べている。なにも困ってはいない」

「だけど、老師さま、どうしてあのクルのおばあさんといっしょにいなかったの？　どうやってベナレスへいったんだい？　老師さまと別れてから、心が重くてしょうがなかったんだ」

「あの老婦人は、ひっきりなしにしゃべりつづけ、子どもたちのためにお守りをくれとそればかり言うので、疲れてしまってな。ご婦人が徳を積めるように贈り物をもらい、別れたのだ。少なくとも気前のいいひとじゃった。なにか問題が起これば、また家に寄ると約束しておいたよ。それから、この広くおそろしい世界で一人っきりになったことを考え、トレインに乗ってベナレスへいくことにしたのだ。ベナレスなら、ティールタンカラの寺院に、わたしと同様、道を求める者が暮らしているのでな」

「そうだ！　川は？　川のことを忘れてたよ」

「そんなにすぐにか、弟子《チェラ》よ。わたしは一度たりとも忘れたことはないぞ。しかし、おまえと別れた以上、一度寺院にいって、相談したほうがよいと考えたのだ。なぜなら、おまえも知ってのとおり、インドはとても広い。われわれの前にも、賢い者たちが川の場所についてなんらかの記録を残しているかもしれんからな。ティールタンカラの寺院でも、この件に関しては意見が割れておってな。ある者はこう言い、別の者はちがうことを言う。礼儀正しい者たちだよ」

「ならいいけど。でも、今はどうしてるの？」

「おまえが知識を手に入れるのに手を貸すことで、徳を積んでいる。赤い雄牛に仕《つか》えている者たちの僧が、すべてわたしの望みどおりにすると手紙を書いてきたのだよ。だから、一年分の金を送ったのだ。それから、このとおり、ここへやってきた。おまえが学びの門をくぐるのを見届けようと思ってな。一日半待ったのだ。おまえへの愛情ゆえではない。

この世のものに愛着を持つのは、正しい道からそれるということだからな。しかし、学問のための金を払った以上、最後まで見届けるのがわたしの権利だと考えたのだ。ティールタンカラの寺院でもそう言われた。寺院の者たちがわたしの迷いを打ち消してくれたのだ。わたしはおそれていた。ここにきたのは、おまえに会いたいからではないかと。愛情という赤い霧がゆえに道を誤っているのではないかと。そうではない……しかも、ある夢に悩まされてな」

「だけど、老師さま、もちろん、街道のことや、そこで起こったことを忘れちゃいないよね。もちろん、ここにきたのは、おれに会いたかったっていうのも少しはあるでしょ」

「馬たちが寒がってるよ。食事の時間もすぎてんだ」御者がなさけない声で言った。

「地獄《ジャハンナム》へ落ちて、破廉恥《はれんち》な叔母とでも暮らしてろ！」キムは肩越しにどなった。「この土地でおれはひとりぼっちなんだ。自分がどこへいくのかも、なにが起こるのかもわからない。おれの気持ちは、老師さまに送った手紙に書いたとおりだよ。マハブーブ・アリをのぞいたら、あなたしか友人はいないんだよ、老師さま。それに、あいつはパタン人だし。すっかり消えちまうようなことはしないで」

「わたしもそのことについては考えた」ラマは声をふるわせた。「川が見つかっていなければの話だが、わたしはおまえが知恵への道を歩んでいることをときおり確認することで、徳を積めるのはまちがいない。ここでなにを教えるのかは知らぬが、あの英国の僧の手紙には、インドじゅうのサーブの息子の中でも最高の教えを受けられると書いてあった。ゆえに、ときおりここにはくるつもりだ。もしかしたら、おまえも、ラホールのふしぎの館《やかた》でわたしにこのメガネをくれたサーブのようになるかもしれんな」ラマはメガネを念入りにふいた。「それがわたしの希望だ。あの方はまことに知恵の泉のようだったからな。たいていの修道僧よりも知恵があった……しかし、おまえのほうが、わたしのことや、わたしと出会ったことなど忘れるかもしれん」

「あなたのパンを食べたら、忘れられるわけないよ！」キムは必死になってさけんだ。

「いや、だめだ」ラマは少年を押しやった。「わたしはベナレスへ帰らなければ。この土地の代書屋の習慣はわかったから、これからときおりおまえに手紙を出そう。それに、ときどき会いにくる」

「だけど、おれはどこに手紙を送ればいいの？」キムは泣いて、自分がサーブだということなど忘れて、僧衣《そうい》にしがみついた。

「ベナレスのティールタンカラの寺院宛《あ》てに出せばよい。川を見つけるまでは、そこにいるつもりだ。泣くな。いいか、すべての欲望は幻想にすぎず、輪廻《りんね》の輪に新たにしばられるだけなのだ。学びの門をくぐりなさい。わたしが見送るから……わたしのことを愛しているか？　ならば、いきなさい。でないと、わたしの心ははりさけてしまう……またくる。必ずまたくるから」

ラマは四輪馬車《ティッカ・ガリ》が敷地に入っていくのを見ていた。それから、一足ごとに洟《はな》をすすりながら、去っていった。

学びの門がガチャンと音を立てて閉まった。

この国で生まれ育った少年は、独特の習慣ややり方を身につけていて、それらは、ほかのどの国のものともちがっている。だから、教師たちも、英国人の指導者には理解できないような方法で教育に取り組むことになる。ゆえに、二、三百人もいる聖ザビエルの早熟な少年たちの一人としてキムが経験したことに、英国人はたいした興味は持たないだろう。ほとんどの少年が海すら見たことがないのだ。

キムは、町でコレラがはやっているときにしょっちゅう外出禁止令を破っては、罰を受けた。だがそれは、きちんとした英語が書けるようになるまでの話だ。それまでは、市場へ代書屋を探しにいく必要があった。もちろん、喫煙《きつえん》や、聖ザビエルの生徒たちですら聞いたことがないようなわいせつな言葉を使って、とがめられたこともある。旧約聖書《きゅうやくせいしょ》の儀式を守るレビ族さながらの、この土地で生まれた者の几帳面《きちょうめん》さでからだを洗うことも覚えた。内心、英国人はむしろ不潔だと考えていたのだ。寝室でしんぼう強く天井の扇風機を回しつづける苦力《クーリー》（日雇い労働者）にいつものような策略を用いたこともある。おかげで少年たちは暑い夜をのたうちまわり、夜明けまでしゃべりながらすごすことになった。そうやってひそかに、自信満々の級友たちと競ったのだ。

　生徒たちの親は、鉄道局や電報局、運河局の下級官吏《かんり》や、准尉《じゅんい》が多かった。藩王国《はんおうこく》の軍隊の退役した、あるいは現役の最高司令官もいる。ほかにも、インド海軍の恩給受給者《おんきゅうじゅきゅうしゃ》や、大農園主、商人、宣教師などがいた。ダーマタラに根を下ろしたむかしからの混血の家の次男坊、三男坊もいる。ペレイラ家、ド・スーザ家、ド・シルヴァ家などだ。彼らの両親は息子たちにイギリスで教育を受けさせることもできたのだが、若いころ通った学校を愛しており、次世代の土色の肌の子どもたちを聖ザビエル校へやるのだ。そういった子どもたちの家があるのは、鉄道局の人々が住むハウラから、チンギールやチュナルといった今では使われていない野営地まで幅広く、シロン街道のかつての茶畑や、父親が大地主であるオウドやデカンの村、いちばん近い鉄道の駅から一週間もかかる宣教所、さらには、南へ数千キロいったところにある、真ちゅう色のインドの波が打ちよせる港からきた者もいる。そうした場所と学校を行き来する冒険談だけでも、ヨーロッパの少年たちをふるえあがらせるだろう。だが、当の少年たちにとっては、冒険でもなんでもないのだ。彼らはしょっちゅう、ひとりでジャングルの中を百キロもゆるゆると歩き、トラに出くわして目的地につくのが遅れるなんてことがあれば、むしろ大喜びだ。だが一方で、英国の八月に英仏海峡で泳ぐなど考えられない。英国の少年たちが、自分ののっている駕籠《パランクィン》がヒョウにかぎまわられても平然としているなんて考えられないのと同じだ。

十五歳の彼らが、氾濫《はんらん》した川の真ん中の小島で、半狂乱になった巡礼者《じゅんれいしゃ》たちを、とうぜんのように一日半かけて救助したことがあった。聖ザビエルの名を使って、たまたま会った王《ラジャ》の象を召しあげた上級生もいる。父親の土地へもどるのに、雨で馬車道が流されてしまったのだ。しかし、流砂《りゅうさ》で危うくその巨大な動物をうばわれかけたらしい。父親を手伝って、アッサム地方で暮らす蛮族《ばんぞく》を、テラスからライフル銃で撃退したことがあると言っている少年もいる。疑う者はいなかった。当時、そうした首狩り族が人里はなれた大農園《プランテーション》をおそうことがあったのだ。

こうした話はすべて、この土地で生まれた者の淡々とした落ち着いた口調で語られ、土地の乳母《うば》たちから無意識のうちに借りてきた風変わりな考えや、その場で土地の言葉から翻訳したとわかる言い換えなどが交じった。キムは目を開き、耳をすまして、そうした話を受け入れた。鼓手《こしゅ》の少年たちのとぼしい言葉で語られるおもしろみのない話とはちがう。キムの知っている生活の話であり、理解できるところもあった。学校の空気もキムに合っていた。キムは少しずつ成長していった。気候が暖かくなってくると、白い演習服が与えられた。キムはこんな快適な服があったのかと、大喜びでそれをまとった。持ち前のするどい知性を働かせ、学校の課題に取り組むのも楽しかった。英国人の教師なら、キムがどんどん吸収するさまに目を細めただろう。しかし、聖ザビエルでは、太陽と環境により子どもたちの知性が一気にとぎすまされることはとうぜんと考えられており、十二、三歳で、半分はだめになってしまうことも周知の事実だった。

にもかかわらず、キムは目立たないようにすることを忘れなかった。暑い夜におしゃべりに花が咲いても、キムはこれまでの経験談で座を独り占めするようなことはしなかった。なぜなら、聖ザビエルでは、「土地の者になりきった」少年は見下されていたのだ。自分がサーブであることを忘れてはならない。そして、いつか、試験に合格したら、土地の者に命令する立場になるのだ。キムはそれを心に刻んだ。その試験がどういう意味を持つか、だんだんとわかってきたからだった。

そして、八月から十月までの休暇がやってきた。暑さと雨季のため、どうしても長くなる。キムは、北へいって、アンバラの裏手にある高地の駐屯地《ちゅうとんち》へいくようにと告げられた。ヴィクター神父がキムのために準備を整えてくれることになっているという。

「兵舎《へいしゃ》の学校ですか?」キムはいつも山のような質問をしたし、質問する以上のことを考えていた。

「ああ、そうだろうな。おかげで悪さをしないですむのだから、おまえにとっても悪くはないだろう。デリーまではド・カストロといけばいい」教師は言った。

キムはあらゆる視点から考えてみた。これまで、大佐に言われたとおり、熱心に勉強してきた。休暇は自分のものだ。ほかの生徒たちが話していたことから、それはわかる。それに、兵舎の学校にいくのは、聖ザビエルのあとでは拷問《ごうもん》だ。さらに、キムはもう書くことができる。これはなににも勝《まさ》る魔法だった。この三か月で、第三者を介さずに意思を伝えるすべを手に入れたのだ。半アンナを払って、しかも、知っていることを少々漏《も》らす必要もない。ラマから手紙はこなかったが、まだ街道がある。足指のあいだからやわらかい泥がじわっとにじみ出してくる心地よい感触がなつかしかった。バターとキャベツで煮た羊肉のことを考えるとよだれが出る。強い香りのカルダモンをふりかけたりサフランで色づけしたりしたライス、ニンニクにタマネギ、市場で売っている脂っこい禁断の菓子。兵舎の学校では、皿から生の牛肉を食べさせられ、タバコもかくれて吸わなければならなかった。でも一方で、キムはサーブであり、聖ザビエルの生徒だ。あのマハブーブ・アリのやろうだって……いや、マハブーブがもてなしてくれるかどうか試すようなことはしないほうがいい。それに――キムは寮で一人、考えをめぐらせた――おれはあのときマハブーブがよかれと思ってやってくれたのをわかっていなかった。

学校にはだれもいなかった。ほとんどの教師がすでに帰っていた。手元には、クレイトン大佐がくれた鉄道の通行証がある。羽目を外したときも、クレイトン大佐とマハブーブからもらった金は使わなかった自分をほめてやりたい気持ちだった。まだ二ルピーと七アンナも残っている。なにもない寝室には、彼のイニシャル〈K・O・H〉が刻印《こくいん》された新しい牛革のトランクと丸めた寝具がぽつんと置いてあった。「サーブたちはつねに荷物にしばられてるんだ」キムはトランクと寝具のほうへむかってあごをしゃくった。「置いていこう」そして、罪深い笑いを浮かべると、温かい雨の中に出ていって、前に心に留《と》めておいた家を探しにいった……。

「ちょっと！　ここにいるのがどういう女たちかはわかってるのかい？　恥知らず！」

「おれが昨日生まれたように見えるか？」キムは土地の者がやるように、二階の部屋のクッションにしゃがみこんだ。「染料を少々と布を三メートルほどくれ。ちょっとしたお遊びさ。そのくらいたいしたことないだろ？」

「どこの女だい？　あんたはまだこういうものを贈るには、若すぎるよ、サーブなんだから」

「どこの女かって？　ああ、野営地の連隊の、ある教師の娘なんだ。その教師にもう二度もたたかれちまってさ。この服で塀を乗りこえたからだよ。だから、今度は庭師の小僧のふりをしていくのさ。じいさんっていうのは、自分のものを取られまいと一所懸命だからね」

「たしかにね。いいかい、顔を動かさないようにね、汁を塗ってやるから」

「あまり黒くしないでくれよ、踊り子《ネイカン》さん。娘に黒ん坊《ハブシ》だと思われたくはないからね」

「ああ、愛があればそんなことどうでもよくなるさ。その娘は何歳なんだい？」

「十二だと思う」キムはしゃあしゃあと言った。「胸のほうにも塗って。父親に服をひきさかれるかもしれないだろ。そんとき、まだらじゃさ――」キムは笑った。

踊り子はねじった布を茶色の染料の入った皿に押しつけるようにして、せっせとキムの肌に色をつけていった。こうした染料はクルミ汁より長く持つのだ。

「さてと、あとはターバンにする布を持ってきてよ。困ったな、頭の毛も刈ってない！　父親がターバンもたたき落とすに決まってるのに」

「あたしは床屋じゃないからね。だけど、うまくやってあげるよ。生まれながらの女泣かせだね！　たった一晩のために、これだけのことをするんだから。いいかい、これは洗っても落ちないよ」女が大笑いしたので、腕輪や足輪がジャラジャラ鳴った。「だけど、この分はだれが払ってくれるんだい？　あのヒュネーファだって、これよりいいものはくれないよ」

「神々を信じなって、姉さん」キムはいかめしく言うと、あちこち顔をゆがめながら染料がかわくのを待った。「ところで、これまでサーブが顔を塗るのを手伝ったことはあるかい？」

「ほんとのこと言って、一度もないわ。おふざけが金になるわけじゃないし」

「でも、金に換えがたい価値があるだろ」

「ぼうや、まったくあんたみたいな恥知らずの悪魔《シャイタン》の息子には、会ったことがないよ。こんなおふざけで哀《あわ》れな女の時間を使ってさ。それで、『おふざけでじゅうぶんだろ？』とはね。あんたなら世界の果てまでいくだろうよ」女はふざけて踊り子特有のあいさつをしてみせた。

「どうでもいいさ。急いで、ざっと髪を切っちゃって」キムはからだをゆらしながら、これから待ち受けている豊穣《ほうじょう》な日々を思い、よろこびで目をかがやかせた。そして、女に四アンナをやり、階段を駆けおりたが、そのすがたは下層カーストのヒンドゥーの少年そのままだった。どこをとっても完璧《かんぺき》だ。次に寄ったのは小料理店で、脂っこい食べ物をたっぷりと腹に詰めこんだ。

ラクナウの駅のホームで、キムはあせもだらけのド・カストロが二等車両にのりこむのを確認した。キム自身は三等がお気に入りだった。キムがのると、車両がたちまちにぎやかになった。乗客には、自分は手品師の弟子で、熱を出して置いていかれたから、アンバラで師と合流するのだと説明した。乗客が変わるたびに話も変わる。ありとあらゆる尾ひれをつけ、しばらく土地の言葉から遠ざかっていたせいもあって、どんどん大げさになっていく。その晩、インド全土を見わたしても、キムほど喜びにあふれた者はいなかっただろう。アンバラにつくと、汽車をおり、あの老兵士が住んでいる村を目指して、東へむかって水浸《みずびた》しの野原をわたっていった。

そのころ、シムラにいるクレイトン大佐のもとに、オハラの息子が消えたという知らせが届いていた。ちょうどマハブーブ・アリが馬を売るのに町に滞在していたので、大佐は朝、アナンデールの競馬場へいって、馬を走らせながら今回の件について相談した。

「ああ、それならたいしたことはありませんよ」馬商人は言った。「人間は馬みたいなもんです。塩が必要なときもある。その時に飼い葉おけに塩がなければ、土をなめて塩をとる。あいつは街道にもどっただけですよ、ちょっとのあいだね。学校《マドリッサ》に飽きたんでしょう。そうなるのはわかってました。次からは、おれがやつを街道につれていくようにしますから。心配する必要はありませんよ、クレイトン・サーブ。ポロの仔馬《こうま》が独力でゲームの仕方を学ぶために、逃げ出したようなもんです」

「なら、死んだわけじゃないんだな?」

「熱病で死ぬことはあるかもしれませんがね。でも、やつにかぎっては、ほかのことは心配してませんよ。ジャングルにいりゃ、サルは木から落ちたりしないでしょう?」

次の朝、同じ競馬場を、マハブーブは雄馬で大佐とならんで走った。

「思ったとおりです」馬商人は言った。「少なくともアンバラをとおったことはわかりました。そこから手紙を寄こしたんです。市場でおれがここにいることを聞きつけたんでしょう」

「読んでみろ」大佐はほっとため息をもらした。彼のような地位の人間が、この土地で生まれたたかが浮浪児のことをこれだけ心配するなど、ばかげたことに思えたが、汽車でキムと話したときのことが忘れられなかったのだ。ここ数か月というもの、気がつくと、風変わりで口数が少なく、冷静な少年のことをしょっちゅう考えているのだった。キムが逃げ出したことはもちろん、相当な無礼ではあるが、彼の機転と度胸の証明でもある。

マハブーブは目をきらりと光らせ、せまい平地の真ん中に馬を進めた。そこなら、だれかがくればすぐに見える。

「『星の友にして全世界の友――』」

「なんだ、それは?」

「ラホールでは、あの子はそう呼ばれてたんですよ。『全世界の友は休みを取って、自分のいるべき場所にいく。約束の日にはもどる。箱と寝具一式を届けてほしい。なにかまずいことがあれば、友情の手で災難のムチを払いのけてほしい』まだあるんですが、その――」

「かまわん、読め」

「『フォークで食べてる連中には、わからないことがある。しばらくは、両方の手を使って食べたほうがいい。それがわからない連中には、うまく話しておいてほしい。もどってから、万事都合がいいように』こういった書き方はもちろん、代書屋の仕事でしょうが、やつがどれだけ賢く立ち回っているかはわかるでしょう。事情がわかってる者以外には、なんの手がかりも与えないようにしてるんです」

「つまり、まさに今、友情の手で災難のムチを払いのけようとしているわけだな？」大佐は笑った。

「あいつはほんとうに賢い子ですよ。あいつはまた街道にもどりますよ、おれの言ったとおりね。まだ大佐の仕事のことについては知りませんが――」

「それはどうかな」大佐はつぶやいた。

「大佐との関係がまずいことにならないよう、おれにたよってきたんです。賢いじゃありませんか？　かならずもどると言ってます。自分の知識を完璧《かんぺき》なものにしようとしてるんですよ。考えてもみてください、サーブ！　あいつは三か月のあいだ、ちゃんと学校にいたんです。なのに、ちっとも飼い馴《な》らされちゃいません。おれとしては、万々歳ですよ。仔馬《こうま》はゲームのやり方を学んでるんです」

「なるほど、だが、次回はひとりでいかせるな」

「どうしてです？　あいつは、大佐のもとにくる前は、ひとりでやっていたんですよ。〈大いなるゲーム《グレート》〉に加わるときになったら、ひとりでやらなきゃならないんです。ひとりで、しかも自分の首をかけてね。そのときにもし、あいつが見はってる連中とちがうつばの吐きかたやクシャミやすわりかたをしたら、殺されるかもしれないんです。なぜ今、あいつのじゃまをするんです？　ペルシャ人が言ってるじゃないですか。マザンダランの荒野に住むジャッカルは、マザンダランの犬にしか捕まえられないってね」

「たしかに。たしかにそうだな、マハブーブ・アリ。あの子が無事に帰ってくれば、それ以上望むことはない。だが、あの子のやったことはとんでもない無礼だぞ」

「やつはおれにすら、どこへいくかは言ってません。あいつはバカじゃない。やりたいことをやり終えたら、おれのところにきますよ。そうしたら、あの真珠の色を取りもどすお方にあいつを預けましょう。あっという間に熟《う》れちまいますからね。サーブの方々もそうお思いでしょう」

　この予言は、一か月後に成就《じょうじゅ》した。そのとき、マハブーブ・アリは新しく預けられた馬たちを調教するため、アンバラへむかっていた。キムはカルカ街道でマハブーブを待ち伏せ、たそがれの中一人でやってくるマハブーブを見ると、施《ほどこ》しを願い、ののしられると、英語で返事をした。マハブーブ・アリがおどろいて息をのんだ音が聞こえる範囲には、人影ひとつなかった。

「なんと《オホ》！　どこにいたんだ？」

「いったりきたり、きてはいったり、さ」

「木陰にこい。雨でぬれる。話を聞かせろ」

「しばらくはアンバラの近くに住んでる老人のところにいたんだ。それから、アンバラにいる知り合いの家へいった。それで、その家の一人と南のデリーまでいったんだ。デリーは、すごい町だね。それから、油売り《テリ》のために牛車《ぎっしゃ》の御者をして、北へむかった。でも、パティヤーラーの都ででかい祭りがあるって聞いてね。花火職人といっしょにそっちへいったんだ。すごいごちそうだったよ」（キムは腹をさすってみせた）「ラジャたちも見たよ。それから、金や銀の飾りをつけた象も。いっぺんにぜんぶの花火に火をつけてさ。十一人が死んだよ。おれの知り合いの花火職人もそれで死んじまってさ、おれもテントのむこうまで吹っ飛ばされたんだけど、けがはしなかった。それで、シーク教徒の馬主とレルまでもどったんだ。そいつの馬の世話をしてね。で、ここにきたってわけさ」

「よくやったな！《シャバッシュ》」マハブーブ・アリは言った。

「だけど、大佐はなんて言ってる？　たたかれるのは嫌だよ」

「友情の手が、災難のムチを払いのけてやったさ。だが、今度街道に出るときは、おれといっしょだ。おまえにはまだ早い」

「遅すぎるくらいだよ。学校《マドリッサ》で英語の読み書きも習ったんだ。すぐに完璧《かんぺき》なサーブになるよ」

「よく言うな！」マハブーブは笑って、雨の中、びしょぬれになって跳ねまわっているキムを見た。「落ち着け、《サラーム》サーブ」そして、皮肉たっぷりに敬礼してみせた。「じゃあ、街道に飽きたなら、おれとアンバラにいって、また馬の仕事をするか？」

「そうするよ、マハブーブ・アリ」

8　マハブーブとの休暇

育ててくれた土に感謝を
食した命に礼を
だが、もっともありがたきはアラー
われに、ふたつの意識を与えたもうた神

シャツも着ず、靴も履《は》かず
友も、タバコも、パンも持たずにいこう
一瞬にして、
どちらかを失うよりは

『ふたつの考えを持つ男』

「なら、神の名において、赤の代わりに青にしてくれ」マハブーブは、キムがつけている、ヒンドゥー教徒の赤色をしたむさ苦しいターバンを見て言った（一般的には、ヒンドゥーを象徴する色はサフラン色、イスラム教は緑）。

キムはすかさず古いことわざを引用した。「信仰も寝床《ねどこ》も変えますよ、あんたが金を払ってくれりゃね」

馬商人は馬から落ちそうになるほど笑った。そして、町のはずれの店で着がえ、キムは、少なくとも見かけだけは、イスラム教徒になった。

マハブーブは鉄道の駅のむかいに部屋をとり、最高級の食事とアーモンド風味の揚げ菓子（バルシャイと呼ばれているものだ）、それから、細かくきざまれたラクナウのタバコを取り寄せた。

「シーク教徒の馬主と食べた肉よりもおいしいよ」キムはしゃがんだままにんまりと笑った。「おれの学校《マドリッサ》じゃ、こんな食べ物はぜったい出してくれないからな」

「その学校《マドリッサ》の話を聞きたかったんだ」マハブーブも、スパイスをまぶして揚げた羊肉の塊《かたまり》にかぶりつきながら言った。付け合わせは、キャベツと黄金色のタマネギだった。「だが、その前に、どうやって逃げ出したのかぜんぶ正直に話せ。というのもな、世界の友よ──」マハブーブははち切れそうなベルトをゆるめた。「サーブやサーブの息子は、そうしょっちゅうあそこから逃げ出さないと思うんでな」

「そりゃそうさ。やつらはこの国のことを知らないんだ。なんでもなかったよ」そう言って、キムは話しはじめた。市場の踊り子とのやりとりや変装のことを話すと、最初、深刻な顔をしていたマハブーブ・アリも大笑いし、ももをぴしゃりとたたいた。

「よくやった《シャバッシュ》！　よくやったな《シャバッシュ》！　お見事だよ、ぼうず！　トルコ石をみがくお方はなんて言うだろうな！　さてと、そのあとのこともゆっくり時間をかけて話してもらおう。ひとつひとつ、なにも抜かさずにだぞ」

そこで、キムはタバコの濃厚《のうこう》な煙が肺に達するたびに咳《せき》をしながら、今回の冒険についてひとつひとつ話して聞かせた。

マハブーブ・アリは低い声でつぶやいた。「やはり、おれの言ったとおり、この仔馬《こうま》はポロをするために逃げ出したんだ。すでに実は熟してる。あとは、距離や歩幅を知り、測量棒とコンパスの使い方を学ぶだけだ。いいか、聞け。おれは、大佐のムチを払いのけてやった。これは簡単なことじゃないんだぞ」

「わかってる、わかってるよ」キムは落ち着き払ってタバコを吸いこんだ。

「今回の逃げたりもどったりっていうのが、よかったなんて思うんじゃないぞ」

「今回は休暇だったんだよ、ハジイ。何週間も奴隷《どれい》だったんだ。学校がないときくらい、逃げたっていいだろ？　それにさ、そのシーク教徒の馬主のときみたいに、友だちにたよったり働いたりして、自分で食いぶちをかせげば、大佐だって金の節約になるしさ」

マハブーブのきれいに整えられたイスラム教徒の口ひげの下で、唇がひくひくした。

パタン人はむとんちゃくに手を広げてみせた。「そんなはした金、大佐にはなんでもないんだ。それに、大佐は目的があって金を使っている。おまえが好きだからじゃない」

「そんなことなら」キムはおもむろに言った。「ずっと前からわかってたよ」

「だれに聞いた？」

「大佐が自分で言ったんだ。べらべらしゃべったわけじゃないけど、よほどのバカじゃなきゃ、わかるようにね。ああ、ラクナウへいくトレインの中で大佐が自分でしゃべったんだ」

「なら、いい。そういうことなら、おれがもっと話してやろう、世界の友。この首を貸すようなもんだがな」

「それならとっくにおれのものだよ」キムは心から味わうように言った。「アンバラで、鼓手《こしゅ》のやつになぐられたおれを、あんたが馬に乗せたときにね」

「もっとわかりやすく話せ。世界じゅうがうそをつくが、おれとおまえは別だ。なぜなら、もしここでおれが指を一本、あげりゃ、おまえの命もおれのもんだからな」

「それもわかってるよ」キムは、パイプにのせた火のついている炭団《たどん》の位置を直しながら言った。「あんたとのあいだには固い絆《きずな》がある。実際あんたの力のほうがおれよりもたしかさ。ガキが殴り殺されようが、そうだな、道ばたの井戸に投げこまれようが、だれも悲しんじゃくれないからね。でも、マハブーブ・アリが自分の馬たちの真ん中で死んでるのが見つかったら、ここやシムラや高地のむこうの峠を越えたところでだって、こう言われるだろうよ。『マハブーブ・アリになにがあったんだ』ってね。まちがいなく、あの大佐も調べ出すさ。だけどね」キムはずるそうに顔にしわを寄せた。「いつまでも調べたりはしないのも、たしかさ。じゃないと、『サーブの大佐が馬商人なんかとどんな関係があったんだ?』ってみんなが言い出すからね。だけど、おれが、そう、もしおれが生きてたら——」

「その場合、まちがいなく死んでるだろうがね」

「かもね。だから、もし、って言ったろ。もしおれが生きてて、そしてもしおれが、そう、おれだけが知ってたら? 夜中にだれかが、そう、たぶん、ただのどろぼうのふりをして隊商宿のマハブーブ・アリの部屋に忍びこんで、マハブーブを殺したのをさ? マハブーブの鞍袋《くらぶくろ》から、靴の底のあいだまで、すっかり探したあとか前にね。それは、大佐に話したほうがいいのかい？　それとも、大佐はこう言うかもしれないね――置き忘れてもいないタバコの箱を取りにいかされたことは、忘れちゃいないんだ――『マハブーブ・アリがわたしになんの関係があるというんだ』ってさ」

濃い煙がすうっとあがっていった。そして長い沈黙のあと、マハブーブ・アリはすっかりおどろきいった声で言った。「で、おまえはそうしたことがわかっていながら、学校《マドリッサ》でサーブの息子たちと寝起きしてるのか？　おとなしく教師の言うことをきいて？」

「だって、それが命令だろ」キムはそっけなく言った。「命令にはさからえないだろ？」

「完璧《かんぺき》なるイブリース（イスラム教の悪魔の主）の申し子だな」マハブーブ・アリは言った。「だが、そのどろぼうと家捜《やさが》しの件はなんなんだ？」

「この目で見たのさ。カシミールの隊商宿であんたの仕切りのとなりに老師さまと寝ていたときに。ドアにかぎがかかってなかったんだ。あんたらしくないな、マハブーブ。そいつは、あんたがすぐにはもどってこないってわかってて、忍びこんだんだ。おれは仕切りの節穴からのぞいてたんだよ。なにかを探してた。敷物でもあぶみでも馬勒《ばろく》でも真ちゅうの鍋でもない。もっと小さくて、細心の注意を払ってかくされてるものだ。じゃなかったら、ナイフを使ってあんたの靴の裏まではがしたりしないだろ？」

「ほう！」マハブーブ・アリはおだやかに笑った。「で、それを見て、おまえはどういうことだと思ったんだ、真実の泉よ？」

「なにも。いつも肌身はなさず持ってるおれのお守りに手をやって、白い雄馬の血統書《けっとうしょ》のことを思い出したのさ。ナンをかじったら、出てきたやつをね。それで、どうやらおれの肩には重い責任がかかっているらしいってことに気づいて、アンバラを目指したんだ。そのとき、あんたの首をとることだってできたんだぜ。だって、そいつに言うだけでよかったんだ。『馬のことを書いた紙を持ってます。おれには読めないけど』ってね。そしたらどうなったと思う？」キムは眉《まゆ》の下からじっとマハブーブを見つめた。

「そうしたら、水を二回飲むことになってたろうさ。いや、三回かもしれんな。さすがのおれも、それ以上はしないさ」マハブーブはさらりと言った。

「たしかにね。そのことも、ちょっとは考えたよ。だけど、真っ先に浮かんだのは、おれはあんたのことが好きだってことさ。だから、アンバラにいった。あんたも知ってのとおりさ。だけど、これはあんたも知らないと思うけど、おれは庭の草むらにかくれて、見てたんだ。クレイトン大佐が白い雄馬の血統書を読んでなにをするかってね」

「で、なにをしたんだ？」キムが会話をとぎらせたので、マハブーブはきいた。

「あんたは友情のために情報をさしだすかい？　それとも金で売る？」キムはたずねた。

「金で売る。そして、買う」マハブーブは腰巻きから四アンナを出して、かかげてみせた。

「八アンナだ！」東洋人の本能が無意識のうちに呼び覚まされたのだ。

マハブーブは笑って、硬貨をしまった。「取引としちゃ、かんたんすぎるな、世界の友よ。友情のために話せ。おれたちはたがいに命を預けてるんだ」

「いいだろう。最高司令官《ジャンギラット》が、でかい晩餐会《ばんさんかい》にきたんだ。クレイトン大佐の書斎にいたよ。二人で白い雄馬の血統書を読んでた。それで、でかい戦争をするって命令するのを聞いたんだ」

「ほほう！」マハブーブはうなずいた。その目は燃えるように光《ひか》っていた。「ゲームはうまく進んだよ。今、その戦争が起こってる。花が咲く前に悪が摘《つ》み取られることを祈ろう。おれとおまえのおかげでな。そのあとはどうしたんだ？」

「村の連中から食料と尊敬を釣るえさとして使ったよ。そこの村のバラモンが、老師さまに薬を盛ったんだ。おれがちゃんと財布を持ってたから、なにも見つけられなかったけどね。だから、次の日、バラモンはかんかんでさ。ハハ！　それから、雄牛の連隊に捕まったときにも、使わせてもらったよ！」

「おろかなことを」マハブーブは顔をしかめた。「情報っていうのは牛糞《ぎゅうふん》燃料みたいにばらまくもんじゃないんだ。慎重に使わんと。大麻《バング》のようにな」

「今はそう思ってる。それに、ちっとも得しなかったしさ」キムは細い褐色の手ですべてを払い落とす仕草をした。「でも、むかしの話だ。それ以来、特に学校《マドリッサ》で大うちわ《プンカ》の下にいる夜なんかに、よく考えてたよ」

「で、その神童はどういう結論に達したのか、教えていただけますかね?」マハブーブは皮肉たっぷりに言うと、赤いひげをなでた。

「いいとも」キムはマハブーブの口調に対抗して言った。「ナクラオでは、サーブは、黒人の前で自分がまちがったと認めてはいけないことになってるんだ」

マハブーブは思わず手をふところにやった。パタン人を「黒人《カラ・アドミ》」と呼ぶのはひどい侮《ぶ》辱《じょく》なのだ。しかし、それからわれに返り、笑って言った。「つづけろよ、サーブどの。黒人はお聞きしますよ」

「でも、おれはサーブじゃない。だから、あんたをののしったことはまちがいだったと認めるよ、マハブーブ・アリ。あの日、アンバラで、おれは裏切られたと思ったんだ。わかってなかったよ。あんときは、まだ捕まったばっかりで、あの下層カーストの鼓手《こしゅ》のガキを殺してやりたかったんだ。でも今はさ、ハジイ、あれでよかったと思ってる。おかげで自分の進む道がはっきり見えたんだ。すっかり熟すまで、あの学校《マドリッサ》にいるよ」

「よく言った。このゲームには、特に距離と数字、それからコンパスの知識が必要なんだ。それを教えてくれるひとが高地で待ってる」

「連中が言うことを学ぶけど、ひとつ条件がある。学校《マドリッサ》が休みのときは、なにも聞かずにおれの自由にさせてくれ。おれの代わりに大佐にそうたのんでよ」

「どうしてサーブの言葉で大佐に直接言わないんだ?」

「あの大佐だって、政府の召使いだよ。一言の命令であっちこっちへいかされる。だから、自分の出世のことも考えないとならないだろ――どう? おれもナクラオでいろいろ学んだろ!――それにさ、大佐のことを知ってからまだたった三か月だ。でも、マハブーブ・アリのことなら六年も知ってる。だからさ! おれは学校《マドリッサ》にいく。学校《マドリッサ》で学ぶ。学校《マドリッサ》でサーブになるよ。だけど、学校《マドリッサ》が休みのときは、自由に、おれの国の人間のなかで過ごさないとだめなんだ。じゃないと、死んじゃうよ!」

「おまえの国っていうのはどこなんだ、世界の友よ?」

「この広くてきれいな国さ」キムは小さな泥壁の部屋にむかって、ぐるりと手をまわしてみせた。タバコの煙が充満し、壁のへこんだところでランプがさかんに燃えている。「それにさ、もう一度老師さまに会いたいんだ。それに、金もいるし」

「だれだって金は必要さ」マハブーブはうかない顔で言った。「八アンナをやろう。馬のひづめからは、たいした金は得られんのでな。これで、かなりのあいだは持つだろう。あとのことについては、おれは大満足だし、これ以上話すこともない。いそいで勉強しろ。そうしたら三年後には、いや、もしかしたらもっと早く、使い物になるかもしれん。このおれにとってもな」

「これまではそんなに足手まといだった?」キムは少年らしくクスクスと笑った。

「答えないでおこう」マハブーブはうめいた。「おまえはおれの新しい馬丁《ばてい》ってことにしよう。おれの手下どもといっしょに寝ろ。駅の北の端あたりにいるから。馬といっしょだ」

「なにか証明できるもんがなかったら、南の端までなぐり飛ばされるよ」

マハブーブはベルトに手を入れ、中国の朱肉《しゅにく》を親指につけると、インドのやわらかい紙にぎゅっと押しつけた。アフガニスタンの国境バルフの町からボンベイまでの人間なら、古い傷が斜めに入ったでこぼこの指紋《しもん》のことはよく知っている。

「これを親方に見せるだけでいい。朝にはそっちにいく」

「どの道で?」

「町からの道だ。一本しかない。それから、クレイトン大佐のところへもどろう。なぐられないようにしてやったから」

「アラーの神よ！　首をなくすかどうかってときに、なぐられるなんてどうってことないけどね！」

キムは音も立てずに夜の闇の中へ出ていって、壁からはなれないようにしながら建物を半周し、駅と反対方向へ一・五キロほど歩いた。それから、大きく回って、またのんびりともどっていった。マハブーブの手下に質問されたときのために、話をでっちあげる時間が必要だったからだ。

マハブーブの手下たちは、鉄道の横の空き地に野営していた。土地の者らしく、二台の貨車にのせたマハブーブの馬たちはそのまま、ボンベイの鉄道馬車の会社が買った地元産の馬といっしょにのせっぱなしになっていた。親方は肺病患者のように衰弱《すいじゃく》したようすのイスラム教徒で、すぐさま何者だと問いただしてきたが、マハブーブのしるしのある紙を見せると、おとなしくなった。

キムはむっとしてみせた。「ハジイが好意でやとってくれたんだ。うそだと思うなら、明日の朝くるからきいてみな。それまでは、火にあたらせてもらうよ」

そのあとは、下層カーストの者があらゆる場面でするような、むだ話がはじまったが、やがてそれも収まった。キムはかたまってすわっているマハブーブの手下たちのうしろにいって、馬ののった貨車の車輪のほとんど真下で、借りた毛布をかぶって横になった。じめじめした夜にレンガや石のかけらの上で眠るのは、たいていの白人の少年には無理だろう。しかも、両脇には、馬たちとろくにからだも洗っていないバルチスタン人がいるのだ。しかし、キムにはなんの不満もなかった。環境や場所や仕事の変化は鼻をとおる息のようなものであり、聖ザビエルの大うちわ《プンカ》の下に整然とならんだ白いベッドのことや、英国のかけ算表をくりかえし唱《とな》えさせられるときのことを考えると、むしろ、強烈な喜びがわきあがってくるのだった。

「おれも年を取った」キムはうとうとしながら考えた。「一月ごとに一年分、年を取っていくみたいだ。むかしはほんとうに若くて、そのうえバカだった。マハブーブの伝言をアンバラに持っていったときはさ。あの白人の連隊といるときだって、まだ若くて、ちびで、まるで知恵がなかった。でも、今は毎日のように学んでる。三年たてば、大佐があの学校《マドリッサ》から連れ出して、街道に出してくれるだろう。マハブーブといっしょに馬の血統書《けっとうしょ》を手に入れるんだ。もしかしたら、ひとりでやることになるかもしれない。そうじゃなきゃ、老師さまを探して、いっしょに旅をするのもいい。そうだ、それがいちばんいい。また老師さまの弟子として旅するんだ、老師さまがベナレスにもどってきたら」徐々に頭の回転がのろくなり、まとまらなくなった。ところが、いざ、美しい夢の世界へいこうとしたとき、ささやき声が耳に入ってきた。火のまわりのぼそぼそと単調な話し声にまじって、小さいがはっきり聞こえてくる。どうやら貨車の鉄の囲いのうしろから聞こえてくるようだ。

「なら、ここにはいないんだな？」

「町で飲んでさわいでるに決まってるだろう。カエルの池でネズミを探したってしょうがない。いこう。おれたちの手に負えるやつじゃない」

「二度と峠のむこうにもどらせるわけにはいかない。命令なんだ」

「女をやとって、薬を盛ればいい。数ルピーですむし、証拠も残らない」

「女以外はな。もっと確実な手をつかったほうがいい。やつの首にかかってる値段を考えろ」

「そうだな。だが、警察はあちこちへ腕を伸ばしてるし、ここは国境から遠い。ここがペシャワールならよかったんだが！」

「ふん、ペシャワールか」もう一人がふふんと笑った。「ペシャワールには、やつの親戚がうじゃうじゃいる。かくれ場所や、やつを着物のうしろにかくしてくれる女どももな。ああ、ペシャワールだろうが地獄《ジャハンナム》だろうが、おれたちには変わらないさ」

「じゃあ、どうする？」

「バカめ、何度言えばわかるんだ？　やつが寝にくるまで待つんだ。それから、撃てば確実だ。追っ手とのあいだには貨車がある。線路を越えて、国を目指せばいいだけさ。どこから弾がきたかなんて、見やしない。少なくとも夜明けまで待て。托鉢僧《ファキール》とは思えないな、これくらいの見張りでブルブル震えやがって」

「へええ！」キムは目を閉じたまま考えた。「またマハブーブだ。ほんとうに、白い雄馬の血統書《けっとうしょ》はサーブに売り歩いちゃまずいものなんだな！　じゃなきゃ、マハブーブはほかにもいろいろ情報を売ってるってこともあるか。さあ、どうするキム？　マハブーブの居場所は知らないし、でも、夜明け前にここにきたら、撃たれちまう。そうなったら、こっちにも損だぞ、キム。かといって、警察に言うようなことじゃない。そんなことをしたら、マハブーブが困るだけだ。それに」キムは心の中でクスクス笑い、声を出しそうになった。「ナクラオで教わったことはなにひとつ役に立ちそうにない。アラーの神よ！　ここにはキム、あっちにはやつら。まずは、キムが目を覚ましてここから逃げなきゃならない。やつらに疑われないように。人は悪夢で目を覚ますもんだからな、こんなふうに」

キムはいきなり毛布をはねのけて、起きあがると、悪夢で目を覚ましたアジア人らしく、意味のわからないことをわめき立てた。

「うわあああああああ！　うおおおおおお！　大変《ナレイン》だ！　大変《ナレイン》だ！　チュレルだ！　チュレルが出た！」

チュレルというのは、お産で死んだ女の幽霊で、特別邪悪な霊だった。足首から先が逆向きについていて、人通りのない道路をうろつき、男に取り憑《つ》く。

キムはわななきながらますます大声をはりあげ、ついに立ちあがって、起こされた者たちがののしるなか、ふらふらとねぼけまなこのまま野営地を出ていった。そして二十メートルほど線路ぞいを歩いていったところで、ふたたび横になり、さっきのささやき声の主《ぬし》に聞こえるように細心の注意を払ってうめいたりうなったりしながら、だんだんと声を落としていった。その後、頃合を見て、寝返りを打ちながら街道へ近づき、濃い闇の中へこっそりすがたをくらました。

闇の中を漕《こ》ぐようにしてすばやく歩き、暗渠《あんきょ》までいって中にかくれ、あごだけ笠石《かさいし》の上から出した。ここなら、むこうからは見られずに、通る者をもらさず見ることができる。

牛車《ぎっしゃ》が二、三台通りすぎ、鈴の音を鳴らしながら郊外のほうへ去っていった。それから、咳《せき》をしている警官が一人と、旅人が一人か二人、悪霊を寄せつけないように歌いながらあわてて通りすぎていった。それからついに、蹄鉄《ていてつ》をつけた馬の足音が聞こえてきた。

「よし、たぶんマハブーブだな」馬は、暗渠から飛び出ている首におどろいて、うしろに下がった。

「おい、マハブーブ・アリ」キムはささやいた。「気をつけろ！」

馬は手綱《たづな》をひっぱられて、前足をふりあげ、尻が地面につきそうになった。それから、乗り手は馬を暗渠《あんきょ》のほうへむけた。

「二度と使わんぞ」マハブーブは言った。「夜のひと仕事のときは、蹄鉄《ていてつ》をつけた馬は使わん。町じゅうの骨やら釘《くぎ》やらをくっつけちまう」そして、かがんで馬の前足を持ちあげたので、マハブーブの頭がキムのすぐそばまできた。「頭を下げろ。下げるんだ。夜はそこいらじゅうで目が光ってる」マハブーブはぼそぼそと言った。

「男が二人、馬ののった貨車のうしろであんたが帰ってくるのを待ち伏せてる。あんたが寝たら撃ち殺すつもりだ。あんたの首に金がかかってるから。聞いたんだよ、馬たちのそばで寝てたから」

「姿は見たか？……じっとしてろ。この悪魔め！」マハブーブは馬にむかって声をはりあげた。

「見てない」

「托鉢僧《ファキール》のかっこうをしてたか？」

「一人がもう一人に『托鉢僧《ファキール》とは思えないな、これくらいの見張りでブルブル震えやがって』って言ってた」

「よし。野営地へもどって、寝てろ。おれは今夜は死なないから」

マハブーブは馬の首をかえすと、闇に消えた。キムは溝《みぞ》からはいでると、二度目に横になった場所の反対側までいって、カワウソのように道をわたり、また毛布をかぶって丸まった。

「少なくともマハブーブはこれで知ったわけだ」キムは満足した。「まるでわかってたような口ぶりだったな。今夜、あのふたりはなんの収穫も得られないだろう」

一時間が過ぎた。キムはひと晩じゅう起きていようとがんばっていたのだが、いつの間にかぐっすり眠っていた。ときおり夜行列車が六、七メートルもはなれていないところをゴウゴウと音を立てて通りすぎていく。だが、東洋人の騒音に無関心な気質がそなわっていたこともあり、夢すら紡《つむ》がれることはなかった。

一方、マハブーブは眠るどころではなかった。部族の人間でもなく、ちょっとした情事とも関係のない人物に命を狙われるのは、心外だった。最初に浮かんだのは、線路をくだったところでわたり、反対側からもどって、その「慈善家《じぜんか》」をうしろからとっつかまえ、その場で息の根を止めてやろうということだった。しかし、そこまで考えたところで、クレイトン大佐とはまったく関係ない別の政府機関から説明を求められる可能性があることに気づき、がっかりした。連中の質問に答えを用意するのは難しい。それに、国境の南側では、たかが死体の一つ、二つでバカみたいに騒ぎ立てることも知っていた。伝言を持たせてキムをアンバラにやってからそれ以降は、こんな面倒に巻きこまれたことはない。ようやく疑いは別のところへむいたのだろうと、期待していたのだ。

するとすばらしい考えが浮かんだ。

「英国人はいつまでも果てしなくほんとうのことばかり言う。だから、この国の者たちのことをいつまでも果てしなくばかにするんだ。だったら、こっちだってアラーの名にかけて、英国人にほんとうのことを言ってやるぞ！　哀《あわ》れなカブール人が貨車から馬を盗まれたとしよう。だが、政府の警察がなんの役に立つ？　ここは、ペシャワールと同じくらいひどいからな！　駅に苦情を言おう。鉄道会社の若いサーブに言うのが、いちばんいいな！　彼らは熱心だし、どろぼうを捕まえれば、表彰ものだからな」

マハブーブは駅の外に馬をつなぐと、大またでホームにむかって歩いていった。

「やあ、マハブーブ・アリ！」地方運輸局の若い副局長が声をかけてきた。線路をくだろうとして待っていたのだ。背が高く、亜麻《あま》色の髪をした馬好きの若者で、黒ずんだ白い麻の服を着ていた。「こんなところでなにやってんだ？　駄馬《だば》でも売ってんのか？」

「そうじゃない。馬はだいじょうぶだ。ルタフ・ウラーを探しにきたんですよ。線路をあがったところに、荷物をのせた貨車を止めてるんでね。鉄道局に知られずに持ち出すことってできるんですかね？」

「むりだろうな。そんなことをするやつがいたら、おれたちに訴えればいい」

「貨車の車輪の下に、男が二人しゃがんでるのを見たんです。ほとんど一晩じゅうですよ。托鉢僧《ファキール》は馬を盗んだりしませんからね、特に気にしちゃいないんですが。ルタフ・ウラーを探さないとならないしね、仲間の」

「なんだと？　なのに、そのまま放っておいたのか？　まったく、ここであんたに会ってよかったよ。どんなやつらだ？」

「ただの托鉢僧《ファキール》ですって。どれか貨車からちょっぴり穀物《こくもつ》くらい失敬するかもしれませんがね。線路ぞいには、そんな連中がわんさかいますよ。お役所にはそのくらいの施《ほどこ》しものは、なんでもないでしょう。おれは仲間を探しにきたんですよ、ルタフ・ウラーを――」

「そいつのことはどうでもいい。おまえの馬を乗せた貨車はどこだ？」

「ちょいとこっちへいった、いちばん奥ですよ。列車のランプを作ってるところです」

「信号のことだな！　よし」

「右側の道路にいちばん近い線路ですよ。線路をこういうふうに見たときのね。で、ルタフ・ウラーのことですが――背が高くて、鼻が折れてて、ペルシャのグレイハウンドを――おい！」

若者はいってしまった。若くて熱心な警官を起こしにいったのだ。さっき言っていたとおり、鉄道局は貨物操車場での盗みに悩まされていた。マハブーブ・アリは赤く染めたひげの奥で、クスクスと笑った。

「連中の靴はすごい音を立てるからな。どうして托鉢僧《ファキール》がいないのか、首をかしげることになるだろうよ。まったく、賢いやつらだよ、バートン・サーブもヤング・サーブも」

バートンと警官が線路ぞいを走ってくるのを見ようと、しばらくのあいだぶらぶらして待っていると、単行機関車が駅をすべるように通りすぎていった。若いバートンが乗っているのがちらりと見えた。

「やつを見くびってたな。まったくのバカってわけでもないらしい。どろぼうをつかまえるのに機関車を使うとは、新しい手だな！」

夜明けに野営地へもどったが、部下たちはだれひとり、夜のあいだ、報告するようなことが起こったとは思っていなかった。しかし、マハブーブは、最近出世して彼に仕《つか》えるようになった馬番の少年を、荷造りの手伝いと称して小さなテントに呼んだ。

「おれはぜんぶ見てたよ」キムは鞍袋《くらぶくろ》の上にかがみながら、小声で言った。「二人のサーブがトレインできたんだ。トレインがゆっくりと行ったり来たりするのに合わせて、おれも暗闇のなか、貨車のこっち側を行ったり来たりしなきゃならなかったよ。サーブたちは、この貨車の下にかくれてた男二人にとびかかったんだ――ハジイ、このタバコのかたまりはどうすればいいですか？　紙に包みます？　それとも、塩の袋の下に入れますか？　はい、わかりました――それで、二人を倒したんだけど、片一方が、托鉢僧《ファキール》の鹿の角でサーブを殴ったんだ（キムが言っているのは、黒い鹿の角をくっつけた道具で、托鉢僧《ファキール》が唯一持っている武器だった）――血が出てきてね。そしたら、もうひとりのサーブが、まず自分の相手を殴って気絶させて、角で刺したほうのやつを、やつの仲間の手から転がり落ちた短い銃で殴りつけた。みんな、頭がおかしくなったみたいに怒りくるってたよ」

マハブーブはあきらめの境地にいたったかのような笑みをみせた。「ちがう！　それは、デワニー（狂気、もしくは民事事件のことで、両方にかけて使っている）じゃない。むしろ、ニザムット（刑事事件）だろう。銃と言ったな。たっぷり十年はムショだな」

「そのあとは、二人とも倒れたまま、ぴくりともしなかったよ。ト、ト、トレインに乗せられたときは、死にかけてたんじゃないかな。頭がこんなふうにガクガクしてたからね。線路は血だらけだよ。見にいく？」

「血ならさんざん見た。ムショなら、ぜったい出てこられないからな。それに、まちがいなく偽名を使うはずだから、かんたんには見つけてもらえないだろう。連中はおれの敵だ。おまえの運命とおれの運命はつながってるようだな。真珠の癒《い》やし手にいい土産話《みやげばなし》ができたぞ！　さあ、さっさと鞍袋《くらぶくろ》を用意して、皿を荷造りしろ。馬たちを貨車から降ろして、シムラへいくぞ」

すばやく――といっても、東洋人の言うすばやさであり、長々とした説明や、罵詈雑言《ばりぞうごん》が飛び交うなか、細々《こまごま》した忘れ物がないかくりかえし確認するもののかなりぞんざいに、野営地は解体された。それがすむと、貨車に乗せられっぱなしでからだがこわばりすっかり不機嫌になった六頭の馬たちが、雨上がりのさわやかなカルカ街道まで連れだされた。キムは、マハブーブのお気に入りと見なされていたから、パタン人によく思われたい手下たちは、キムを仕事に駆り出そうとはしなかった。

一行はいちばんらくな道をのんびりと進み、数時間ごとに道ばたの日陰で休みを取った。カルカ街道には、サーブもたくさんいた。マハブーブ・アリ曰《いわ》く、若いサーブはみな、われこそは馬を見る目があると思わずにはいられないらしく、たとえ首までどっぷり借金に浸《つ》かっていても、買うふりをしなければならないのだ。そのためか、駅馬車で次から次へと通りかかるサーブはみな、馬車をとめて、話しかけてきた。なかには降りてきて、馬の足を触る者もいて、ばかげた質問をしたり、土地の言葉がまるでわからないせいで暴言を吐いたりしたが、商人のほうは落ち着き払っていた。

「最初サーブと取引をしたのは、ソーディ大佐がアバザイの要塞《ようさい》の総督だったときでな、大佐は腹いせに長官の野営地に大量の水を流しこんだんだ」マハブーブは、木の下でパイプに葉をつめているキムに、秘密を打ち明けた。「当時は、連中がどれだけおろかか知らなかったから、ひどく腹を立てたものさ。例えば――」マハブーブは、なにも知らないサーブたちがどんなまちがった表現を使ったか話して聞かせ、キムはからだを折り曲げて大笑いした。「だが、今ではわかったのさ」そこで、マハブーブはゆっくりと煙を吸いこんだ。「ほかの連中と同じで、やつらも、ある分野についちゃ、賢いが、他の分野についちゃ、まるでおろかだ。よそ者に対してまちがった言葉を使うのは、実におろかだ。こっちに侮辱《ぶじょく》してる気がなくても、よそ者にわかるはずないだろう？　そんなことをしたら、相手は、短剣で真実を探そうとするだろうよ」

「たしかに。そのとおりだね」キムはまじめな顔で言った。「おろか者は、女が子どもを産むってときに、ネコの話をしたりするんだ。聞いたことがある」

「だから、おまえのような状況にいるときは、二つの顔があるってことを忘れちゃならない。サーブといるときは、自分がサーブだということを忘れるな。だが、ヒンドの連中といるときは、ぜったいに忘れるなよ、自分が――」そこで、マハブーブは言葉をとぎらせると、とまどったような笑みを浮かべた。

「おれはなに？　イスラム教徒？　ヒンドゥー教徒？　ジャイナ？　それとも仏教徒？

なかなかの難問だよ」

「おまえはもちろん、信仰心を持たない不信心者だ。いつか呪われるぞ。そういうことになってる、イスラムの法ではな。少なくとも、おれはそう思ってる。だが、おまえはおれの友で、世界の友でもある。おれはおまえが好きだ。おれの心がそう言ってる。信仰の問題は、馬のようなもんさ。賢い者なら、馬はいいものだと知っている。どんな馬だって、利益を生んでくれる。そして、おれに関していえば、よきスンニ派の教徒で、ティラーのシーア派のやつらを憎んじゃいるが、ご利益《りやく》があるっていう意味ではほかの信仰だってぜんぶ同じだと思ってる。カティアワル半島の雌馬は、生まれ故郷の砂漠からベンガルの西へ移されたら、足を引きずるようになるだろう。バルフの雄馬だって同じだ――バルフの馬よりいい馬はいない。肩ががっちりしすぎだがな――北の広大な砂漠で雪ラクダとならべられたら、ほとんど使いもんにならんだろう。実際、やつらを見たことがあるんだ。そういうわけで、心から言ってんだ、信仰は馬と同じだと。それぞれ、自分の国では価値があるのさ」

「だけど、老師さまはぜんぜんちがうことを言ってたよ」

「ああ、あのボティヤルの夢見るじいさんか。おれの心は少し怒ってるぞ、世界の友よ。おまえが、たいして知りもしない相手のことを大切に思ってるから」

「たしかにね、ハジイ。だけど、ほんとうに大切だと思ってるし、おれの心はあの人にひきつけられるんだ」

「じいさんも同じらしいな。聞いたぞ。心も、馬のようなもんだ。はみや拍車を使ったところで、好きに行き来する。あそこにいるグル・シェール・カーンに、あの鹿毛《かげ》の雄馬をつないでる杭《くい》をもっとしっかり地面に刺すように言ってくれ。休むたびに、馬どもがけんかするのはごめんだ。それから焦げ茶と黒はしばらく閉じ込めておこう……さあ、よく聞け。心を落ち着けるのには、あのラマに会わないとならんのか？」

「それが契約のひとつだよ」キムは言った。「老師さまに会えなくて、老師さまをおれから取りあげようっていうなら、ナクラオの学校《マドリッサ》から出ていくよ──おれが、一度出ていったら、二度と見つからないよ」

「たしかにな。おまえほど、足に巻いたロープがゆるい仔馬《こうま》はいない」マハブーブはうなずいた。

「心配しないで」キムはまるで、その瞬間にすがたを消せるかのような口調で言った。

「老師さまは、学校《マドリッサ》まで会いにきてくれるって言ってたんだ──」

「物乞《ものご》いが鉢《はち》を持って、サーブのガキどもの──」

「全員がサーブじゃない！」キムは鼻息荒く、さえぎって言った。「やつらの目は青いけど、爪は下層カーストの血で黒ずんでる。ほとんどのやつらがそうさ。掃除婦《メテーラニー》の息子たちだから。掃除夫《ブンギ》の義理の兄弟なのさ」

ここで、血統の話を最後まで聞くことはない。とにかくキムは、特にかっかするわけでもなく、サトウキビを噛《か》みながら、言いたいことははっきりさせた。

「世界の友よ」マハブーブは、掃除をしてもらおうとパイプをキムのほうへ押しやった。「おれは男にも女にも少年にも大勢会ってきたし、その中には少なからずサーブもいる。だが、おまえのような小鬼《こぞう》は初めてだよ」

「どうして？　あんたにはいつもほんとうのことを言ってるのに」

「たぶん、まさにそのせいだろう。この世界は、正直者には危険すぎるからな」マハブーブ・アリはたちあがると、ベルトをしめて、馬たちのほうへ歩いていった。

「それとも、金と引き換えの方がいい？」

その口調に、マハブーブははっと立ち止まって、ふりかえった。「新しい知らせか？」

「八アンナで、話すよ」キムはにやっとした。「あんたの安全に関係あるよ」

「くそ、悪魔《シャイタン》め！」マハブーブは金を寄こした。

「夜中の泥棒騒ぎの件は覚えてるよね、アンバラでの？」

「おれの命を狙ってたんだ。きれいさっぱり忘れるってわけにはいかんだろう。なぜだ？」

「カシミールの隊商宿は覚えてる？」

「いいか、おまえの耳をつねってやるぞ、サーブ」

「そんな必要ないよ、パタン人どの。ただね、あの二人目の托鉢僧《ファキール》だけどさ、ほら、サーブたちに気を失うまで殴られたほうだよ。ラホールであんたの仕切りの中を探してたのは、あいつだよ。機関車に乗せられたときに、顔が見えたんだ。同じやつだった」

「どうして今まで言わなかった？」

「だって、やつはムショ行きで、数年は出てこられない。いっぺんに必要以上のことを言うことはないからね。それに、そのときは、菓子を買う金はいらなかったんだ」

「寛大《かんだい》なるアラーよ！」マハブーブ・アリはさけんだ。「いつか、どうしても菓子がほしくなって、おれの首を売るんじゃないだろうな？」


キムは、このときののんびりとした長旅のことを死ぬまで忘れないだろう。アンバラを出発して、カルカを通り、そのそばにあるムガール人の宮殿のピンジョア園からシムラまでの道のりだった。ガッガー川では、川がいきなりあふれて馬が一頭さらわれ（いちばん上等な馬だった）、大岩がどんどん流されてきて、キムも溺《おぼ》れそうになった。さらに街道をあがったところでは、馬たちが政府の象におどろいて逃げだし、そこの牧草がすばらしく豊かだったこともあって、もう一度全頭集めるのに、一日半かかってしまった。それから、売り物にならない駄馬《だば》(競走馬のなれの果てだ)を連れた馬商人のシカンダール・カーンに会い、シカンダール・カーンのテントじゅうの馬を合わせても、言ってみればマハブーブの小指の爪ほどの取引にしかならないというのに、マハブーブはなかでも最低の二頭を買うことになった。結果、骨の折れる交渉に八時間が費《つい》やされ、大量のタバコが消えた。

しかし、これらすべてが喜びそのものだった。つまり、のぼってはくだり、尾根をわたっていく街道、遠くの雪に落ちる朝日のかがやき、枝分かれしたサボテンが重なりあうように石ころだらけの斜面をおおっているさま、何千とある水路の流れる音、サルたちのけたたましい声、荘厳《そうごん》なヒマラヤスギのしなだれた枝が山の上まで連なっているようす、眼下にうねるように広がる平原のながめ、ひっきりなしにひびく二頭立て馬車《トンガ》の警笛の音、猛然とカーブを曲がってくるトンガの馬たち、祈りのために歩みを止める人々(マハブーブは、時間があるときは、きちんと砂を使って身を浄《きよ》める儀式を行い、大声で祈りを唱《とな》えた)、休憩場での夜の協議。その横ではラクダや牛がしかつめらしくえさを食い、御者たちが淡々と街道での出来事を知らせ合う。こうしたことすべてに、キムの心は躍り、音楽を奏《かな》でるのだった。

「だが、音楽やら踊りやらが終わったら、大佐のところへいくんだぞ。そっちはそう甘くはないぞ」マハブーブ・アリは言った。

「きれいな国だよ。このヒンドこそ、もっともすばらしい国だ。五つの大河を持つこの国より、美しいところはない」キムは半分唱えるようにつぶやいた。「またいつかここを旅するんだ、マハブーブ・アリか大佐がおれをぶったり蹴《け》ったりしようとしたらね。一度、この国にまぎれこんじまえば、だれにも見つからないさ。見て、ハジイ、あそこに見えるのが、シムラの町？　なんて町だろう！」

「おれの父親の弟は、行政官のマッカーソン・サーブがペシャワールに造った井戸がまだ新しかったときに、すでに年寄りだったが、ここにまだ二軒しか家がなかったころのことを覚えてたよ」

マハブーブ・アリは馬をつれて街道をそれ、下町の市場に入っていった。谷から市役所までの四十五度の急坂はウサギ小屋のような混雑ぶりだ。道を知っている者なら、夏のあいだのインドの首都（夏の間だけ、高温を避け首都をシムラに移転させていた）で警察をまくのはかんたんだ。テラスとテラス、路地と路地、抜け穴と抜け穴が、巧妙につながっている。ここには、この喜びにあふれた町の望みを満たす人々が暮らしている。夜は力車《りきしゃ》を引いて美しいご婦人たちを運び、朝までギャンブルをしている駕籠担《ジャムパニス》ぎ、食料雑貨商に、油売り、骨董《こっとう》の行商人、薪《まき》売り、僧にすり、地元の役人。この町では、売春婦たちが、インド議会の極秘事項と思われていることを議論するし、全藩王国《はんおうこく》の半分の代理のそのまた代理が集結している。そして、マハブーブ・アリもこの町に部屋を借りた。イスラム教徒の牛商人の家で、ラホールの隊商宿の仕切りよりもしっかり戸締まりできる。そこは謎《なぞ》めいた場所となった。夕暮れになるとイスラムの馬番の少年がやってきて、その一時間後には、混血の若者が、店で買ったからだに合わない服を着て出てくるというぐあいだ。ラクナウの女がくれた染料は上等だったわけだ。

「クレイトン大佐には話しておいた」マハブーブ・アリは言った。「友情の手で災難のムチを払いのけてやるのは、これで二度目というわけだ。大佐は、おまえが街道で六十日もむだにしたと言っていたよ。今さら、山の学校に送るんじゃ、間に合わんとな」

「おれの休暇はおれのもんだって言っただろ。二つも学校になんていかないよ。それも、契約に入ってるじゃないか」

「大佐はまだ契約のことはご存じないんだ。おまえは、ナクラオにもどるまでラーガン・サーブのところに寝泊まりしろ」

「あんたのところにいるほうがいいんだ、マハブーブ」

「それがどれだけ名誉なことか、知らないからだ。ラーガン・サーブご自身が、おまえを寄こせと言ったんだぞ。いいか、山をのぼって、尾根道をいくんだ。しばらくのあいだ、このマハブーブ・アリに話したことや見たことは忘れろ。クレイトン大佐に馬を売ってるマハブーブのことなど、知らないことにするんだ。忘れるなよ」

キムはうなずいた。「わかった。で、そのラーガンっていうのは何者なの？」そして、マハブーブの剣のように鋭い視線に気づいて、言った。「ちがうよ、ほんとうに名前を聞くのは初めてなんだ。もしかして」そこで、キムは声をひそめた。「おれたちの仲間なの？」

「おれたちっていうのは、だれのことだね、サーブどの？」マハブーブ・アリは、ヨーロッパ人相手に使う口調で言った。「おれはパタン人だ。そして、おまえはサーブであり、サーブの息子だ。ラーガンさんはサーブで、ヨーロッパの店がならんでいるところに店を持っている。シムラの者なら全員知っているよ。きいてみるんだな……いいか、世界の友よ。ラーガン・サーブには、まばたきひとつにいたるまで逆らうなよ。ラーガン・サーブは魔法を使うと言われているんだ。だが、おまえには効かないはずだ。山をのぼって、たずねてみろ。とうとう、〈大いなるゲーム《グレート》〉が始まるぞ」

訳者　三辺律子
翻訳家。白百合女子大学大学院修了。訳書にキプリング『ジャングル・ブック』ほか，ガードナー『マザーランドの月』，ネス『まだなにかある』，イボットソン『夢の彼方への旅』，ダレーシー『龍のすむ家』など多数。

少年キム　上（全2冊）　　岩波少年文庫 615

2015年11月17日　第1刷発行

訳　者　三辺律子《さんべりつこ》

発行者　岡本　厚

発行所　株式会社　岩波書店
〒101-8002 東京都千代田区一ツ橋 2-5-5
電話案内 03-5210-4000
http://www.iwanami.co.jp/

印刷・精興社　カバー・半七印刷　製本・中永製本

ISBN 978-4-00-114615-8　　Printed in Japan
NDC 933　310 p.　18 cm

岩波少年文庫創刊五十年——新版の発足に際して

心躍る辺境の冒険、海賊たちの不気味な唄、垣間みる大人の世界への不安、魔法使いの老婆が棲む深い森、無垢の少年たちの友情と別離……幼少期の読書の記憶の断片は、個個人のその後の人生のさまざまな局面で、あるときは勇気と励ましを与え、またあるときは孤独への慰めともなり、意識の深層に蔵され、原風景として消えることがない。

岩波少年文庫は、今を去る五十年前、敗戦の廃墟からたちあがろうとする子どもたちに海外の児童文学の名作を原作の香り豊かな平明正確な翻訳として提供する目的で創刊された。幸いにして、新しい文化を渇望する若い人びとをはじめ両親や教育者たちの広範な支持を得ることができ、三代にわたって読み継がれ、刊行点数も三百点を超えた。

時は移り、日本の子どもたちをとりまく環境は激変した。自然は荒廃し、物質的な豊かさを追い求めた経済の成長は子どもの精神世界を分断し、学校も家庭も変貌を余儀なくされた。いまや教育の無力さえ声高に叫ばれる風潮であり、多様な新しいメディアの出現も、かえって子どもたちを読書の楽しみから遠ざける要素となっている。

しかし、そのような時代であるからこそ、歳月を経てなおその価値を減ぜず、国境を越えて人びとの生きる糧となってきた書物に若い世代がふれることは、彼らが広い視野を獲得し、新しい時代を拓いてゆくために必須の条件であろう。ここに装いを新たに発足する岩波少年文庫は、創刊以来の方針を堅持しつつ、新しい海外の作品にも目を配るとともに、既存の翻訳を見直し、さらに、美しい現代の日本語で書かれた文学作品や科学物語、ヒューマン・ドキュメントにいたる、読みやすいすぐれた著作も幅広く収録してゆきたいと考えている。

幼いころからの読書体験の蓄積が長じて豊かな精神世界の形成をうながすとはいえ、読書は意識して習得すべき生活技術の一つでもある。岩波少年文庫は、その第一歩を発見するために、子どもとかつて子どもだったすべての人びとにひらかれた書物の宝庫となることをめざしている。

（二〇〇〇年六月）

岩波少年文庫

108 お姫さまとゴブリンの物語
109 カーディとお姫さまの物語
133 かるいお姫さま
マクドナルド作／脇　明子訳

110·1 思い出のマーニー 上下
ロビンソン作／松野正子訳

112 オズの魔法使い
フランク・ボーム作／幾島幸子訳

113 ペロー童話集
天沢退二郎訳

114 フランダースの犬
ウィーダ作／野坂悦子訳

115 元気なモファットきょうだい
116 ジェーンはまんなかさん

117 すえっ子のルーファス
エスティス作／渡辺茂男訳

118 モファット博物館
エスティス作／松野正子訳

120 青い鳥
メーテルリンク作／末松氷海子訳

124·5 秘密の花園 上下
バーネット作／山内玲子訳

162·3 消えた王子 上下
バーネット作／中村妙子訳

209 小公子
216 小公女
バーネット作／脇　明子訳

126 太陽の東 月の西
アスビョルンセン編／佐藤俊彦訳

127 モモ
ミヒャエル・エンデ作／大島かおり訳

207 ジム・ボタンの機関車大旅行
208 ジム・ボタンと13人の海賊
エンデ作／上田真而子訳

131 星の林に月の船
—声で楽しむ和歌・俳句
大岡　信編

134 小さい牛追い
135 牛追いの冬
ハムズン作／石井桃子訳

136·7 とぶ船 上下
ヒルダ・ルイス作／石井桃子訳

139 ジャータカ物語
—インドの古いおはなし
辻　直四郎、渡辺照宏訳

▷書名の上の番号：001〜 小学生から，501〜 中学生から

岩波少年文庫

▷書名の上の番号：001〜 小学生から，501〜 中学生から

岩波少年文庫

530 タイムマシン　H・G・ウェルズ作／金原瑞人訳

531 時の旅人　アトリー作／松野正子訳

532~4 三国志 上中下　羅貫中作／小川環樹、武部利男編訳

535 山椒魚　しびれ池のカモ　井伏鱒二作

536·7 レ・ミゼラブル 上下　ユーゴー作／豊島与志雄編訳

538 ガリヴァー旅行記　スウィフト作／中野好夫訳

539 最後のひと葉　オー・ヘンリー作／金原瑞人訳

540 一握の砂　悲しき玩具　石川啄木作

541~3 水滸伝 上中下　施耐庵作／松枝茂夫編訳

544·5 リンゴ畑のマーティン・ピピン 上下　ファージョン作／石井桃子訳

546 シェイクスピア物語　ラム作／矢川澄子訳

547~9 西遊記 上中下　呉承恩作／伊藤貴麿編訳

550 北欧神話　P・コラム作／尾崎　義訳

551 クリスマス・キャロル　ディケンズ作／脇　明子訳

553 走れメロス　富嶽百景　太宰　治作

554 坊っちゃん　夏目漱石作

556 モルグ街の殺人事件　E・A・ポー作／金原瑞人訳

557·8 ロビン・フッドのゆかいな冒険 1·2　パイル作／村山知義、村山亜土訳

559·60 見習い物語 上下　ガーフィールド作／斉藤健一訳

563 雪女　夏の日の夢　ハーン作／脇　明子訳

564 台所のおと　みそっかす　幸田　文作／青木奈緒編

565 灰色の畑と緑の畑　ヴェルフェル作／野村　泫訳

566 ロビンソン・クルーソー　デフォー作／海保眞夫訳

568 今昔ものがたり　杉浦明平

▷書名の上の番号：001～ 小学生から，501～ 中学生から